Petra Fastermann

Nur wer den Überblick hat, schaut über den Horizont hinaus

Ein Büro-Bericht

AF192319

Herstellung: Libri Books on Demand

© **2000 Petra Fastermann**
alle Rechte vorbehalten

ISBN 3-8311-0164-7

Nur wer den Überblick hat,
schaut über den Horizont hinaus

Es handelt sich bei den Arbeitsplätzen, von denen im folgenden berichtet werden soll, um Beschäftigungen im Büro in irgendeiner Firma in unserem Land. Wichtig ist es vielleicht, dabei zu erwähnen, daß die Arbeitsplätze der zu beschreibenden Angestellten als durchaus respektabel gelten und daß es auf dem gegenwärtigen Arbeitsmarkt, insbesondere auf dem Arbeitslosenmarkt, zahlreiche Leute gibt, die sehr viel darum geben würden, diese oder ähnliche Stellen besetzen zu dürfen. Es darf vielleicht ebensowenig unterschlagen werden, daß es sich bei dem Arbeitgeber nicht um eine Behörde oder Organisation des öffentlichen Dienstes handelt; dies erklärt, daß hier im großen und ganzen, selbst in den unteren Kasten der Hierarchie, es durchaus erforderlich ist, sich bei der Arbeit anzustrengen, denn wer die erwartete Leistung nicht erbringt, weiß aus Erfahrung, daß er schnell entlassen werden kann. Die Tatsache, daß dieses Unternehmen, von dem berichtet werden soll, ehrgeizig und gewinnorientiert auf dem „freien Markt" agiert, nebenbei auch eine ganze Menge Umsatz dabei macht, bürgt dafür, daß gern Frauen angestellt werden (aber nur ohne Kinder, also ohne von Arbeitgeberseite zu berücksichtigende Verpflichtungen), weil die froh sein können, wenn sie überhaupt eine Arbeit finden und sich deshalb, was der Firma entgegenkommt, damit abfinden müssen, daß man ihnen weniger Geld zu zahlen bereit ist, als ein Mann für die gleiche Arbeit fordern würde. Unter der Voraussetzung, daß sie „billiger" sind als Männer, ist man durchaus bereit, sie zu beschäftigen. Sie sind, wenngleich sie ständig lamentieren und sich beklagen, eigentlich froh, einen Arbeitsplatz zu haben. Am Ende also sind alle zufrieden: Eine Hand wäscht die andere, und die Hand, die einen füttert, beißt man bekannterweise nicht.

Einige der Tätigkeiten, die die Angestellten in dieser Firma ausüben, können durchaus als „verantwortungsvoll" bezeichnet werden. Natürlich nicht in dem Sinne, wie ein Arzt für seine Patienten, deren Wohlbefinden und gar deren Leben verantwortlich ist. Es geht hier nicht um die unmittelbare Verantwortung für Menschen, sondern für Geld. Es geht darum, daß so viel Geld wie möglich eingenommen wird, und nichts, aber auch gar nichts davon verlorengeht. Dort, wo es um Geld geht, kann man seine Arbeit gar nicht ernst genug nehmen.

Festgestellt werden muß, daß der Arbeitgeber (im folgenden der „große Chef" genannt) zu diesem Zweck nach eigenem Bekunden keine Menschen, sondern Arbeitskräfte eingestellt hat, die - und zwar am besten einwandfrei - zu funktionieren haben. Das ist, von seinem Standpunkt aus gesehen, natürlich durchaus legitim, denn je funktionstüchtiger seine lebendigen Maschinen sind, desto effizienter wird produziert und desto mehr Geld, das er sich in die eigene Tasche stecken kann, springt für ihn dabei heraus. Obgleich von „Mitarbeitermotivation" sehr häufig die Rede ist und man im Kleinen damit ernsthaft angefangen hat, indem der Kaffee von der Firma kostenlos zur Verfügung gestellt wird, bedeutet es für die einzelnen Mitarbeiter, insbesondere die in den unteren Kasten, keine Gehaltserhöhung, wenn sie sich mehr Mühe geben, als zum Arbeitsplatzerhalt notwendig ist. Und da gerade den „kleinen Angestellten", das sind insbesondere die Schreibkräfte, ein von ihnen für sich verdient gehaltener Bonus niemals gezahlt wird, arbeiten die meisten äußerst ungern und unmotiviert. Ironisch und distanziert bezeichnet man die Schreibkräfte im allgemeinen als die „Damen". Einige der in dem Unternehmen beschäftigten Herren ziehen es jedoch vor, wenngleich sie selbst jünger sind, von den „Damen", deren Alter zwischen 20 und 40 Jahren liegt, herablassend oder auch „gönnerhaft" als den „Mädchen" zu sprechen. Keine der Schreibkräfte arbeitet dort, weil es ihr „Spaß" macht, und diese Tatsache wird gern und häufig zum Ausdruck gebracht. Da Überstunden zwar erwartet, allerdings nicht bezahlt werden, sondern man bestenfalls, „wenn mal weniger zu tun ist" - aber das passiert nie, denn die Geschäftsleitung hält bewußt die Anzahl der Schreibkräfte so gering, daß diese immer völlig ausgelastet sind - eher nach Hause gehen dürfte, fühlen sich die Angestellten des Schreibbüros von der Firma schamlos ausgenutzt. Wenn das notwendige Geld vorhanden wäre - aber davon läßt sich natürlich nur träumen - würde niemand mehr dort arbeiten, und dann sollten die Ausbeuter mal sehen, wo sie ihre Sklaven hernähmen! Dann würden sie sich noch nach jeder einzelnen „Dame" bitterlich weinend zurücksehnen! Die Vorstellung dessen verschafft diesen immer wieder Genugtuung, aber leider weiß jede nur allzugut, daß sie binnen kürzester Zeit ersetzbar wäre und es genügend Arbeitslose gibt, die auf diese Art Beschäftigung bereits ungeduldig warten. Wann immer der dem „großen Chef" nahestehendste Zögling, also der „kleine Chef", bei seinen täglichen Begrüßungs- und Kontrollrundgängen, erbost über die ihm augenscheinliche Faulheit seiner Angestellten, dies zu erklären versucht, löst die Frechheit, daß er es laut zu sagen wagt, helle Empörung und großen Widerspruch aus.

Die Schreibkräfte arbeiten in Räumen, welche mit hellen Holzimitat-Möbeln ausgestattet sind, und teilen sich jeweils zu dritt oder zu viert ein Büro. Selbst um die Büros, von denen der „große Chef" behauptet hat, sie seien schöner eingerichtet als mancher Leute Wohnzimmer - was wiederum bei den „Damen" großen Zorn erzeugte, weil diese sich, obgleich nicht direkt angesprochen, damit jeweils persönlich gemeint und beleidigt fühlten -, würde manche Firma ebendiese, von welcher erzählt wird, beneiden. Es gibt keine Großraumbüros. Jeder kann von seinem Platz durch ein Fenster das Tageslicht sehen. Nicht einmal eine Klimaanlage ist vorhanden, aufgrund derer man sich eine Erkältung zuziehen und damit des öfteren begründet einen Krankenschein verschaffen könnte. Auf jeder Etage gibt es eine Küche, die von allen Angestellten genutzt werden darf. Sie wird aber nur von denen, die in der Hierarchie ganz unten stehen, in Anspruch genommen, weil jene anderen, also „die da oben", es sich leisten können, jeden Tag „von draußen" etwas zu bestellen, häufig sogar sich die Zeit - an Geld mangelt es sowieso nicht - dazu zu nehmen, „draußen" Essen zu gehen, da sie natürlich, im Gegensatz zu den „Kleinen", an die halbstündige Mittagspause nicht strikt gebunden sind. Diese Küche ist mit Herd, Kühlschrank und Spülmaschine ausgestattet. Letztere wird nach Feierabend vom Putzpersonal bedient, so daß jeder sein beschmutztes Geschirr bloß stehenzulassen braucht. Vorgeschoben wird, die Zurverfügungstellung der Küche sei ein Entgegenkommen der Firma und ein Schritt in Richtung „Mitarbeitermotivation"; nüchtern betrachtet, ist sie jedoch nichts weiter als eine bloße Kostenkalkulation des „großen Chefs": Das Unternehmen liegt außerhalb des Stadtzentrums, so daß, selbst wenn versucht wird, die halbstündigen Pausen der Mitarbeiter zu kontrollieren, es sicherlich häufig geschehen würde, daß Angestellte ihre Pause überzögen, wenn sie zum Essenkaufen stets ins Zentrum fahren müßten. Gibt man ihnen Gelegenheit, ihr Essen mitzubringen und sich selbst zuzubereiten, ist dies aller Wahrscheinlichkeit nach eine Zeit- und daher Kostenersparnis für den Arbeitgeber. Der „große Chef" handelt nie ohne Überlegung, und wohlüberlegt muß alles sein, denn sonst liefe sein Geschäft gewiß nicht so gut. So ist also selbst alles, was zunächst aussieht, als geschehe es zum Wohle der Mitarbeiter, an sich nur zu seinem eigenen Nutzen. Das weiß jeder, und am genauesten meinen es die Schreibkräfte erkannt zu haben.

Eines, was den „Damen" sehr am Herzen liegt und, wie sie glauben, sie sehr motivieren würde, wäre, wenn man sie „nach draußen" telefonieren ließe, wann immer sie Bedarf daran oder Lust dazu hätten. Dies aber hat der „kleine Chef", angeblich aufgrund schlechter Erfahrungen mit irgendwelchen Vorgängerinnen der gegenwärtigen Schreibkräfte, unterbunden, indem er es allein der Chefin der Abteilung Berichtsdienst hat ermöglichen lassen, Auswärtsgespräche zu führen. Die „Damen" können bloß intern telefonieren, denn mehr ist schließlich in ihrem Aufgabenbereich nicht erforderlich. Wollen sie mit jemandem sprechen, der sich außerhalb der Firma befindet, müssen sie jedes Mal ihre Vorgesetzte anrufen und sich „ein Amt schalten lassen". Damit ist die Möglichkeit der Mitarbeiterüberwachung und -kontrolle seitens der Geschäftsleitung, namentlich durch eine ihrer „rechten Hände", gegeben. Aufgrund dieser Bevormundung und des offenkundig mangelnden Vertrauens gegen sie fühlen die Schreibkräfte sich beleidigt und diskriminiert. Aber selbst die wenigen Auserlesenen des sogenannten „Innendienstes", welche „nach draußen" telefonieren können, hat man dadurch fest im Griff, daß man das Gerücht, dessen Ursprung nicht mehr nachvollziehbar ist, hat verbreiten lassen, beim „großen Chef" höchstselbst im Büro gebe es eine Mithörtaste, die es jederzeit erlaube, bei Telefonaten unbemerkt zu lauschen. Da zum Beispiel die Fachkraft für Öffentlichkeitsarbeit und sogar der Programmierer gelegentlich dienstliche Außenkontakte mit Kunden herstellen müssen, hat es sich zur Entlastung der Telefonzentrale nicht vermeiden lassen, ihnen die Möglichkeit der Telefonierens „nach draußen" einzuräumen - wodurch sich auch Privatgespräche auf Firmenkosten nicht völlig ausschließen lassen. Mit einem Einzelnachweis der angewählten Telefonnummern von seiten der Telefongesellschaft wäre es zwar nun durchaus ein Leichtes, jede daraufhin zu kontrollieren, ob sie privat oder dienstlich gewählt wurde. Dies erscheint der Geschäftsleitung jedoch zu mühsam, weil man bei der hohen Anzahl der in der Firma geführten Telefonate für diese Tätigkeit nahezu jemand halbtags beschäftigen müßte, der die Nummern auf ihre Legitimität dechiffrieren würde - und selbst dann wäre die absolute Kontrolle darüber nicht gewährleistet, wer die Gespräche geführt hat, da die Büros immer offenstehen und dadurch jeder zu jedem Telefon Zugang hat. Deshalb hat man das Gerücht der Überwachung durch die Mithörtaste in die Welt gesetzt, und tatsächlich existiert diese, zwar nicht beim Chef, aber doch in der Telefonzentrale. Wenn weniger zu tun ist, setzt sich dort die Chefsekretärin hin, um stichprobenweise zu lauschen. So wird effiziente Mitarbeiterüberwachung gewährleistet. Manchmal ist diese sogar derart ergiebig, daß sich damit herausfinden läßt, wer die „innere Kündigung" bereits vollzogen hat und wem es sonst noch an Loyalität zur Firma fehlt. Und damit die respektgebietende Mithörtaste am Telefon unter den Mitarbeitern nicht in Vergessenheit gerät, erlaubt sich die Administration hin und wieder, Privatgespräche der Angestellten einfach wegzuschalten. Das verstehen die Mitarbeiter sehr schnell, und die Firma braucht sich darüber, daß bei ihr zuviel privat telefoniert wird, keine Sorgen zu machen.

Als letztes Mittel im Rahmen von Korrektur- und Vorbeugungsmaßnahmen behält man sich vor, die Angestellten mit Hilfe des Ausrufens durch die Lautsprecheranlage bloßzustellen. Dies läuft so ab, daß wenn ein Mitarbeiter gerade telefoniert - privat, wird im Regelfall unterstellt - eine der „Damen vom Empfang", die im Einflußbereich der Chefsekretärin und damit gleichzeitig bei der Telefonanlage sitzen, auf welcher rote und grüne Lämpchen anzeigen, ob der Telefonierende angerufen worden ist oder selbst gewagt hat, „nach draußen zu telefonieren", angewiesen wird, durch den Lautsprecher - für alle Büros der gesamten Firma hörbar - zu mahnen, Herr oder Frau XY solle doch bitte endlich das Gespräch beenden und sich umgehend in der Zentrale melden. Begründet wird das Ausrufen für gewöhnlich mit der überzogenen Behauptung, man habe bereits „den gesamten Morgen" versucht, den Telefonierer zu erreichen sowie der heuchlerischen Bemerkung, sich aufgrund eines „wichtigen Anlasses" leider nicht anders zu helfen gewußt zu haben. Zumeist gibt es gar keinen Grund, geschweige denn einen „wichtigen Anlaß" dazu, die Mitarbeiter auszurufen, auf daß sie sich melden. Kommen sie schließlich der Aufforderung nach, wird oft, wie es zum Beispiel gelegentlich dem Programmierer geschieht, lediglich darum gebeten, er möge ein paar leere Ordner aus dem Keller holen und in diese in die Chefetage tragen. Tut er dies, braucht es ihn nicht weiter zu erstaunen, wenn in der Chefetage bereits ein Karton voll unangetasteter, weil überhaupt nicht benötigter Ordner steht. Das eigentliche Prinzip hinter der Ausrufaktion ist nämlich nichts weiter als die Maßregelung des Firmenschädlings durch öffentliche Demütigung als vermeintlicher Vieltelefonierer - und damit die Spekulation, daß der so Blamierte sich hüten wird, ein zweites Mal auf Kosten der Firma längere Zeit zu telefonieren.

Die Büros der Abteilung Berichtsdienst befinden sich auf der vierten Etage des Gebäudes. Im rechten Flügel davon gibt es fünf Büros, von denen eines allein der Chefin, eines der Fachkraft für Öffentlichkeitsarbeit und drei den Schreibkräften zugeteilt sind. Auf der anderen Seite der Etage, durch zwei Glastüren und einen Gang getrennt, weilt in einem eigenen Raum der Programmierer, und an dessen Büro grenzt der Kopierraum, der hauptsächlich von den Schreibkräften genutzt wird und so Kontakt zum Programmierer, der von der Geschäftsleitung für die Kontrolle der Sauberkeit des Raumes verantwortlich gehalten wird, unausweichlich macht, des weiteren die Büros eines Prokuristen und zahlreicher Außendienstler, die, wie ihre Bezeichnung bereits andeutet, größtenteils durch die Republik reisen, so daß ihre Arbeitszimmer meistens leerstehen. Die vierte Etage ist die am tiefsten gelegene, die in dem Gebäude von der Firma gemietet ist, und da in jener grundsätzlich nichts ohne Überlegung geschieht, ist anzunehmen, daß dort diejenigen, die in der Firmenhierarchie ganz unten angesiedelt sind, untergebracht werden. So sehr groß ist das Unternehmen nicht. Einschließlich zahlreicher Außendienstler, die viel unterwegs sind, wenn jedoch im Hause, sich in den Büroräumen der fünften und teilweise der vierten Etage aufhalten, beschäftigt es als mittelständisches Unternehmen ein wenig mehr als sechzig Mitarbeiter. Die höchste von der Firma belegte Etage ist die sechste, und in dieser befinden sich der „große Chef" als allmächtiger Übervater, sein Stellvertreter - der „kleine Chef" -, die Chefsekretärin sowie die ihr untergeordneten „Jungsekretärinnen", die Sekretärin des Chefstellvertreters und „die beiden Damen vom Empfang", eigentlich als Telefonistinnen eingestellt, aber bei gegebenem Anlaß, zum Beispiel, wenn man ihnen Arbeiten zuweisen möchte, die keine der anderen erledigen mag, auch schmeichlerisch als dafür zuständige „Jung-" oder „Nachwuchssekretärinnen" bezeichnet.

Die Firma ist klein genug, so daß jeder, der sich ein wenig Mühe gäbe - das allerdings haben nicht alle nötig -, den anderen mit Namen kennen könnte. Zum Zweck der „Corporate Identity" hat der „große Chef" sich zur Unternehmensgründung einfallen lassen, „Lila" zur Firmenfarbe zu erklären. Dies sicherlich nicht, um auszudrücken, daß er sich auf irgendeine Weise mit der Frauenbewegung solidarisiere oder um zu zeigen, daß feministischen Bestrebungen nachgegeben werden sollte. Gleichzeitig war ihm, als er seine Entscheidung traf, nicht einmal bewußt, daß ebendies überhaupt in die Farbe seiner Wahl hineininterpretiert werden könnte. Als er zum ersten Mal darauf aufmerksam gemacht wurde, war der Fehler nicht mehr zu beheben. Da war bereits das Firmenlogo samt Briefpapier, Firmenflaggen, -wimpeln und allem, was man sonst noch mit dem Logo bedrucken konnte, lila, da wurden schon alle Manuskripte mit lila Füllfederhaltern geschrieben, da hatte man die Büroräume längst mit lila Mülleimern ausgestattet, lila Bürokörbchen, Schreibtischunterlagen und weitere Büroaccessoires in besagter Farbe gekauft, so daß es zu aufwendig und kostspielig gewesen wäre, all dies wieder rückgängig zu machen, indem man es durch Andersfarbiges ersetzt hätte. Das war natürlich hochärgerlich, und der „große Chef" weiß, daß man hinter seinem Rücken über ihn spottet und ironisch von dem „Feministen" redet, der er nun fürwahr nicht ist. Zunächst bedrückte die Implikation dieser Farbe ihn sehr, aber mittlerweile ist er darüber hinweg, hat er doch eingesehen, daß man ihm bei einer grünen Ausstattung vermutlich angehängt hätte, er sei ein „Ökofeind der Industrie", bei Rot, er sei gar Kommunist, und ganz zu schweigen davon, was man ihm bei den Farben Rosa oder Braun am Ende noch vorgewor-

12

fen hätte! Nein, mittlerweile sieht er das Ganze mit Humor. Wer wollte, könnte ihn bei jeder Farbe mit einer ihm unangenehmen Richtung oder Bewegung in Verbindung bringen, und was die Farbe Lila impliziert, ist am Ende ja doch so absurd, daß die meisten auch nicht einmal darauf kommen. Der „große Chef" braucht sich nichts vorzuwerfen, seine Entscheidung war, wie alle anderen, mal wieder goldrichtig, und er kann zufrieden mit sich sein. Für die Außendienstler wäre es natürlich lächerlich, weil sie repräsentieren müssen und intelligente Tätigkeiten ausüben, aber für seine Innendienstler, also insbesondere die Schreibkräfte und das Verwaltungspersonal, würde es dem „großen Chef" nur allzugut gefallen, wenn diese alle in lila Uniformen an ihren Arbeitsplätzen säßen. Das gäbe ein lustiges Bild, wäre ein Beitrag zur „Unternehmenskultur" und würde, so glaubt der „große Chef", gar die Mitarbeitermotivation fördern, weil alle Innendienstler sich zumindest von ihrem äußeren Erscheinungsbild her glichen. Es „lohnte" sich jedoch erst dann, wenn mehr Kunden sie sähen und die Uniformität - ein deutliches Zeichen für Effizienz und für den von außen kommenden Betrachter eine sichtbar harmonische geistige Gleichschaltung mit der Firmenführung - bewundern könnten. Weil aber die Angestellten, die gewissermaßen „hinter den Kulissen" sitzen, von der Öffentlichkeit kaum begutachtet werden, bleibt ihnen die Uniform erspart. Aber eine gute Idee, da ist sich der „große Chef" sicher, wäre es allemal.

Den gesamten Tag, jeden Tag, jeden langen 8,5-Stunden- oder längeren Arbeitstag, laufen in der vierten Etage in den Schreibkräftebüros ohne Unterbrechung die Radios. Dabei stehen die Türen überall offen, so daß derjenige, welcher im Flur steht, bloß noch die Vermischung der verschiedenen Laute - weil nämlich selbstredend auch drei verschiedene Sender gehört werden - vernehmen kann. Ein Arbeitstag ohne das pausenlos blöde Blöken der Radios wäre den Schreibkräften unvorstellbar und nicht zumutbar. Im Hinblick darauf sind sich alle, obgleich der Altersunterschied der „Damen" im Einzelfall bis zu zwanzig Jahre ausmacht, einig. Vermutlich würden sie sich bei Verlust des Radios heftiger beklagen als bei erzwungenem Verzicht auf die Mittagspause, auf die die „Fleißigen", über welche an späterer Stelle ausführlicher berichtet werden soll, ja häufig aus freien Stücken verzichten, um mehr arbeiten zu können; aber selbst die, welche sich selbst für „tüchtig" halten, lassen den ganzen Tag das Radio laufen. Da dies ein Phänomen ist, welches sich in der ganzen Firma nur in den Schreibbüros findet, ist es den anderen Mitarbeitern unverständlich. Darum gebeten, die für sie hohe Bedeutung des laufenden Radios bei der Arbeit zu erklären, fällt den Schreibkräften nichts weiter ein als die Bemerkung, mit Radio sei alles „nicht so langweilig." Das kann man vermutlich tatsächlich als Argument gelten lassen, denn interessant ist es wohl kaum, tagaus tagein Texte, die man selbst nicht verfaßt und zu denen man auch sonst keinerlei Bezug hat, außer jenem, daß man weiß, daß man mit dem Einhämmern der Vorlagen seinen Lebensunterhalt bestreitet, im Akkord zu tippen.

Das Radiohören bietet den „Damen" Gelegenheit, ihre Musikalität beweisen, indem sie zum Teil bei jedem Lied beziehungsweise „Song" vor dem Computer rhythmisch mitwippen, die Melodie mitsummen oder an entscheidenden Stellen mitsingen, und dabei spielt es keine Rolle, daß täglich 8,5 oder mehr Stunden in unregelmäßigen Abständen immer wieder dieselbe Musik geboten wird. Man kann des Radios einfach nicht überdrüssig werden. Des weiteren geben gelegentliche Radio-Talk-Shows über Sex, Geld oder Liebe stets Anstöße zur freien Meinungsäußerung, zur Diskussion, und nicht zuletzt zu Gesprächsthemen für die Mittagspause. Bei den Talk-Shows unterlaufen den Schreibkräften immer die meisten Tippfehler, weil sie gar zu konzentriert dem Radio lauschen.

In der Mittagspause versammeln sich die „Damen" zumeist in dem größten Schreibbüro, wo dann, je nach Diätplan, Vollkornbrot und Gurken gegessen, oder wenn man es sich wirklich mal „gutgehen" läßt, gemeinsam Pizza und Pasta geordet wird. Immer wenn „beim Italiener" bestellt wird, gibt es aufgrund der großen Menge der Order eine kostenlose Flasche Billigwein dazu, um die es jedes Mal zum Streit kommt. Weil der Wein - zumindest von den „Damen" - während der Arbeitszeit nicht ohne genehmigten Anlaß getrunken werden darf, muß sich stets von neuem darauf geeinigt werden, wer ihn diesmal mit nach Hause nehmen kann. Eigentlich soll dies reihum erfolgen, aber es wird viel zu selten etwas bestellt, als daß sich alle nachher noch darüber einig wären, wer beim letzten Mal die Flasche behalten durfte.

Oft kann ein nichtiger, vollkommen lächerlicher Anlaß wie die Uneinigkeit darüber, wer Anspruch auf den Lambrusco hat, zu tagelangen Kämpfen führen, wobei sich die Parteien wiederholt, jedoch zumeist nicht nachvollziehbar, ändern. Allein täglich dieselben dummen Fratzen zu sehen, die Gesichter der Leute, mit denen man unfreiwillig und zwangsweise, Tag für Tag, den größten Teil seiner Wachzeit verbringt, verursacht Streß. Das bleibt nicht aus. Auf begrenztem Raum ohne jegliche Stimulation von außen mit denselben Menschen - puren Zufallsgenossen - zusammenzusein, führt nicht nur in der Armee oder im Gefängnis zu Mord- und Todgedanken. Der Haß aufeinander schürt sich von selbst, und dem kann sich selbst der Friedlichste oder Abgestumpfteste nicht entziehen. Es gibt kaum einen Arbeitstag, an dem nicht eine latente Gereiztheit in den Büros dominiert. Hinzu kommt, daß oft unter Zeitdruck gearbeitet wird, was das Klima noch angespannter werden läßt, wobei sich solange soviel Zorn anstaut, bis plötzlich irgendwer wieder „explodiert". Dies geschieht sowohl in den Etagen der Unterlinge, als im Mittelbau als auch in der Chefetage. Nur mit dem Unterschied, daß hier mit zweierlei Maß gemessen wird: Gehen einer „Dame" die Nerven durch, ist sie lediglich „frech" („Nachgeordnete" sind immer nur „frech") oder „hysterisch" (Frauen bezeichnet man bevorzugt als „hysterisch"). Dasselbe Verhalten des „großen Chefs" wird jedoch dahingehend gedeutet, daß „das Maß nun wirklich voll" war, daß des weiteren an seinem unkontrollierten Wutausbruch schließlich sowieso nur andere Schuld trugen, die diesen verursacht und provoziert haben, und daß es letztlich gar kein wirklicher Wut„ausbruch" war, der ja immerhin alberne Emotionalität und Mangel an Beherrschung in den Vordergrund stellte, sondern eigentlich nichts weiter als „berechtigter Zorn". Alle daran Beteiligten sind wie Mäuse in zu enger Käfighaltung, die niemals Auslauf haben und irgendwann verzweifeln müssen. Oder das Dutzend armer Krähen, das aufgrund extremen Platzmangels im kleinen Vogelbauer in Bedrängnis beginnt, einander die Augen auszuhacken. Zu Entladungen „berechtigten Zorns" sowie zu „hysterischen Anfällen" kommt es mindestens jeden zweiten Tag, und gerade aufgrund ihrer Häufigkeit sind diese Ereignisse meist sehr schnell wieder vergessen.

Gibt es keinen Grund zur Zwietracht, unterhalten die „Damen" sich in der Pause über ihre Hobbys. Diese sind so ähnlich, daß man sie im großen und ganzen als gemeinsame Interessen zusammenfassen kann: Mode und Schönheit inklusive des zum „Hobby" erhobenen Einkaufens, Kosmetika, Fitneß und damit verbunden des Abnehmens, des „Ernährungsplans", des Fitneß-Centers, Aerobics, „Bodystylings", „Fatburnings" oder des werbeträchtigen Namens der Tanzgymnastik, welche auch immer kurzzeitig populär ist, Kegeln oder mit Freunden Kartenspielen, das Sammeln und Herstellen von „Zierat" - gesammelt werden hauptsächlich Figuren aus Porzellan oder anderem Material, die entweder aus ständig in den Büros kursierenden Katalogen ausgewählt und bestellt oder, von einigen besonders Begabten, sogar selbst hergestellt werden -, das „Aus-dem-Katalog-Bestellen" und die eigenen Haustiere. Niemand der in dem Unternehmen beschäftigten Schreibkräfte hat Kinder, sei es, weil über kurz oder lang damit der Job in Frage gestellt würde, sei es, weil das Gehalt so niedrig ist, daß, wer bei dieser Firma arbeitet, sich kein Kind „leisten" könnte - all dies bleibe dahingestellt. Die Themen der Unterhaltung wechseln immer sehr schnell, weil keine der

„Damen" es fertigbringt, sich über längere Zeit auf ein Gespräch zu konzentrieren. Das ist zu schwer, wenn so viele Leute gleichzeitig im Raum sind, und die Pause ist schließlich zu kurz, um jede gebührend zu Worte kommen zu lassen. Da bedarf es der Führung, und für gewöhnlich sind es Frau Siel und Frau Wartenberg, die das Wort ergreifen oder, wenn es gerade jemand anders führt, in regelmäßigen Abständen wieder an sich reißen. Sie sind es ebenfalls, die durch ihren Einsatz zu verstehen geben, ob, ab wann, zu welcher Gelegenheit und über wen gelacht werden darf. Es empfiehlt sich, sich mit den beiden auf gutem Fuße zu halten, denn wer von Frau Wartenberg oder Frau Siel gehaßt wird, kommt auch bei den anderen „Damen" auf keinen grünen Zweig mehr. Die Kolleginnen Siel und Wartenberg geben den Ton an und legen den Verhaltenskodex fest. Sie sind Rädelsführerinnen und bestimmen, was und wer „cool" oder „in" ist und wer eben nicht. Wer es sich mit diesen unter den Schreibkräften hochangesehenen Persönlichkeiten verscherzt, ist definitiv „abgeschrieben". Mit welcher Berechtigung sich dieses Vorzugsstellung ergeben hat und unbestritten hält, wüßte keine wirklich zu sagen, und eigentlich fragt sich auch niemand danach, weil es einfach als gegeben hingenommen wird. Frau Siel und Frau Wartenberg sind eben dominante Persönlichkeiten, und die meisten „Damen" sehnen sich nach ein bißchen Orientierung. Klar ist, daß immer irgend jemand dazu bestimmt wird, die kollektive Ablehnung auf sich zu konzentrieren. Im Normalfall ist das die Kollegin Thüner, weil diese sich, wenngleich niemand diese Meinung teilt, den anderen an Intelligenz, Fleiß und insbesondere Schönheit für weit überlegen hält und daraus keinen Hehl macht. Frau Thüner kann recht gut damit leben, daß die Kolleginnen sie nicht mögen, sie braucht deren Anerkennung nicht, muß darum nicht buhlen, weil sie sich selbst in ihrem Glanz genügt, überzeugt davon ist, etwas Besonderes zu sein und ohnehin nicht wirklich „dazugehören" will. Im Krankheitsfall Frau Thüners übernimmt Frau Rademann deren Stellvertretung. In Frau Rademanns Fall begründet sich die von ihr zu übernehmende Außenseiterfunktion in anerkanntem, üblicherweise aber von den anderen durchaus geduldetem und nicht weiter beanstandetem Mangel an Qualifikation sowie grenzenloser Dummheit und Langsamkeit bei Ausübung ihrer Tätigkeit. Obgleich auch ihr die Kollegin Thüner sehr unangenehm ist, ist die in deren Krankheitsfall zum Sündenbock erwählte Frau Rademann über jedes Fehlen Frau Thüners todunglücklich, weil Frau Rademann nur zu gern „dazugehören" würde und nichts weiter als ein niedergedrücktes, deprimiertes Opfer ist, wenn man sie mal wieder vorübergehend aus der Gemeinschaft ausschließt.

Gelacht wird dennoch viel, trotz der an sich „ernsten Situation". Es ist fürwahr nicht immer leicht, sich mit denselben Leuten, jeden Tag, Jahr um Jahr dasselbe Büro zu teilen (dafür, daß es tatsächlich nicht immer dieselben Kolleginnen sind, sorgt gelegentlich der „kleine Chef", indem er jemand entläßt, aber das geschieht doch selten genug, so daß sich innerhalb der Gruppe höchstens geringfügige Verschiebungen - und die gehen dann zumeist über den Altersunterschied nicht inhaltlich hinaus - ergeben) und dabei eine stets unveränderliche Tätigkeit auszuüben - obwohl, wenn sie ehrlich sind - keine der „Damen" sich vorstellen könnte, etwas ganz anderes zu tun. Langweilig ist das schon alles, aber konkret befragt, welche Arbeit zum Broterwerb gegenüber der ausgeübten sie denn vorzöge, wären doch die meisten überfordert und in große Verlegenheit gebracht. Außer Frau Wartenberg, die gern eine hochbezahlte und im Fernsehen gefeierte Tänzerin wäre, und Frau Siel, die darauf wartet, endlich als begabte Schriftstellerin entdeckt zu werden.
Weil die „Damen" sehr viele Gemeinsamkeiten haben, gibt es in der Mittagspause stets etwas zu besprechen - wenn man nicht gerade damit beschäftigt ist, in irgendwelchen Katalogen zu blättern. An sich verlaufen die Pausen immer gleich, und auch die Inhalte der täglichen Unterhaltungen sind austauschbar. Die Fachkraft für Öffentlichkeitsarbeit,

die in einem eigenen Büro sitzt, jedoch ihre Mittagspause, seit sie dazu aufgefordert wurde, in einem der Schreibbüros verbringt, weil sie nicht wagte, das Angebot auszuschlagen, da sie weder hochmütig erscheinen mag, noch sich unnötig verhaßt machen will, sieht für sich mit den Hobbys ebensowenig wie mit den Ansichten der Schreibkräfte Identifikationsmöglichkeiten. Aus diesem Grunde hält sie sich bei den Gesprächen immer zurück. Daß sie zu den Unterhaltungen wenig beizusteuern hat, wird aber für gewöhnlich seitens der „Damen" nicht auf fehlende Gemeinsamkeiten, sondern auf Schüchternheit und allgemeine Kontaktunfähigkeit seitens der „Fachkraft" zurückgeführt. Da diese keinerlei Möglichkeit sieht, sich an den banalen Gesprächen konstruktiv und achtbar zu beteiligen, zieht sie es vor, als schüchtern und somit nicht als arrogant, was ja sonst sehr wohl möglich wäre, zu gelten. Denn in keinem Fall möchte sie das Betriebsklima vergiften, indem sie den Eindruck erweckt, sie halte sich für „etwas Besseres", um dann völlig „ausgegrenzt" zu werden. Einmal bereits ist mitleidig gefragt wurden, ob sie denn wenigstens ein Hobby habe, und da ihre Hobbys denen der Kolleginnen überhaupt nicht ähnlich sind und sie fürchtete, das, was sie interessiert, könnte nicht einmal als „Hobby" nachvollzogen werden, würde als solches einfach nicht anerkannt, zögerte sie mit der Antwort. Frau Wartenberg, die immer da ist, „wo es Action gibt" und sicher „nicht auf den Mund" gefallen ist, kam ihr zur Hilfe und schlug fragend vor, ob ihr Hobby vielleicht Seidenmalerei sei. Die Fachkraft für Öffentlichkeitsarbeit empfand dies als empfindliche Beleidigung und schloß daraus, daß man sie, da sie sich stets zurückhält, offenbar - gutwillig und nicht bösartig - für eine arge Langeweilerin hält, die in aller Zurückgezogenheit sich dem durchaus vertretbaren Hobby der Seidenmalerei widme. Als sie schließlich erklärte, das Lesen sei ihr Steckenpferd, erntete sie dafür recht mitleidige Blicke. Frau Weber gab kund, gar keine Bücher zu besitzen, außer ein paar alten Schulbüchern, in die sie zwar nicht mehr hineinschaue, die aber zum Wegwerfen allemal zu schade seien, hätten ja schließlich mal Geld gekostet, und man wisse nie, ob nicht doch etwas drinstehe, was man irgendwann noch mal gebrauchen könne. Ein paar Bücher habe sie schon und würde wirklich nicht gern darauf verzichten: Anleitungen zur Katzenpflege und Rätselhefte zum Beispiel, warf Frau Rademann ein. Aber als ein richtiges „Hobby" könne man das Lesen wohl kaum bezeichnen, zumal es eben viel praktischer und bequemer sei, sich statt dessen im Privatfernsehen einen schönen Schicksalsfilm anzusehen. Der dauere höchstens zwei Stunden, während man, um den Roman dazu zu lesen, wahrscheinlich zwei Monate brauche. Die Zeit solle mal einer finden! Hier waren sich alle „Damen" einig: Das Lesen sei nur etwas für Leute, die sowieso nichts mit sich und ihrer Zeit anzufangen wüßten. Wenn schon, dann selber schreiben, warf Frau Siel, die hauptsächlich ihre selbstverfaßten Bücher besitzt, ein. Es wurde diese armselige „Fachkraft" daraufhin gefragt, ob sie Freunde habe? Ob sie manchmal Essen gehe? Das Mitleid, gepaart mit ein wenig Verachtung, war aus diesen Fragen deutlich herauszuhören. Aus der Sicht der „Damen", die, wie des weiteren noch auszuführen sein wird, vielseitig sind und zahlreiche schöne Steckenpferde haben, gilt seitdem diese Fachkraft für Öffentlichkeitsarbeit - offensichtlich ohne Hobbys und sogar ohne Freunde - als ein ganz armes Schwein. Da kann man doch selber, auch wenn man weniger verdient, wirklich froh sein, daß bei einem selbst immer „Action" ist! Nein, mit der möchte man nicht tauschen! Lesen als „Hobby", und sonst offenbar gar nichts nichts, das des Erwähnens wert wäre! Nein, wirklich nicht! Über diese erbärmliche Versagerin von „Fachkraft" wird seither oft mitleidig gesprochen, und wenn sie nicht dabei ist, macht man gern ein paar gehässige Scherze über sie.

Stets dreht sich alles darum, „fit und schön" zu sein. Dies ist erklärtes, wenngleich unerreichbares Lebensziel, oder doch zumindest eines der vielen, und zwar insbesondere von Frau Wartenberg. Fragte man Frau Wartenberg selbst, so fühlte sie sich diesem Ziel näher, als irgendjemand anders, der dies als Außenstehender vermutlich objektiver betrachtete, ihr zugestünde. Für die Schönheit ist kein Preis zu hoch. Im Fitneß-Center, wo der Trainer eigens für Frau Wartenberg einen besonderen Ernährungsplan ausgearbeitet hat, werden abwechselnd Aerobics und Bodybuilding betrieben. Zu Hause wird dieses Programm durch ein „Fatburning"-Programm ergänzt. Zudem tanzt Frau Wartenberg eifrig. Der Erfolg scheint sich dennoch nicht einzustellen, jedenfalls will von den Kolleginnen niemand merken, wie die stabile Silvia Wartenberg, Mitte dreißig, zusätzlich stark belastet durch ein permanentes Hautproblem in Form von spätpubertärer Akne, hervorstehende Hasenzähne sowie ein auffälliges Mondgesicht, aufgrund eiserner Disziplin im Sport und strengen Befolgens des Diätplans ständig abnimmt. Außer ihr selbst scheint das keine wahrnehmen zu wollen, wie bei ihr die Pfunde nur so purzeln. Wahrscheinlich sind die nur alle neidisch, daß Frau Wartenberg so konsequent ist. Hat sie nicht den Anstoß zur großen Diätwelle im Büro gegeben? War es nicht sie, die für alle das spartanische Gurkenkauen in der Mittagspause eingeführt hat? Ja, nur neidisch sind die alle, weil Frau Wartenberg, sonnenstudiogebräunt und nach eigenem Empfinden täglich schmaler, die einzige ist, die ihre Diät streng einhält, weil sie, nach Selbsteinschätzung, „so einen total starken Willen" hat. Letztlich kam sie von der Toilette zurück ins Büro und hörte bloß noch das Wort „mager". Sofort fragte sie nach, wer mager sei, worauf Frau Seiler behauptete, sie habe gerade gesagt, mit dem noch vorhandenen Kaffeebestand sehe es mager aus, so daß man sich darauf einigen müsse, wer diesmal an der Reihe sei, bei der ungeliebten Chefsekretärin auf der sechsten Etage den Kaffeenachschub zu besorgen. Klar! Da wußte Frau Wartenberg sofort Bescheid! Sie bleibt auch nachträglich überzeugt davon, daß die Kolleginnen in ihrer Abwesenheit neidisch darüber sprachen, wie mager Frau Wartenberg in den letzten Monaten geworden sei. Und plötzlich stritten sie dies einfach ab, die falschen Schlangen! Aber Frau

Wartenberg weiß Bescheid, und es ist eine große Genugtuung für sie zu wissen, daß die anderen gemerkt haben, wie „mager" sie jetzt ist und daß sie offenbar zu mißgünstig sind, dies offen zuzugeben. Da lohnt es sich doch, sein hart erarbeitetes Geld für den Mitgliedsbeitrag im Fitneß-Center und den täglichen Besuch des Sonnenstudios auszugeben. Beides würde Frau Wartenberg, wenn sie nur mehr Zeit hätte, Tag und Nacht ausnutzen, um *noch* schöner zu werden. Der Feierabend hat gar nicht genug Stunden, all das zu schaffen, was man sich vorgenommen hat, und schließlich möchte man ja auch gern sonst noch irgendwo hingehen, in die Disco, in ein Pop-Konzert, um die mit Mühe und eiserner Disziplin erkämpfte Schönheit öffentlich, da, wo „was los" ist, vorzuführen. Frau Wartenberg fragt die Kolleginnen, ob sie bemerkt haben, daß der Mann, der soeben bei der Chefin war, Frau Wartenberg ganz intensiv angesehen, ja geradezu fixiert hat. Angeblich will es keine bemerkt haben, die neidischen Ziegen, obwohl es doch so unübersehbar eindeutig war! Aber den Kerl haben sie sich alle genau angeglotzt! Die Tatsache, daß dort ein Mann war, den niemand kannte, leitet einen Themenwechsel ein: Wer ist er, und wo kommt er her? Sah er nicht unglaublich gut aus? Da sind die Meinungen geteilt, obgleich die Mehrheit dazu neigt, sich darüber einig zu sein, daß er äußerst attraktiv sei. Frau Gerber will an ihm einen „fetten Arsch" bemerkt haben. Jetzt ist Frau Wartenberg sich sicher, daß er sie, und allein sie, Frau Wartenberg, mit schmachtenden Blicken bewundert hat und niemandem dies entgangen ist. Sonst hätte die neidische Gerber jetzt nicht solch eine Bemerkung gemacht. Wer ist er nur? Wird er wiederkommen? Darüber wird in der Mittagspause ausgiebig spekuliert. Frau Wartenberg fällt in diesem Zusammenhang - aber das sagt sie jetzt nicht mehr laut - sofort ein, daß sie noch heute in einem ihrer Frauenmagazine einen interessanten Artikel gelesen hat, dessen Überschrift lautete: „Wer verliebt ist, nimmt ab - wie man die Kilos zum Schmelzen bringt". Das ist eine Diät, von der sie bisher gar nichts gewußt hatte, und guten

Gewissens wird sie den anderen, die sich gerade über Männer festquatschen, dieses Wissen vorenthalten. Wenn sie sich jetzt auch noch verliebe, könnte sie bald Model werden, denkt sie stolz. An der Zeit, sich mal wieder zu verlieben wäre es ja, denn ihr Heinz mit Glatzen- und Bauchansatz macht sie schon lange nicht mehr an. Der von vorhin, der wäre wirklich was . . . Was wären die anderen da neidisch!

Über Männer läßt`s sich immer wieder gut diskutieren. An sich wird von den in der Firma arbeitenden keiner besonders von den ihm „nachgeordneten" - man liebt in der Firma den Begriff „nachgeordnet", weil der als Euphemismus für „untergeordnet" der Firmenführung ein menschliches Antlitz verleihen soll - Schreibkräften gemocht. Kritisieren mögen die „Damen" sie aber gern, wobei man sich nicht allein auf deren Taten und Handlungen beschränken möchte. Festgestellt hat Frau Wartenberg, wieder mal als erste von allen, weil sie eben doch am besten „auf Zack" ist, daß dem „kleinen Chef" bei dessen letztem Kontrollgang aus dem Hemdkragen am Hals ein paar Haare herausgeschaut haben. Eklig finden das alle. Frau Weber ergänzt, daß der „kleine Chef" zudem garstig behaarte Hände habe, worauf die Mehrheit der „Damen" sich einigt, daß im allgemeinen eine starke Körperbehaarung bei Männern männlich und erotisch stimulierend sei, mit Ausnahme des „kleinen Chefs" jedoch, bei dem die Behaarung extrem und damit widerlich sei. Fest steht dabei natürlich, daß der „kleine Chef" auch mit normaler Behaarung widerwärtig wäre. Frau Gerber wirft ein, daß der gewiß sogar auf dem Rücken dicht behaart sei, abscheulich fürwahr, worauf die Begriffe „Affe" und „Werwolf" fallen und kollektiven Ekel auslösen. Dennoch, meint Frau Wartenberg abschließend bemerken zu müssen, seien Männer, die über geringe oder fast keine Körperbehaarung verfügten, zumeist „Weicheier", worauf sie heftigen Widerspruch von Frau Martin erntet, deren Ehemann zwar schwach behaart, aber fürwahr kein „Weichei" sei. Frau Rademann, alleinstehend und sich deshalb aus der Diskussion heraushaltend, ist inzwischen das Gespräch zu langweilig geworden, so daß sie für den Rest der Pause ihr Rätselheft hervorkramt. Das macht Spaß, bietet gute Unterhaltung, „und man lernt schließlich ja auch etwas dabei". Frau Rademann kauft regelmäßig eine ganze Reihe von Rätselheften, vom „Rätselkönig" über „Freizeiträtsel für die Frau" bis zu „Familienrätseln." Mit ihren Nachbarinnen im Haus kann sich sich darüber immer gut unterhalten und gelegentlich über die Qualität der unterschiedlichen Rätselhefte sogar fachsimpeln. Aber ihre Kolleginnen bei der Arbeit scheinen sich nicht genug dafür zu interessieren.

Unbestrittene und bei allen anerkannte Tatsache ist unter den „Damen", daß das Geld vorn und hinten nicht reichen will. Schließlich wünscht sich jeder, einen gewissen Lebensstandard zu haben. Als die Fachkraft für Öffentlichkeitsarbeit einst am Ende des Monats darum bat, ob ihr jemand aus dem Schreibbüro einen Fünfzigmarkschein wechseln könne, erntete sie nur eisiges Schweigen. Erst auf wiederholtes Fragen wurde ihr erklärt, daß sie hoffentlich nicht ernsthaft glaube, daß am Tag vor dem Zahltag überhaupt noch jemand im Besitz von fünfzig Mark sei. Dies wurde mit bitterem Vorwurf gesagt, denn offensichtlich verdient sie ja mehr als eine Schreibkraft zu erwarten hat. Diese „Fachkraft" geht den „Damen" ohnehin seit langer Zeit auf die Nerven, meint wohl, sie wäre „was Besseres". Erfreulich ist nur, daß im Rahmen von Sparmaßnahmen die sowieso bald gehen wird und die Stelle nicht neu besetzt werden soll. Ganz richtig so, finden die „Damen", denn „solche studierten Leute" haben sie gar nicht gern, die fast nichts für ihr Geld produzieren müssen und dann trotzdem mehr davon bekommen als eine Schreibkraft für ihre ehrliche, nachvollziehbare Arbeit. Tatsächlich sind die Gehälter der „Damen" nicht üppig, und in den Urlaub zu fahren, wie „die da oben", können sich die meisten nicht einmal leisten. Ob man es sich „leisten" kann oder nicht, hängt immer davon ab, welchen

Lebensstandard man für nötig hält. Besonders Frau Wartenberg, mit ihrem im Gesicht tätowierten Freund zusammenlebend und allzuviel Geld in Schönheit, Mode und Ausgehen investierend, und Frau Rademann, alleinstehend mit zwei Rassekatzen, für deren ausgewogene Ernährung sie zwar permanent auf der Jagd nach Sonderangeboten ist, jedoch wegen des neuen sportlichen Kleinwagens bei den eigenen Eltern hochverschuldet, können es sich nicht erlauben, während des Urlaubs irgendwohin zu fahren. Um überhaupt „über die Runden" zu kommen, ist Improvisationsvermögen gefragt, und Frau Rademann hat für sich selbst die hoffentlich (und hoffentlich möglichst bald) vorübergehende Lösung gefunden: Da die Eltern nach und nach das Geld, das sie ihr geliehen haben, zurückerwarten, das Gehalt aber so gering ist, daß am Ende des Monats nichts mehr davon übrigbleibt, muß Frau Rademann entweder - statt der Eltern - die unangenehme Aufgabe übernehmen, auf die inkontinente, tyrannische, neunzigjährige Tante Hedwig aufzupassen oder sich einen Nebenjob suchen. Langfristig zieht sie eine Nebenbeschäftigung vor und hat sich entschlossen, ihr Gehalt durch eine Tätigkeit bei der „LAVA"-Kosmetikvertriebsfirma zu subventionieren. Regelmäßig bringt Frau Rademann den Kolleginnen alle drei Wochen die bunten Heftchen der LAVA-Firma ins Büro, damit sie sich reichlich Kosmetika oder Parfums, die leider nur abgebildet sind, so daß man sich von ihrem Wohlgeruch im voraus nicht überzeugen kann und auf Vertrauensbasis bestellen muß, aussuchen können. Die Resonanz unter den Kolleginnen ist unerfreulicherweise wesentlich geringer als erhofft. Diese bestellen zwar alle gern aus dem Katalog, aber billiger als im Handel müssen die Produkte schon sein, denn das ist ja unter anderem beim Katalogkauf der Sinn der Sache. Und da Frau Rademann wie viele andere LAVA-Vertreterinnen den Job sowieso nur angenommen hat, weil sie dabei ein wenig Gewinn machen möchte, sind die Produkte leider größtenteils sogar teurer als im Einzelhandel. So daß Frau Rademann „ernsthaft am Ball bleiben" und Kunden werben muß, will sie an ihrem Nebenjob überhaupt etwas verdienen.

Nachdem es sich bereits nach wenigen Monaten endgültig als unrentabel, ja als Verlustgeschäft erwiesen hat, die Kosmetikprodukte zu verkaufen, entscheidet sich Frau Rademann dafür, Parties zu geben, bei welchen sie Küchenzubehör vertreibt. Als sich selbst das nach einiger Zeit als weniger lukrativ erweist als erwartet, wird Frau Rademann auf eine Kleinanzeige in einer kostenlosen Wochenzeitschrift aufmerksam, die Reichtum durch den privaten Vertrieb von Dessous verheißt. Von neuem macht sie sich an die Arbeit, an ihre gesamten Kolleginnen und Nachbarinnen Prospekte über das neue Produkt zu verteilen. Der Gewinn läßt aber weiterhin auf sich warten. Für alle - Frau Rademann selbst ausgenommen - ist absehbar, daß der Dessousverkauf auf dieselbe Weise enden wird wie der Kosmetik- und Küchenzubehörvertrieb: Sobald jede Nachbarin ein Teil gekauft hat, wird sich niemand mehr dafür interessieren, den Katalog überhaupt anzusehen. Da der Bekanntenkreis von Frau Rademann ebenso klein ist wie seine Spendierfreudigkeit, wird sie bloß eine geringe Anzahl von Reizwäscheteilen bestellen, nachdem sie - auf eigene Kosten - bei ihrer Dessous-Party die Gäste bewirtet hat. Selbstverständlich werden einige Größen nicht richtig versandt werden, oder die Nachbarinnen werden von ihrem Rückgaberecht bei Nichtgefallen Gebrauch machen, einige werden sogar behaupten, die Bestellung nicht wirklich ernst gemeint zu haben und sich plötzlich darauf berufen, sie hätten schließlich „nichts unterschrieben". Aus welchem Grund auch immer: Frau Rademann wird - wie bei den vorangehenden beiden Versandgeschäften - einen Teil der Ware auf eigene Kosten zurücksenden müssen. Bewirtungskosten als Gastgeberin, unabhängig davon, ob sie Umsatz macht oder nicht, unerwartete Portokosten bei Rücksendung - summa summarum wird Frau Rademann wieder „Miese" machen. Dennoch wird sie aus der Erfahrung nicht klüger werden als zuvor.

Die „Damen" kaufen ja so gern ein! Auch dies ist ein Hobby, das sie sich mit Begeisterung teilen. Wenn man nur mehr Geld hätte, um sich öfter ein paar „geile Klamotten" zu kaufen! Von „kaufen", da muß man gerecht bleiben, ist jedoch beinahe nie die Rede. Die Gespräche drehen sich immer nur um das, was man sich wieder „geholt" hat, „geholt" in der Bedeutung von „gekauft". Grundsätzlich wird sich nichts „gekauft". Es wird täglich besprochen, was man sich „geholt" hat beziehungsweise, wenn man „das Moos" dazu hätte („ohne Moos nix los" wird immer wieder gern zum besten gegeben), „holen" würde. Dabei kann man sich eine Schale Pommes frites ebenso „holen" wie als besonders sportlichen Schmuck für das Auto einen Spoiler - was dem Außenstehenden nahelegt, es müsse dafür nicht bezahlt werden: Man „holt" sich eben alles.

„Geholt" wird oft mehr, als man sich leisten kann. Was nicht sofort bezahlt werden muß, läßt man sich auf Kredit geben, und wenn Frau Wartenbergs Freund es nun wirklich für notwendig hält, zu zweit für ein gesamtes Monatsgehalt für vier Tage zum Formel-1-Rennen nach Portugal zu fahren, dann muß auch schon mal in Kauf genommen werden, daß man im darauffolgenden Jahr, lange Zeit nach dem Urlaub, jeden Monat dafür noch etwas zurückzahlt. Die Hauptsache ist, daß man „Spaß hat", meint Frau Wartenberg, und sei dieser Spaß nur auf Kredit. So begründet sie gleichfalls ihre gelegentliche Kaufsucht, die sie mit einigen anderen „Damen" teilt, um ihre geistige Leere zu kompensieren. Wenngleich sie viele der Dinge, die sie erwirbt, nicht eigentlich benötigt, „Kaufrausch macht Spaß, und man muß sich manchmal auch gehenlassen können."

Im allgemeinen, insbesondere aber im Sommer, gibt man sich gern leger. Folgendermaßen ist Frau Wartenberg, die von allen am „legersten" ist und sich für besonders „sexy" hält, weil sie viel Geld in ihr Äußeres investiert, oft gekleidet. Heute: „Stil sportlich": Kurze, knallrote enge Elastik-/Plastikhose - „Leggings", allerdings nur bis zum Knie, wo sie aufhört, so daß man die dicken, vermeintlich

„sportlichen" Waden sehen kann -, dazu das passende T-Shirt, gleichfalls knallrot, bloß vorn noch ein buntes Muster aufgedruckt, auf jedem der beiden Teile der Name des „sportlichen Designers" deutlich sichtbar aufgenäht, auf daß selbst den Nicht-Eingeweihten klar werde, daß es sich bei diesem Outfit um etwas „Besonderes" handelt. Damit auch tatsächlich denen, die nicht so „in" sind wie Frau Wartenberg, nicht unverborgen bleibt, daß das, was sie sich wieder „geholt" hat, eine Menge „Moos" gekostet haben muß. Dazu trägt sie die weißen Leinenschuhe, auch von einem Designer, den „man" kennen sollte - „Weiß" macht sich gut mit den sonnenstudiogebräunten Waden -, ohne Socken. Die Schuhe zieht sie im Büro aus und läuft dann - wie zu Hause, lässig und cool - barfuß auf dem Teppich herum. In der Mittagspause legt sie die nackten Füße auf den Tisch. Da soll mal einer was sagen! Da soll mal einer von den „Chefs" was zu sagen wagen! Wer so hart wie Frau Wartenberg arbeitet, hat wohl ein Recht darauf, in der Pause die Füße auf den Tisch zu legen, egal ob die nackt sind oder in Schuhen stecken. Schließlich ist das ihr Schreibtisch, und außer ihr muß niemand daran arbeiten. Da kann sie ihre Füße drauflegen, so oft es ihr paßt. Sogar draufsetzen dürfte sie sich, wenn ihr das gefiele. Da soll mal einer was sagen! Der wird „die passende Antwort" kriegen. Denn „schreien kann ich ganz ordentlich", meint Frau Wartenberg und bleibt weiterhin sehr enttäuscht, weil man sie warten läßt, denn tatsächlich hat es bislang noch keiner der Vorgesetzten der Mühe wert befunden, ihr zu verbieten, in der Mittagspause die Füße auf den Tisch zu legen. Da sollte mal einer kommen! Frau Wartenberg wartet nur darauf, und schon ziemlich lange vergebens. Die „passende Antwort" hat sie sich „schon zurechtgelegt." Man muß sich „von denen" nämlich „nicht alles bieten lassen." Leider bietet sich Frau Wartenberg nie die Gelegenheit, dies den „Chefs" kundzutun, weil ihr niemand das Ausruhen ihrer Füße auf dem Schreibtisch in der Mittagspause streitig machen will, denn so bedeutend ist sie gar nicht, daß das, solange sie von der Kundenwelt abgeschirmt ist, eine vorgesetzte Stelle innerlich beunruhigen könnte.

Frau Wartenbergs ganzer Stolz ist ihre Tanzgruppe, die sie - nomen est omen - „Success", englisch für „Erfolg", genannt hat. Obwohl bereits etwas verblüht, hat sie bis heute die Hoffnung nicht aufgegeben, doch noch „entdeckt" zu werden, und nimmt mit dem Tanztrio, das aus ihr, ihrer Schwester und einer Freundin besteht, regelmäßig an Nachwuchswettbewerben teil. Gelegentlich - aber dadurch lassen sich die tanzwütigen Schwestern nicht entmutigen - fällt die Tanztruppe auf Kleinanzeigen in Umsonstblättchen herein, in welchen Tänzerinnen gesucht werden, und bei welchen sich zumeist leider erst beim Vorstellungsgespräch herausstellt, daß damit eigentlich Animierdamen in fragwürdigen „Clubs" mit vornehmlich männlichem Publikum gemeint waren. Der Traum von der Karriere als Tänzerin, wofür sie dann selbstredend, „wenn die Gage stimmt" gern ihren Bürojob aufgäbe, ist von Frau Wartenberg längst nicht ausgeträumt. Silvia Wartenberg sieht ihre Hoffnung als nicht unberechtigt, war sie doch letztlich erst mit großem Photo ihres Trios auf „Der Seite Drei" der Lokalzeitung als Teilnehmerin eines Talentwettbewerbs abgebildet. Und zwar sportlich im Dance-Outfit: Tarnhose und -kappe, dazu ein bauchfreies Oberteil, bei dem sie die Luft stark anhalten mußte, damit man wenigstens auf dem Photo den wohlgenährten Fettring um den Bauch nicht sehen konnte. Ob es mit der neuen Karriere klappt, wird sich erst herausstellen. Besonders stolz aber ist Frau Wartenberg darauf, daß ihr Name in der fettgedruckten Titelzeile stand, weil sie offenbar von allen Teilnehmern die interessanteste Äußerung gemacht hatte. Die Titelzeile hieß: „Silvia will nach Hollywood." Darüber soll sich lustigmachen, wer will, Frau Wartenberg läßt sich ihren Erfolg von den Neidern nicht madig machen. Daß die oberen Kasten sich über die „Dame" mittleren Alters, deren Photo sie auf eben der dritten Seite der Zeitung fanden, hämisch als „Page-Three-Girl" mokieren, ficht sie nicht zuletzt deshalb nicht an, weil ihr die Implikation ohnehin unbekannt ist.

Ein besonders schönes und ausgefallenes Hobby hat Frau Siel: Die „Dame" Siel, gelernte Pferdepflegerin mit Spezialgebiet Beziehungstraining und Psychotherapie für ihre Pfleglinge, die nach ihrer Ausbildung keine Arbeit fand, deswegen eine Gärtnerlehre begann und zu Ende führte, in diesem Beruf aufgrund ihres Rheumas nicht tätig werden konnte und daraufhin durch einen vom Arbeitsamt subventionierten Kurs zur Schreibkraft avancierte, ist wegen ihrer großen Lebenserfahrung und der sich gleichfalls selbst zugeschriebenen übersinnlichen Fähigkeiten, die so weit gehen, daß sie sich als Medium für Kontakt zu Außerirdischen begnadet fühlt (Menschen, die ihr nicht wohlgesonnen sind, behaupten gern bösartig, daß Frau Siel selbst wie eine Außerirdische aussehe: 1,90 m groß und stabil, teigig blaß, mit wäßrigen Augen, leuchten an ihr auffällig die mit Henna orange gefärbten Haare, die bis zum Gesäß reichen), sieht sich zur Schriftstellerin berufen. Frau Siel verbringt einen Großteil ihrer Freizeit damit, „Phantasy Novels" selber zu schreiben. Diese Phantasiegeschichten photokopiert, stanzt und bindet sie dann bei der Arbeit, fünf Bände des großen Sielschen Werkes stehen schon zu Hause im Regal und warten bloß noch darauf, daß sich ein Verleger findet, der sie veröffentlicht. Daß sich einer finden wird, dessen ist sich die Künstlerin gewiß, auch wenn sie zur Zeit noch verkannt werden mag. Frau Siel trägt einen selbsterdachten Künstlernamen, und bis eine ihrer Novels veröffentlicht wird, will sie nicht damit warten, mit diesem gerufen zu werden. Da es unter den „Damen" ohnehin Sitte ist, sich zu duzen, hat Sabine Siel diese, seit sie in der Firma arbeitet, darauf verpflichtet, sie mit ihrem Künstlernamen „Libra" anzureden. Den bürgerlichen Nachnamen legte sie gleichfalls liebend gern ab, nur wäre das wohl weniger einfach, und so muß der Name - vorerst, bis sie so berühmt ist, daß ihr keiner mehr etwas verbieten darf -, bei „Libra Siel" bleiben. Am liebsten wäre es Frau Siel, wenn zunächst wenigstens ihr profaner Vorname „Sabine" gänzlich in Vergessenheit geriete. Leider erinnern sie selbst in der Firma noch Gehaltszettel, Lohnsteuerkarten oder andere Dokumente daran. Aber von den unmittelbaren Kolleginnen soll mal jemand wagen, sie mit dem blöden Namen „Sabine" anzusprechen! Wer das tut, ist „unten durch" und hat nichts mehr zu lachen! Da versteht Libra Siel keinen Spaß und ist tödlich beleidigt. Und diejenigen Kolleginnen, die aufgrund der großen Mitarbeiterfluktuation ständig neu in der Firma anfangen und sich erstaunt ob des „Künstlernamens", der mit größter Selbstverständlichkeit wie ein von Geburt an geführter Vorname vorgestellt wird, zeigen, werden erst einmal aufgeklärt: „Libra" bedeute „Waage", und dies eben sei der Aszendent von Frau Siels Sternzeichen. Keine Ahnung, was ein Aszendent ist? Kein Problem, Libra erklärt das gern, denn Libra Siel weiß sowieso über alles Bescheid, und wenn bei irgend jemand, ganz gleich in welcher Hinsicht, Wissenslücken bestehen, ist Libra Siel die Frau, die Rat und Hilfe weiß. Des weiteren bedeute „Libra" Freiheit oder so ähnlich. „Cuba Libra" - kennt doch jeder, oder? Heißt Freiheit für Kuba, oder so. Und freiheitsliebend sei Frau Siel sowieso. Sehr sogar, auch wenn dieser Drang in der Firma immer unterdrückt werde, aber das sei ja ohnehin schon wieder ein ganz anderes Thema. Bislang hat noch jede neue Kollegin auf weitere Nachfrage verzichtet und den Namen Libra akzeptiert. Die meisten wissen instinktiv, was für sie am besten ist.

Immer wieder bieten die über alles geliebten Haustiere ein geschätztes Gesprächsthema. Es handelt sich dabei um Vögel, Hunde oder Katzen, die auf Namen wie „Süßi", „Schatzi" oder „Miezi" hören. Auch für die Haustiere, insbesondere die Katzen, werden Bücher und Kataloge herumgezeigt, die sich großer Beliebtheit erfreuen. Da gibt es schöne Geschenke, die man selbst bestellen oder sich zu Weihnachten schenken lassen kann, wie zum Beispiel einen neuen, bunten Kratzbaum mit Hängematte für die Katze „Süßi" oder einen Gummiknochen zum Spielen für Hund „Bello". Gelegentlich wird unter den Katzenhalterinnen über die Pflege der Lieblinge gefachsimpelt, mit

Hilfe von Büchern werden Tips für optimales und suboptimales Katzenspielzeug gesammelt, und alles, was neu ist, wird sofort bestellt, weil es Süßi & Co. schließlich ebenso gut gehen soll wie Frauchen. Nach ihrem liebsten Fernsehprogramm gefragt, fällt Frau Rademann als erstes die neue Werbung für Katzenfutter ein, die angeblich regelmäßig zur gleichen Uhrzeit gesendet werde, so daß Frau Rademann, sich darauf verlassend, dann zu Hause den Fernseher einschalte, um damit ihre Abendunterhaltung zu beginnen. Diese schöne Werbung mit den supersüßen Kätzchen hat die „Dame" Rademann inzwischen überzeugt, so oft sie es sich leisten kann, ebendieses beworbene Katzenfutter zu kaufen und nicht mehr ausschließlich auf die Sonderangebote im Supermarkt zurückzugreifen. Manchmal läßt sich Frau Rademann von Frau Weber, die gelegentlich so gutmütig ist, in der Mittagspause mit dem Auto zum weiter entfernten Supermarkt zu fahren, um für alle Schreibkräfte die zum Mittagessen notwendigen Kleinigkeiten einzukaufen, Kartoffelmehl in einer großen Pappackung mitbringen. Die Packung Kartoffelmehl, die dann bis Dienstschluß auf Frau Rademanns Computer steht, diene dazu, die Katzenschwänze einzupudern, damit sie nicht so fettig seien. Die Richtigkeit oder das Verwerfliche ("verwerflich", weil einige „Damen" dies für Tierquälerei halten) dieser Maßnahme wird immer wieder von neuem diskutiert. Tatsache ist, daß Frau Rademann unter den Schreibkräften die wohl enthusiastischste Katzenhalterin ist und man ihr sicherlich wissentliche Tierquälerei nicht würde vorwerfen wollen. Frau Rademann nämlich hat „mit den Männern kein Glück": Da gab es mal einen Trinker, ein anderer Liebhaber verunglückte mit seinem Motorrad tödlich, der letzte war ständig krank und hatte am Ende Tuberkulose, und „sowas" konnte sie „nun wirklich nicht brauchen". Seit Frau Rademann eingesehen hat, daß sie „mit den Männern kein Glück" hat, hat sie „die Männer aufgegeben". Mit den Katzen hat sie jetzt mehr Glück. Im großen und ganzen jedenfalls. Wenn eine von Frau Rademanns Katzen erkrankt, muß die Schreibkraft Urlaub nehmen oder, sollte man ihr diesen nicht gewähren, bliebe ihr eben keine andere Wahl als krankzufeiern, was sie nicht gern tut, weil sie ja eigentlich eine „ehrliche Haut" ist. Aber ihr zuzumuten, eine kranke Katze leidend zu Hause zu lassen, hält sie für eine Unverschämtheit. Kranke Kinder ließe man auch nicht allein zu Hause, dafür hätte jeder Verständnis, und die Katzen sind Frau Rademanns Kinder. Zwingt man sie dennoch zu arbeiten, bricht sie vor ihrem Computer in Tränen aus, kann sich auf kein Stück Text konzentrieren, nicht einmal Kopieren schicken kann man sie dann, sie ist nicht in der Lage weiterzuarbeiten, bis endlich die Notwendigkeit, sie nach Hause zu schicken, erkannt wird. Schließlich ist sie sonst nie krank und kommt selbst mit großen Schmerzen zur Arbeit. Nur die Katzen soll man aus dem Spiel lassen. Häufig zeigt Frau Rademann den Kolleginnen in der Mittagspause Photos ihrer zwei Katzen. Diese beiden - Männchen und Weibchen - „er" jedoch kastriert, und unter der Kastration habe „er" sehr gelitten, liebten einander angeblich unendlich und seien unzertrennlich, weiß Frau Rademann zu berichten. Sie hat die beiden Lieblinge in ihrer Wohnung aufgenommen und eine ganze Reihe von Photos produziert, die die Kolleginnen bewundern sollen. Stolz zeigt sie die Ergebnisse herum und erläutert, was auf den einzelnen Bildern zu sehen ist: Kater und Kätzin zerreißen lustig das Rätselheft, sitzen auf der Spüle und beobachten gemeinsam, wie das Wasser aus der Leitung in den Spülstein läuft - letzteres sei ein Spiel, für das sie sich immer wieder von neuem begeisterten, so daß die Besitzerin stets zur Belustigung des Paares den Wasserhahn aufdrehen müsse. Die schönen Aufnahmen der Haustiere werden mit „ach, wie süß/niedlich" bestaunt, „Frauchen" wird für die edlen Tiere gelobt. Frau Rademann erklärt, ernsthaft zu erwägen, mit ihren Katzenbildern einen Kalender zu erstellen und diesen dann als zusätzliche Erwerbsquelle, um ihre Schulden abzuzahlen, zu vervielfältigen und zu verkaufen. Eine der Kolleginnen verspricht, am folgenden Tag einige Bilder ihres Hundes mitzubringen.

Die Fachkraft für Öffentlichkeitsarbeit, welche als einzige kein Haustier besitzt und pflegt, wird zur Rede gestellt, warum dies der Fall sei. Sofort geht sie in die Defensive - obzwar sie es gewohnt ist, sich sonst nur dafür verteidigen zu müssen, keine Kinder zu haben und auch keine haben zu wollen - und erklärt, es fehle ihr an der Zeit, einem Haustier die ihm gebührende Zuwendung zu gewähren, da sie ständig unterwegs sei. Das wird als Argument nicht akzeptiert, sie wird egoistisch gescholten und macht sich dadurch noch weniger beliebt, als sie es ohnehin schon ist. Als Folge dessen wird sie - zumindest für den heutigen Tag, denn morgen kann dies dadurch, daß etwas anderes geschieht, längst vergessen sein - geschnitten und „ausgegrenzt". Alle sind sich einig, daß es eine gute Entscheidung der Firma war, diese Stelle in Zukunft zu streichen. Aber wer weiß schon, was morgen passiert.

Morgen bereits kann von neuem der Kleinkrieg unter den Schreibkräften ausbrechen, und dann werden die Nachkriegsfolgen noch wochenlang ein Thema sein, das alle beschäftigen wird. Zu Unfrieden kommt es meist dann, wenn die Chefin, die alles kontrolliert, koordiniert, die anfallende Arbeit verteilt und den Fleiß der „Damen" beaufsichtigt, nicht da ist. Am unerträglichsten wird alles, wenn sie, die sonst alle Arbeit gleichmäßig und zumeist den Neigungen und Kenntnissen der Schreibkräfte entsprechend verteilt, mal einen Tag krank ist oder Urlaub hat. Dann bricht der Kampf unter den zehn Kolleginnen aus, die einander auch sonst immer schon heftig befehden und um dies oder jenes beneiden. Dann stehen an der einen Front die, welche sich für fleißig halten, und an der anderen die vermeintlich Faulen. Oder diejenigen, welche meinen, nach Vorschrift zu arbeiten und sich darüber beklagen, durch ihren Vertrag, der 1,5 Stunden wöchentlich mehr als die Regelarbeitszeit es fordert, vorschreibt, sowieso bereits ausgebeutet zu werden und jene, welche früher kommen, keine Mittagspause beanspruchen und dennoch abends länger bleiben - also alles, so behaupten ihre

Gegnerinnen, darauf anlegen, sich „Mickymäuse" zu erwerben. Erklärt werden sollte hierbei, daß in der Schule angeblich „Mickymäuse" als Belohnung für gute Leistungen und besonderen Fleiß an die Schüler verteilt werden. Frau Wartenberg hat in diesem Zusammenhang festgestellt, daß es aufgrund der allgemein anerkannten friedlichen Blödheit Frau Rademanns treffender wäre, dieser für besondere Leistungen einen „Goofy" zu verleihen, und damit einen großen Lacherfolg erzielt. Die „Fleißigen" stellen jedoch eindeutig eine Minderheit dar. Es sind im ganzen zwei, Frau Thüner und Frau Weber, wobei Frau Thüner sich in der Folge als Denunziantin noch so unbeliebt machen wird, daß Frau Weber, bloß um mit Frau Thüner nichts mehr gemeinsam zu haben, es auch vorziehen wird, sich den „Faulen" anzuschließen. Ist die Chefin nicht da, erlischt die Notwendigkeit, die Aktivitäten gegeneinander beim gelegentlichen Denunzieren und Anschwärzen zu belassen. Da juckt die Säbelspitze! Und man scheut sich nicht, die anderen zu stechen, und statt zu arbeiten, einander laut „die Meinung zu sagen". Da wirft die „fleißige" Frau Thüner der „faulen" Frau Wartenberg vor, mit Absicht jeden Morgen zu verschlafen und setzt noch eine Spitze drauf, indem sie erklärt, es satt zu haben, für all die „Faulen" jeden Tag unbezahlte Überstunden zu machen, weil diese angeblich zwei Stunden Mittagspause hielten und dadurch ihr Arbeitspensum nicht schafften. Schwer empört sich darauf das Kollektiv der als „faul" Bezeichneten und weist darauf hin, ohnedies bereits Lohnsklaven zu sein und nicht deshalb, weil das Firmenmanagement darauf verzichtet, eine zusätzliche Arbeitskraft einzustellen, nur um sich selbst noch mehr Geld in die eigene Tasche zu stecken, sich für dieses krank und lahm zu schuften. Die Mehrheit der über Dreißigjährigen unter den Schreibkräften leidet tatsächlich durch ihre jahrelange Tätigkeit bereits unter Haltungsschäden. Die wiederholte Bitte an die Geschäftsleitung, ergonomische Stühle zu beschaffen, hat aber nach langer Zeit lediglich dazu geführt, daß angeboten wurde, von der Berufsgenossenschaft eine „Rükkenschule" zwecks Anleitung zum besseren Sitzen durchführen zu lassen - die aber, obwohl immer wieder angekündigt, nicht stattgefunden hat. Sich zu Sklavenbezahlung krank zu knechten kommt nicht in Frage! Zum Reizwort „Sklavenbezahlung" kommt Frau Thüner auf den nicht unberechtigten Gedanken, daß vermutlich Frau Wartenberg, welche glaubt, hier Narrenfreiheit zu besitzen, aber zweifellos älter und bereits länger bei der Firma beschäftigt ist, für ihre geringere Leistung sogar mehr Geld bekommt als sie selbst! Die Vermutung liegt nahe! Und es scheint, daß diese Ungerechtigkeit der Chefin noch gar nicht aufgefallen ist! Das muß Frau Thüner sich nicht länger bieten lassen! Morgen, morgen, sobald die Chefin wieder da ist, wird sie sie darauf hinweisen. Oder besser noch: Diese übergehen und sich gleich an den „großen Chef" wenden! (Sie wird es sowieso nicht tun.) Immerhin ist es Frau Thüner mit ihren persönlichen Beschimpfungen nun endlich gelungen, den Zorn aller auf sich zu ziehen, von dem Frau Weber zu ihrem Glück verschont bleibt. Von nun an ist es beschlossene Sache, mit Frau Thüner überhaupt nicht mehr zu sprechen, und auch Frau Weber muß sich dem fügen, will sie nicht bei den anderen Kolleginnen in Mißkredit geraten. Eigentlich findet sie das in Ordnung, denn schließlich sitzt sie auf einem unbequemen Stuhl, hat ständig Rückenschmerzen und wird zu gering bezahlt, um Überstunden zu machen.

Eines Tages stattet überraschend die Berufsgenossenschaft tatsächlich der Firma einen Besuch ab, um zu empfehlen, daß alle diejenigen, welche an Bildschirmarbeitsplätzen beschäftigt sind, sich einer augenärztlichen Untersuchung unterziehen, auf daß ihr Sehvermögen getestet werde. Erstaunlicherweise erklärt der „große Chef" sich sofort dazu bereit, die betreffenden Mitarbeiter - hauptsächlich handelt es sich bei Bildschirmtätigkeiten ja um die „Damen" - untersuchen zu lassen und setzt sogar einen festen Termin, bis wann dies zu geschehen hat. Allein des „großen Chefs" diskussionsfreie Bereitwilligkeit erzeugt bei den „Damen" sofort tiefes Mißtrauen. Gleich vermutet man, daß die Berufsgenossenschaft gar nicht aus freien Stücken gekommen, sondern vom „großen Chef" bestellt worden ist. Es kann kaum sein, daß allein aus Gründen der Menschlichkeit gehandelt wird. Frau Siel kommt auf den Gedanken, daß vermutlich diejenigen, bei denen eine leichte Verschlechterung der Sehfähigkeit festgestellt werden wird, demnächst unter irgendwelchen Vorwänden entlassen werden sollen - eben deshalb, weil in einem solchen Fall der „große Chef" langfristig sicherlich Schadensersatz- oder Schmerzensgeldforderungen von seiten der Geschädigten fürchten müßte. Aus eben diesem Grund folgen die meisten der „Damen" nur zögerlich und mit Sorge der Anweisung. Die Chefsekretärin verteilt zum Zwecke der Untersuchung eine Liste der berufsgenossenschaftlich und damit zur Untersuchung für die erforderliche Bescheinigung zugelassenen Ärzte, die sie irgendwo photokopiert hat. Nach und nach fassen die „Damen" sich ein Herz und gehen zu den ihnen benannten Ärzten: Frau Seiler zum Beispiel muß sich bei einem Internisten einer Ganzkörperuntersuchung unterziehen, bei der immerhin auch die oberflächliche Augenuntersuchung nicht fehlt. Die „Damen" besuchen allerlei praktische Ärzte, Ärzte der unterschiedlichsten Fachrichtungen, bloß Frau Rademann gerät zufällig an einen, der nur Augenarzt ist. Immerhin hat sich niemandes Sehfähigkeit verschlechtert. Peinlich ist das Ganze nur für die Chefsekretärin, die offensichtlich nicht in der Lage war, ausschließlich Augenärzte auszuwählen. Wirklich peinlich ist das dieser aber nicht, denn ihre Fehler sind niemals wirkliche Fehler, und es wagt schließlich auch niemand, sich direkt bei ihr zu beschweren, weil von ihr sowieso nur Antwort bekommt, wen sie grüßt, und zu denen zu gehören, die fast regelmäßig von der Chefsekretärin gegrüßt beziehungsweise zurückgegrüßt werden, kann sich kaum einer mit Gewißheit zählen.

Das einander Grüßen ist in der Firma nämlich nicht selbstverständlich. Selbstverständlich ist nur, daß jeder dort Be-

schäftigte erwartet, von den Schreibkräften zuerst gegrüßt
zu werden, wobei es dann ihm selbst überlassen bleibt, ob
er den Gruß erwidert oder es vorzieht, ihn zu ignorieren.
Zeichnet man sich meistens durch konsequentes Nichtgrü-
ßen aus, ist jedoch an manchen Tagen der „große Chef" im
Hause, und zumindest vor diesem will nicht jeder den Eindruck erwecken, schlechte Manieren zu haben, und so grüßen einige aus Eigennutz manchmal sogar die Unbedeutendsten, welche sie sonst keines Blickes würdigen würden. Es gibt eine Hierarchie des Grüßens (wer grüßt wen
zuerst, und wen grüßt man überhaupt?), die im großen und
ganzen der eigenen Position im Unternehmensorganigramm angeglichen ist. Die Informationen des Unterneh-
mensorganigramms sind jedem frei zugänglich, da es im
Empfang des Sekretariats in der sechsten Etage an der
Wand hängt. Es ist sogar ausdrücklich erwünscht, sich daran zu orientieren. Für dieses Stück Unternehmenskultur
sind alle Mitarbeiter mit einer Sofortbildkamera photogra-
phiert, mit Namen und Funktion in der Firma versehen und
auf einem großen Stück Leinwand, ihrer Bedeutung ge-
mäß, festgeklebt worden. Ganz oben klebt das Bild des
„großen Chefs", der seine Individualität durch das konse-
quente und permanente Tragen einer Krawatte, auf der eine
Mickymaus abgebildet ist, zum Ausdruck bringt. Nach der
Photographie des Mächtigen folgt lange Zeit nichts,
irgendwann darunter ist dann das Photo des „kleinen
Chefs" zu finden. Die Schreibkräfte braucht man in dieser
wohldefinierten Hierarchie nicht lange zu suchen - sie
sind, erwartungsgemäß, ihrem Stand entsprechend ganz
unten, alle nebeneinander aufgeklebt. Daß sie nebeneinander abgebildet sind und man da gar keine Unterschie-
de zwischen Fleißigen und solchen macht, die der Firma
nur schaden, findet Frau Thüner, die selbst - zum Gespött
der Kolleginnen - ein gerahmtes Paßfoto ihres Freundes
auf dem Schreibtisch stehen hat, sehr ärgerlich. Es fehlt in
dem Organigramm lediglich das Putzpersonal, das man,
obgleich es zur Firma gehört, aufgenommen zu werden
nicht für würdig gehalten hat (für das Grüßen ist es nicht

von Bedeutung, denn Putzpersonal gilt als unsichtbar und wird ohnehin nicht gegrüßt); schließlich weiß man, wer man ist und was man darzustellen gedenkt und will sich vor Besuchern nicht lächerlich machen. Die Polaroidbilder sind größtenteils unvorteilhafte Schnappschüsse, aber sie erfüllen ihren Zweck. Zuviel Aufwand will die Geschäftsleitung mit der Sache nicht betreiben, denn schließlich werden häufig Mitarbeiter entlassen, und da müssen die Bilder schnell und unproblematisch austauschbar sein. Manche Kollegen, das heißt, es sind hauptsächlich Kolleginnen, braucht man erfahrungsgemäß allein deshalb gar nicht zu grüßen, weil sie im Unternehmensorganigramm so weit unter einem positioniert sind, daß man sie von seinem Standpunkt - theoretisch ebenso wie praktisch - gar nicht mehr zu sehen oder zu kennen in der Lage sein sollte. Und deshalb empfiehlt es sich vorzugeben, sie seien gar nicht existent, indem man sie nicht grüßt beziehungsweise, wenn diese es wagen, einen dennoch von sich aus zu grüßen, dies geflissentlich übersieht. Da verstehen sich die Kollegen in den oberen Einkommensgruppen ohne Worte, und solange der „große Chef" nicht im Hause ist, brauchte man sich nicht einmal eine schlechte Kinderstube vorwerfen zu lassen. Frau Rademann zum Beispiel sollte man keinesfalls grüßen.

Gleichfalls ist es ein ungeschriebenes, aber von allen konsequent eingehaltenes Gesetz, Fehler, insbesondere dabei die, für welche man selbst verantwortlich ist, zur eigenen Imagepflege Kollegen zuzuschieben. Jeder versucht angestrengt, genau darauf zu achten, daß er sich selbst immer ein wenig besser präsentiert als der andere dies zu tun vermag. Auf die Selbstdarstellung wird viel Zeit und Energie verwandt, die folglich der eigentlichen Arbeit verlorengeht. Dennoch wissen alle genau, warum sie diese Prioritäten gesetzt haben. Insgesamt kommt es nämlich in bezug auf das eigene Fortkommen in der Firma, das Erklettern der nächsthöheren Stufe auf der Leiter der Unternehmenshierarchie, weniger auf die tatsächliche Leistung als auf die Präsentation des vermeintlich Geleisteten an. Deshalb muß viel Aufwand betrieben werden, sich ins rechte Licht zu rücken, aufzupassen, daß keinem entgeht, wenn einem selbst etwas gelungen ist - indem man es häufig genug selbst erzählt - und peinlichst darauf zu achten, daß niemand es erfährt, wenn einem ein Fehler unterlaufen ist. Am liebsten versucht man, eigene Fehler anderen anzudichten, weil sich damit gewissermaßen zwei Fliegen mit einer Klappe schlagen lassen: Man stellt jemand anders als dumm und unfähig dar, und wenn dies glückt, weist es selbstverständlich darauf hin, daß man selbst viel besser ist. Und schon ist man seinem eigenen Ziel wieder ein bißchen nähergekommen: Ein Stückchen Land, ein wenig Macht hat man gewonnen. Die Devise heißt: Fressen oder gefressen werden. Auch „die da oben" - das sind, aus der Perspektive der „Damen" betrachtet, alle, die mehr Geld verdienen als sie selbst - haben es nicht immer leicht, denn die Konkurrenz ist groß und schläft nie.

Zu der Tatsache, daß, wer „etwas werden will", bestrebt ist, den Kollegen die selbst verschuldeten Fehler nachzuweisen, gesellt sich das in der Firma verbreitete Phänomen der gegenseitigen bewußten Informationsvorenthaltung, die bis zur gezielten Desinformation geht. Dieses unkollegiale und gewiß nicht den Erfolg des Gesamtunternehmens, sondern bestenfalls die Profilierung des einzelnen fördernde Verhalten ergibt sich aus der richtigen Vermutung, daß sich der eigene Vorsprung an für alle relevantem Wissen als karrierefördernd erweisen könnte. Der Leitsatz mit Hinblick darauf scheint zu sein: „Was man weiß, gibt man nicht preis", und insbesondere die Vorgesetzten streben eine gezielte Verdummung der ihnen nachgeordneten Mitarbeiter an, damit alles so bleibt, wie es ist, ihnen also niemand ihre Position dadurch, daß er an ihrem Wissens- und Informationsmonopol teilhat und Zusammenhänge begreift, in Frage stellen kann. Wer also redet und - wie in einem Team üblich - Mitarbeiter über zu treffende Entscheidungen informiert, bevor diese längst beschlossene Sache sind, ist selber schuld.

Das Leben in der Firma ist aber nicht für alle und nicht immer hart. Manchmal kann man richtig Vergnügen daran finden, dort zu arbeiten, und zwar meistens dann, wenn einem das Gefühl vermittelt wird, man sei integriert und „gehöre nun völlig dazu". So etwas beschert einem Tage, an denen man im Laufschritt durch die Firma jagt, weil man sich plötzlich glücklich und beschwingt fühlt. Das Dynamische, Schnelle, der federnde Gang, der, sollte man beobachtet werden, Fleiß, Eifer und Geschäftigkeit zur Schau stellen soll, ist an solch seltenen Tagen nicht inszeniert, sondern echt. Einen derart erfreulichen Tag kann man zum Beispiel erleben, wenn man der glückliche Adressat eines „Witzes" wird: Es gibt in der Firma drei gängige „Witze", die, wenn sie auf Kosten jemandes den höheren Hierarchieebenen Angehörigen gemacht werden, beweisen, daß dieser nun endlich ein anerkanntes Mitglied des vielgelobten „Winning Teams" des Unternehmens ist. Ginge einer dieser gelegentlich wiederholten „Scherze" zu Lasten der „Damen", hätten sie ihn gefälligst ernst zu nehmen und sich vor Angst zu winden und zu winseln. Gemeinsam ist allen „Späßen", daß sie eigentlich überhaupt nicht lustig sind. Der erste geht so, daß jeder, der sich bereits um 17 Uhr, also nach einem normalen Arbeitstag, tatsächlich auf den Heimweg begibt, darauf angesprochen wird, ob er „schon wieder einen halben Tag Urlaub" genommen habe. Erwartet wird, daß man immer wieder ein herzlich-überraschtes Lachen dazu verlauten läßt. Nur wenn demselben allzuoft derselbe Scherz erzählt wird, wird es Zeit, sich darüber ernsthafte Gedanken zu machen. Dann nämlich ist der Punkt erreicht, an welchem aus Spaß plötzlich Ernst wird und Vorsicht geboten ist. Der „kleine Chef" übertreibt gern sogar dahingehend, zu sagen, daß er selbst, wenn er mal, was äußerst selten geschieht, um 17 Uhr die Firma verläßt - alle bezweifeln, daß er dann wirklich „nach Hause" geht -, gar „einen ganzen Tag Urlaub genommen" habe. Sehr lustig.

Der zweite „Witz", über den ausgiebig gelacht werden darf, ist der mit der Kündigung. Der jedoch darf nur vom nächsthöheren Vorgesetzten gemacht werden, der sich tatsächlich, wenn er Vergnügen daran hätte, für eine Kündigung seines „nachgeordneten" Mitarbeiters einsetzen könnte. So wird nämlich in der Firma nie gelobt, sondern wenn ein „Nachgeordneter" eine außergewöhnlich gute Leistung erbringt, lediglich vom nächsthöheren Vorgesetzten festgestellt, daß der nicht zu lobende Mitarbeiter hiermit die ihm bereits zugedachte Kündigung gerade noch abgewendet habe. Lustig! Lustig! Es darf brüllend gelacht werden. So gehört man dazu, denn das ist der Humor in den höheren Kasten der Firma.

Der dritte „Witz" geht um geselliges Beisammensein und Kündigungsandrohung. Wenn in der Firma zu gegebenem Anlaß vom Herrn höchstselbst zum Feiern geladen wird, wird es gern gesehen, wenn nicht nur bei den pappigen Brötchen, sondern gleichfalls bei den üppig zur Verfügung stehenden Alkoholika kräftig zugelangt wird. Wenngleich sonst auf der Unterlingetage ein striktes Alkoholverbot herrscht, wird bei angekündigten Gelagen erwartet, daß keiner ein Spielverderber ist. Wer beim Trinken mithalten kann, stellt seine allgemeine Leistungs- und Wettbewerbsfähigkeit unter Beweis; nur wer lallt, sich übergeben muß oder gar kompromittierende Geständnisse macht, disqualifiziert sich. Wassertrinker werden sehr verachtet und sofort vom „großen Chef" persönlich darum gebeten, zu erklären, was sich in ihrem Glase befinde. Gibt der arme Ertappte nun unwissend die ehrliche Antwort, er trinke Mineralwasser, wird er - unter schallendem Gelächter - darauf hingewiesen, er habe wohl seinen Arbeitsvertrag nicht sorgfältig gelesen. Dieser „Witz" ist allerdings dem „großen Chef" persönlich vorbehalten. Das Späßchen ist immer wieder wie neu, es scheint sich niemals abzunutzen, denn es wird wiederholt laut darüber gelacht. Schließlich ist es ja der Brotgeber aller, der es zum besten gibt.

Hin und wieder hält die Geschäftsleitung es für nötig, daß „Köpfe rollen". Daß ein „Kopf rollt" ist der Euphemismus dafür, daß der „kleine Chef" - der „große" befaßt sich mit solchen Banalitäten nicht - einen Mitarbeiter hinauswirft. Dies geschieht gelegentlich, dem Anschein nach wahllos und willkürlich, so daß es oft selbst sonst Eingeweihten nicht möglich ist, den Anlaß dafür nachzuvollziehen. Der Zweck dieser Handlungen soll sein, die Mitarbeiter zu verunsichern und einzuschüchtern. Sie dienen gewissermaßen dazu, von Zeit zu Zeit ein Exempel zu statuieren. Für notwendig wird es befunden, damit die Angestellten nicht übermütig werden. Immer wenn ein „Kopf gerollt" ist, sollen die Kleinen - und selbst die Größeren in der Firma sind mitunter davon betroffen - denken, daß der ihre der nächste sein könnte. Dieses Ziel wird auch erreicht, jedenfalls immer für die Zeitspanne, die es dauert, bis der Vorfall wieder in Vergessenheit gerät. Für längere Zeit sind selbst die „Damen" nach solchen Ereignissen fleißig und still. Im ganzen ändert dies an ihrer Arbeitshaltung nichts, und sicher ist, daß ihre Einstellung zu dem, was sie tun, dadurch nicht positiver wird. Die Arbeit wird für Geld getan und ist deshalb eine zwingende Notwendigkeit, die sehr gehaßt wird.

Die Schreibkräfte selbst haben niemanden mehr, dem sie ihre Fehler zuweisen können, da sie das unterste Glied in der Unternehmenshierarchie sind. Bei ihnen landen die meisten Beschwerden, weil die „Großen" selbst inhaltliche Fehler, die ihnen unterlaufen, gern der Berichterstellung zuschieben, damit sie sich bei Kunden und gleichzeitig bei den Chefs nicht in vollem Umfang blamieren. So bleibt den „Damen" nichts anderes übrig, als sich die eigenen Fehler gegenseitig zuzuweisen. Bei Fehlern, für die nach einem Verursacher gesucht wird, zeichnet gern Frau Rademann als erwählter Sündenbock verantwortlich. Das ist ihr Beitrag, um von den Kolleginnen akzeptiert zu werden und ein bißchen dazuzugehören. Vom Großteil der Schreibkräfte wird dieses Angebot aber nicht allzu häufig in Anspruch genommen, weil den meisten nicht ernsthaft genug daran gelegen ist, sich zu profilieren. Dies wird sehr selten und tatsächlich nur in Ausnahmefällen, und selbst dann nur von bestimmten Leuten getan, die sich damit eindeutig im Kreis ihrer Kolleginnen selbst diskreditieren und aussondern. Um genau zu sein, war es von Anfang an tatsächlich nur Frau Thüner, die ernsthafte Ambitionen hatte, ihre Kolleginnen bei der Chefin in Mißkredit zu bringen. Eines nämlich muß festgestellt werden: Daß die „Damen", wenngleich sie auch sonst bei jeder Gelegenheit übereinander herziehen (harmlose Dinge, wie zum Beispiel, daß jemand gehässig äußert, von den vermeintlich purzelnden Pfunden der Frau Wartenberg nichts gemerkt haben zu wollen oder die gelbe Hose, die Frau Siel trägt, wieder absolut gräßlich zu finden), sich, sofern es „um die da oben" geht, immer einig sind. Wer da nicht mitmacht, und das ist nur die Denunziantin, Frau Thüner, die nach „oben" buckelt, weil sie sich dadurch Vorteile, wie zum Beispiel eine Beförderung, erhofft, der wird am kollektiv ausgestreckten Arm „zum Verhungern" aufgehängt und hat gar nichts mehr zu melden. Da ist mit den „Damen" wirklich nicht zu spaßen, da wird „kurzer Prozeß gemacht".

Einig ist man sich, abgesehen von Frau Thüner, die aus diesem Grunde geschnitten wird, und mit der niemand mehr spricht, daß keiner der Vorgesetzten oder auch nur der Ranghöheren, mag er sich noch so sehr bemühen oder sich gar ein Bein ausreißen, witzig ist. Jede Art von „Humor" der „da oben" oder der peinliche Versuch, eigene Bemerkungen als solchen zu deklarieren, wird von den Schreibkräften auf das heftigste abgelehnt, als persönlicher Affront betrachtet, weil er sich, so scheint ihnen, immer gegen sie richtet. Täglich, wenn der „kleine Chef" seinen Rundgang in der Firma macht, um zu überprüfen, ob alle fleißig arbeiten, ruft er, statt eines Grußes, die immer gleiche, blöde, wie er glaubt witzig-spritzig und motivierende Frage: „Läuft alles?" Die „richtige" Antwort, die er darauf erwartet und allein von Frau Thüner stets erhält, ist ein fröhliches oder ein fleißiges - wie er es für sich selbst interpretiert, hängt von seiner Tageslaune ab - „Ja!". Der Rest der „Damen", der den tagaus, tagein wiederholten dummen Spruch inzwischen als Beleidigung und Infragestellung der eigenen Intelligenz empfindet, beantwortet die Frage mit eisigem Schweigen. Obgleich der „kleine Chef" von allen, mit Ausnahme Frau Thüners, bloß Ablehnung erntet, läßt er sich nicht entmutigen und sagt jeden Tag von neuem sein Sprüchlein, ohne zu merken, daß er damit noch nie angekommen ist. Wenn er besonders guter Laune ist, versucht er manchmal, ein kleines Schwätzchen anzufangen, wobei er sich zunächst bemüht, sich auf das sprachliche Niveau, welches er für das der „Damen" hält, einzurichten. So war zum Beispiel sein Urlaub, von dem er ungebeten erzählt, und dessen Erholungswert für den „kleinen Chef" tatsächlich für niemand von Bedeutung ist, „geil", „supergeil", „affengeil" oder „turbogeil". Welches der drei „geil" mit Zusatz das stärkste sein soll, ist keinem klar und interessiert niemand. Die Sprache, die der „kleine Chef" für die ihre hält, ist die der „Damen" nicht, denn über die Pubertät, da sind sich alle einig, sind sie längst hinaus. Der soll mal bloß nicht so tun, als ob sie blöd wären! Für diese Art von „Mitarbeitermotivation", dadurch, daß er angeblich so wie die „Damen" spricht und damit beweist, daß er sich nicht zu „fein" ist, in diese Tiefen hinabzusteigen, wird der „kleine Chef" gehaßt und verachtet, aber so sensibel, dies zu merken, ist er ja nun auch wieder nicht.

Frau Rademann zürnt seit einigen Wochen mit besonderer Energie dem „kleinen Chef", weil er sie - spaßig, wie er selbst vermutlich glaubte - wieder nach ganz unten auf ihren Platz verwiesen hat. Da hatte Frau Rademann doch einen Fehler in einem Dokument gefunden, einen Fehler, da sind sich alle „Damen" einig, der die Firma eine Menge Ansehen gekostet hätte, wäre er unbemerkt geblieben und dem Kunden präsentiert worden. Frau Rademann jedoch hatte ihn entdeckt und pflichtbewußt weitergeleitet, auf daß er behoben werde. Sie war besonders stolz gewesen, weil ihr bislang der Ruf als Fehlererzeugerin und nicht als Fehlerfinderin, ja gar Fehlerbeheberin vorauseilte. Und da hatte sie geglaubt, ihre aufmerksame Beobachtung werde dies nun ändern. Ja, und besonders stolz fügte sie, nachdem sie den selbst erkannten Fehler weitergeleitet hatte und dafür sogar gelobt worden war, noch kokett dem „kleinen Chef" gegenüber hinzu: „Und was bekomme ich jetzt dafür?", worauf dieser, ohne zu zögern, zur Antwort gab: „Einen Gutschein zum Photokopieren." So etwas findet keine der „Damen" witzig.

Daß er wirklich aber nur ein Schwein ist, hat der „kleine Chef" heute endgültig bewiesen: Mit dem altbekannten „Läuft alles?" hereinkommend, wie üblich keine Antwort erhaltend, schien ihm die Anzahl der „Damen" diesmal doch etwas gering (häufig geschieht es, daß die Schreibkräfte aus Arbeitsüberdruß mal einen oder zwei Tage krankfeiern), so daß er die Anwesenden nach den Gründen der Abwesenden, nicht an ihrem Arbeitsplatz zu sein, fragte - wörtlich, vermeintlich witzig: „Sind die alle krank oder gestorben?" Nicht genug damit, daß er, als ihm erklärt wurde, Frau Siebert habe Urlaub, bemerkte: „Bei uns bekommt doch nur Urlaub, wer auch arbeitet"!
Frau Wartenberg, gerade auf der Toilette sitzend, vernahm gerade noch, wie nach ihr gefragt wurde, sprang eilig auf, lief aus dem Badezimmer, ohne sich die Hände zu waschen, bloß um den „kleinen Chef" von ihrer Anwesenheit zu überzeugen, erklärte sogleich, anwesend zu sein und lediglich auf der Toilette gesessen zu haben, worauf der „kleine Chef" prompt ein lustiges Späßchen machte, indem er Frau Wartenberg erklärte, sie habe doch schließlich eine Mittagspause, um solche Bedürfnisse zu erledigen. Ja, der kleine Scherz kam nicht an und verschlug sogar Frau Wartenberg, die sonst nach eigener Einschätzung „sicher nicht auf den Mund gefallen ist", die Sprache. Das findet keiner mehr lustig. Das ist menschenverachtend und ein Skandal. Was „die da oben" sich einbilden! Die halten die Schreibkräfte wohl sowieso nur für blöd und für ihre Sklaven! Unverschämtheit!!

Dabei, so glauben die „Damen", wissen sie über den „kleinen Chef" nur allzugut Bescheid. Unter ihnen geht längst das Gerücht um, dieser sei durchaus ein „Schmecklecker".

Frau Rademann, die nie so schnell begreift, versteht, obgleich oft darüber gesprochen wird, immer wieder „Specklecker" oder täuscht zumindest vor, dies zu tun, um wieder und wieder darüber lachen zu können und sich immer wieder von neuem erklären zu lassen, daß ein „Schmecklecker" im Volksmund dasselbe sei wie eben dort „kein Kostverächter". Selbst die zurückhaltende Frau Martin gibt zu, daß der Vorgesetzte „nicht ohne" sei. Allein der Tatsache des „Schmecklecker"-Charakters des „kleinen Chefs", davon sind die Schreibkräfte überzeugt, verdankt die Denunziantin Thüner, daß sie ihren Job noch hat, obwohl schließlich alle „Damen" einmütig dagegen sind und bereits kollektiv mehrmals darum gebeten haben, man möge Frau Thüner wegen Vergiftung des Betriebsklimas kündigen. Mit der faden Begründung, an Frau Thüners Arbeit sei nichts auszusetzen, und des weiteren seien ihm die Zänkereien der „Damen" gleichgültig - mit dem unerhört frechen Seitenhieb, daß, wenn er sich für solcherlei interessierte, er Psychiater geworden wäre -, wurden die Klagen der Beschwerdeführerinnen abgewiesen.

Schließlich wissen alle, wie der Hase läuft. Der „Schmecklecker" steht auf die Thüner, insbesondere deshalb, weil sie immer kurze Röcke, hochhackige Schuhe sowie schwarze Strümpfe trägt und sich auffällig schminkt, das Luder. Ja, sowas gefällt dem, weil er wahrscheinlich mit einer biederen Mutti verheiratet ist. Wieder und wieder können sich die Schreibkräfte darüber in Zorn reden. Dabei sähen sie die arrogante, primitive Thüner so gern arbeitslos und auf der Straße! Aber selbst die Tatsache, daß niemand, der „dazugehören" will, mehr mit ihr spricht und sie, weil alle sich weigern, mit ihr im selben Büro zu sitzen, mit Einwilligung der Chefin nun isoliert in einem Einzelbüro hocken muß, ja sogar das systematische Mobbing will nicht helfen, sie endlich rauszuekeln. Alles nur, weil der „kleine Chef" so geil ist. Frau Wartenberg will bemerkt haben, daß Frau Thüner erst kürzlich das Fingernägelfeilen unterbrach, als sie während der Mittagspause wieder allein in ihrem Büro saß, um irgend etwas mit dem „kleinen Chef" zu bereden, der sie aus nicht ersichtlichen Gründen aufsuchte, obwohl es Mittagszeit war und er hätte wissen müssen, daß alle „Damen" Pause machen. Genau ist beobachtet worden, daß der Vorgesetzte sich fast eine Stunde bei der Thüner aufhielt, sicher nicht dienstlich, und dieses, obwohl doch jeder weiß, „daß die `n Tampon im Kopf hat", und, wie Frau Siel zustimmend ergänzt, „das nicht erst seit drei Tagen". Frau Wartenberg ärgert sich nun wirklich schwarz, weil sie, trotzdem sie mittlerweile so mager geworden ist, offenbar immer noch nicht in ihrem Kampf um den Rausschmiß der Thüner mit Hilfe der eigenen Attraktivität den verhaßten „kleinen Chef" dazu überzeugen kann, endlich zu handeln. Da bleibt nur die Hoffnung, daß die Thüner wirklich „was mit dem anfängt" und sich als „schlecht im Bett" erweist.

Im übrigen ist mittlerweile jedem aufgefallen, daß den Schreibtisch des „kleinen Chefs" nicht, wie die der meisten, ein Bild seiner „Liebsten" oder seiner ganzen Familie ziert, sondern daß er täglich auf ein gerahmtes Foto seines großen Hauses schaut. Als sei dies nicht genug, steht auf dem Tisch zusätzlich ein aus Gips gefertigtes Miniaturmodell des schönen - wie gemunkelt wird, vermutlich nicht einmal abgezahlten - Heims. Frau Rademann findet es „ziemlich pervers", daß „der seinen Reichtum so zur Schau stellen muß", ganz so, als wollte er „uns arme Schlucker neidisch machen." Was die anderen mehr zum Nachdenken anregt, ist, daß man vergebens nach der Photographie der Ehefrau des „kleinen Chefs" sucht: Über diese geht nämlich in der Firma das Gerücht, daß sie „nicht sehr schön" sei. Sie trage, so verlautete aus unbekannter Quelle, eine Brille mit dicken Gläsern. Genau weiß das aber keiner, weil des „kleinen Chefs" Gemahlin sich von der Firma fernhält und die Gebote der „Unternehmenskultur" so penetrant mißachtet, daß sie nicht einmal am Betriebsausflug teilnimmt. Wirklich „gesehen", um ihr Aussehen genau beschreiben zu können, hat sie bisher keiner. Damit ist es offensichtlich, daß sie den Kontakt zur Firma ihres Mannes ablehnt. Daß sie dessen Ansehen dadurch gewiß nicht steigert, nimmt sie also billigend in Kauf. Der „kleine Chef" macht dauernd Überstunden, und das erklärt man sich nicht allein mit seiner finanziellen Beteiligung an der Firma, sondern auch damit, daß er vermutlich in einer permanenten „Ehekrise" steckt. Und daß der ein „Schmecklecker" ist, haben ja sogar die „Damen" längst gemerkt. Das ist ihnen mindestens so klar wie das Wissen darum, gegen lächerlichste Entlohnung bloß ausgebeutet zu werden.

Über Geld jedoch, hier: das eigene Gehalt, darf explizit nicht gesprochen werden. Selbstverständlich ist es den „Damen" erlaubt zu maulen, daß ihnen ihre Bezahlung zu gering sei, daß „die da oben" für weniger Arbeit mehr Geld kassierten, und sogar ihre Enttäuschung darüber, daß der erwartete „Bonus" für ihre vermeintlich „besonderen Leistungen" jeden Monat von neuem ausbleibt, dürfen sie immer wieder lauthals öffentlich kundtun. Bloß: Wehe dem, der die genaue Summe, die die Firma ihm monatlich zahlt, unter den Kollegen nennt! Wer dies tut, riskiert die fristlose Kündigung. Daß die Firma durchaus nicht zögert, diese Drohung wahrzumachen, hat sie bereits bewiesen, und die unerfreuliche Erfahrung, aus der ihre ehemalige Kollegin, Frau Roth, keine Lehre mehr ziehen konnte, ist den „Damen" noch allzu lebhaft in Erinnerung. Frau Roth erzählte einst, wieviel sie der Firma wert war und fragte gleichzeitig Frau Thüner, die zu ihrem eigenen Glück nicht dazu bereit war, darüber Auskunft zu erteilen, nach deren Gehalt. Dies tat Frau Roth lediglich aus dem Grund, weil sie herausfinden wollte, ob man ihr auch bezahlte, was sie verdiente, oder ob irgend jemand anders etwa mehr bekam. Das war des Guten zuviel. Schnell spricht sich immer genau das, was geheim bleiben soll, in der Firma herum, und als der „kleine Chef" von dem Debakel erfuhr, wurde Frau Roth fristlos gekündigt. Weil es Frau Thüner war, die ihr Wissen über das Gehalt Frau Roths zuerst verbreitete, verdächtigt man sie noch heute dafür, auch der Geschäftsleitung den „entscheidenden Hinweis" gegeben zu haben.

Von den anderen „Damen" jedenfalls wollte es keine gewesen sein, und so sehr Frau Thüner ihre Schuld bestritt, war dies doch ihre erste Gelegenheit - viele weitere sollten folgen, bevor es endgültig dazu kam -, die Gunst der Kolleginnen zu verspielen. Inzwischen sind die „Damen" zu der Entscheidung gekommen, daß man zu den Gehältern lieber schweigen sollte. In jeder Hinsicht. Nicht zuletzt deshalb, weil sie ohnehin zu gering und unbedeutend sind, um darüber große Worte zu verlieren. Wahrhaftig sind sie es nicht wert, daß darüber gesprochen würde.

Bei einigen „Vernünftigen", die sich mit ihrer aussichtslosen Lage gewissermaßen abgefunden haben, hat sich inzwischen die Erkenntnis durchgesetzt, zwecks eigenen Wohlbefindens so wenig wie möglich zu arbeiten, so langsam wie es eben geht, und es sich dabei so gut gehen zu lassen, wie es die äußeren Umstände ermöglichen. Und schließlich gibt es da noch diese Tage der Muße und des Nichtstuns, begründet meist in der Ermangelung von Aufträgen. Da sitzen dann die „Damen" und langweilen sich, wenn wirklich mal gar keine Arbeit anliegt. Ist tatsächlich für die einzelne Schreibkraft überhaupt nichts zu tun, ist dies den meisten „Damen" unangenehmer, als wenn sie Überstunden machen müssen und die gesamte Belegschaft in Arbeit zu versinken droht. Dann wenigstens beweist großer Dokumentationsbedarf, daß es dem Unternehmen gutgeht und die Arbeitsplätze so nur durch eigenes Verschulden gefährdet werden können. Das größte Problem aber erwächst den „Damen" bei Mangel an Beschäftigung daraus, daß einerseits keine Arbeit da ist, andererseits von ihrer unmittelbaren Vorgesetzten von ihnen erwartet wird, vorzugeben, sie seien fleißig zur Gewinnmehrung des Unternehmens aktiv, gerade für den Fall, daß einer der Chefs unerwartet hereinkommt. Der größte Streß entsteht aus der vorgetäuschten Betätigung: Ganz ohne etwas produzieren zu müssen sich vor den Bildschirm zu setzen und die Tastatur oder die Maus regelmäßig in Bewegung zu halten. Den ganzen Tag Karten zu spielen hält mit Ausnahme des Programmierers auch niemand aus. Das Kartenspiel ist das einzige installierte Computerspiel, und die Geschäftsleitung hat es streng verboten, eigene Spiele für die Firmenrechner mitzubringen. Wenn die Ausdauer fürs Kartenspiel erschöpft ist, tippen einige der „Damen" bereits existierende Berichte von neuem ab, um der zermürbenden Langeweile zu entgehen. Die etwas Einfallsreicheren nutzen die Freizeit zum Entwerfen von Geburtstagseinladungen oder Abtippen von Koch- und Backrezepten, um diese später auszudrucken und an die Kolleginnen zu verteilen. Frau Wartenberg dient unverhoffter Arbeitsmangel dazu, Handzettel als Werbung für ihre Tanztruppe zu basteln, Frau Siel arbeitet an den Bestseller-Romanen der fernen Zukunft, und sogar die Chefin des Berichtsdienstes selbst ist zur Sauregurkenzeit um eine bedeutende Sonderaufgabe nicht verlegen: Dieser nämlich ist es auferlegt, in Zeiten der Arbeitsknappheit mit graphischem Geschick für den privaten Gebrauch des „großen Chefs" die Schaltpläne für dessen Modelleisenbahn auszuarbeiten und weiter zu optimieren. Optimierung kann nie schaden. Einige „Damen" bleiben bedauerlicherweise mangels Phantasie und Begabung außen vor, erleiden regelrechte Depressionen, weil sie sich nicht zu beschäftigen wissen und sehnen sich nichts mehr herbei, als endlich wieder viel Arbeit auf den Tisch gelegt zu bekommen. Für jene, die das Nichtstun nicht genießen können, besorgt die Chefin des Berichtsdienstes Abhilfe: Sie müssen, wenngleich das nicht wirklich erforderlich ist, weil nahezu niemand sich je dazu in den Keller begibt, um nach veralteten Unterlagen zu forschen, die alten Ordner ebenda im Archiv nach immer wieder neuen, eigens zur Beschäftigung der Geistlosen erdachten Systemen beschriften und sortieren.

Wenn *wenig* zu tun ist, gibt es mitunter auch Privilegierte, die dann mithelfen, die Arbeit an andere zu verteilen, um selbst dem Müßiggang nachgehen zu können. Hierbei hilft der „gute Draht" zur Chefin des Berichtsdienstes, und unter den Glücklichen, denen es gelungen ist, sich in das Herz dieser einzuschleichen, kann an erster Stelle Frau

Wartenberg, die gleichfalls bei Abwesenheit der Chefin ganz offiziell deren Vertretung übernimmt, genannt werden. Zwischen Begünstigten und nicht Begünstigten wird selbstverständlich mit vielerlei Maß gemessen. Während Frau Wartenberg gewiß von allen „Damen" die Faulste ist, genießt sie ungerechterweise dennoch das höchste Ansehen, die Gunst der Chefin und vermutlich gar von allen Kolleginnen das großzügigste Gehalt, über welches bekannterweise nicht gesprochen werden darf. Frau Wartenberg ist der größte nur denkbare Dorn in Frau Thüners Augen. Die Schreibkraft Wartenberg zeichnet sich insbesondere dadurch aus, daß sie jeden Morgen regelmäßig eine halbe Stunde zu spät kommt, um dann zuallererst einmal an ihrem Arbeitsplatz ordentlich zu frühstücken, mittags eine halbe Stunde länger, als ihr zusteht, Pause macht, um in Ruhe einkaufen gehen zu können, und schließlich abends immer ein wenig zeitiger als die anderen „Damen" wieder das Büro verläßt. Ein Schelm, wer Schlechtes dabei dächte, und das laut zu sagen wagte! Diese Sonderstellung hat sich Frau Wartenberg auf folgende Weise erworben: Langsam und mit viel Mühe hat sie sich ein recht inniges persönliches Verhältnis zu ihrer unmittelbaren Vorgesetzten dadurch aufgebaut, daß sie von Anfang an bereit war, sich Geschichten aus deren unspektakulärem Privatleben bereitwillig und vermeintlich interessiert anzuhören, dazu ihre eigenen Beiträge leistete und der Chefin stets in allem recht gab. Des weiteren verbinden die beiden der leichte Hang zur Korpulenz sowie das permanente vergebliche Bemühen ums Schlankwerden, die unreine Haut sowie Verdauungsstörungen, unter denen selbst Frau Wartenberg trotz des vielen Sports leidet und über die gern ausführlich gesprochen wird. Seelenverwandtschaft besteht gleichfalls im großen Neiden: Weil sowohl die Chefin des Berichtsdienstes als auch Frau Wartenberg mit Hinblick auf körperliche Attraktivität zu kurz gekommen sind, mögen sie beide die Hübschen, Schlanken nicht leiden. Darüber, daß die tüchtig schuften sollen für ihr Geld, sind Vorgesetzte und Stellvertreterin sich einig, damit die

Dicken, Pusteligen ein wenig verschnaufen und sich am Arbeitsplatz ausruhen können. Ausgleichende Gerechtigkeit muß schließlich sein.

Nicht zuletzt ist natürlich zu beachten, daß der Aushilfslakai immer dümmer zu sein hat als der Lakai selbst und dies ohne eigenen Ehrgeiz dem Lakaien von Zeit zu Zeit beweisen muß. Auch mit Hinblick darauf, daß Frau Wartenberg weder Ambition noch Begabung beweist, ihrer unmittelbaren Vorgesetzten die Stellung streitig zu machen, verstehen sich die zwei recht gut. So werden also Frau Wartenbergs kleine Vergehen von der Chefin gebührend gedeckt. Wer sich der Protektion der Chefin gewiß ist, hat schon gewonnen. Aber die ist nie ganz gewiß, und selbst ein glückliches Schicksal kann sich jederzeit zum Bösen wenden. Keiner sollte sich wirklich in Sicherheit wiegen. Klar ist, daß sich niemand anders als Silvia Wartenberg diese offensichtlich zur Schau getragene Unlust zum Arbeiten leisten dürfte. Abgesehen davon, daß es wohl ohnehin keiner wagen würde, ist davon auszugehen, daß manche Mitarbeiter für dieses Verhalten längst entlassen worden wären. Aber erfreulicherweise sind ja nicht alle „Damen" gleich, so daß Frau Wartenberg sich in Vorzugsposition auf der Arbeit, die zum Beispiel Frau Weber zusätzlich zu der ihren leistet, ausruhen kann. Die Gutmütigen oder Arbeitswilligen sind gewissermaßen selbst schuld, wenn sie sich ausnutzen und verschleißen lassen. Damit gleicht sich wieder alles aus: Die „Fleißigen" arbeiten für die „Faulen" mit, und wenn der Konflikt mit den ungerecht Behandelten gelegentlich auch eskaliert, so ändert das im Ganzen doch nichts. Wer ein bißchen denken kann, legt sich nicht freiwillig krumm. Wozu auch?

"Karriere" können die, welche den unteren Kasten angehören, sowieso nicht machen. Die meisten der „Damen" haben diesen Ehrgeiz nicht einmal, aber denen, die solcherlei Gedanken hegen, sei heftigst davon abgeraten, sie weiterzuspinnen, und, sollten sie sich dennoch damit, daß von ihnen erwartet wird, daß sie auf ihrem gegenwärtigen

Kenntnisstand (damit gleichzeitig Stand des Ansehens in der Firma) zu bleiben haben und nach Verbesserungen nicht trachten dürfen, nicht abfinden wollen, sei ihnen geraten, das Unternehmen lieber freiwillig zu verlassen, bevor die Geschäftsleitung „etwas merkt" und sich entschließt, ihnen ihrerseits zu kündigen. Nach Ansicht des „großen Chefs" würde es in der Firma nur Unruhe geben, wenn man irgendwelchen „Kleinen" die Möglichkeit sich zu verbessern einräumte. So ist es eben am besten, von vornherein die Aufgaben jedes einzelnen Angestellten genau festzulegen, ohne dabei irgendwelche Spielräume zu lassen. Am erfolgreichsten sähe der „große Chef" seine Mission dann erfüllt, wenn der letzten und ehrgeizigsten der Schreibkräfte endgültig klargemacht wäre, daß sie eigentlich über gar keine Fähigkeiten oder Talente, die es auszubauen und zu erweitern sich lohnte, verfügt. Und daß eine jede froh sein kann, ihren Arbeitsplatz überhaupt behalten zu dürfen. Daß jede von ihnen mit dem, was sie hat, „gut bedient" ist und wahrhaftig für niemand ein Grund zur Klage besteht. Die weniger Begabten sind, solange sie ihre Arbeit anforderungsgerecht erledigen, gern gesehen, weil sie geringe Ansprüche stellen und man sie aufgrund ihres beschränkten Horizonts gut im Griff hat. Besser als jene, welche irgendwelche Ambitionen an den Tag legen, mehr zu werden als man ihnen zu sein zuzugestehen bereit ist. Die Verbesserungsmöglichkeiten im Rahmen des Tätigkeitsgebietes der Schreibkräfte wären ohnehin gering. Bestenfalls könnten sie sich einige graphische Fähigkeiten aneignen. Dies aber würde, obgleich die Fertigkeiten der Firma durchaus nützlich wären, sobald bemerkt, auch schon unterbunden. Strikt abgelehnt würde es, wenn die „Damen" versuchten, solcherart ihre Kompetenzen zu überschreiten, denn für gelegentliche graphische Arbeiten bezahlt man lieber den technischen Zeichner, den man eigens und ausschließlich dafür extern bestellt. Dessen Honorar ist natürlich wesentlich höher als das der Schreibkräfte, und so soll das bleiben. Auf die Idee, aufgrund zusätzlicher Qualifikationen zusätzliches Geld zu fordern, soll von den „Kleinen" bloß keine kommen. Darauf, daß sie sich weiterqualifizieren, wird nicht nur kein Wert gelegt: es gehört sich einfach nicht. Wo käme die Firma hin, wenn jeder das Ziel verfolgte, über sich selbst hinauszuwachsen? Dann ginge bald alles drunter und drüber - und Rädelsführer oder Ärgermacher kann das Unternehmen wahrhaftig nicht gebrauchen. Jeder soll mit dem zufrieden sein, was er hat. Stand das nicht schon in der Bibel? Wenn nicht, dann muß es Teil der Unternehmenskultur werden und als Anweisung im Unternehmenshandbuch Aufnahme finden. Zufriedenheit mit ihrer Tätigkeit wird nicht nur von den Schreibkräften, sondern auch den Sekretärinnen erwartet.

Der „interessante, abwechslungsreiche" Beruf der Sekretärin: In der Firma ist beschlossene Sache, was die Leute, insbesondere die in den niedrigen Gehaltsklassen, zu denken haben. Da es ihnen ohne fremde Hilfe nicht zugetraut wird, auf die „richtigen" Gedanken zu kommen, hat man ein paar nützliche Bücher angeschafft, die ihnen, sollte es für sie mal nichts anderes zu tun geben, zu lesen wärmstens empfohlen wird. Da fast immer etwas zu tun ist, kann man sie sogar aus der unternehmenseigenen Bibliothek, die auch alle der vom „großen Chef" verfaßten Werke enthält, gebührenfrei ausleihen, um sie zu Hause zu lesen. So gibt es zum Beispiel ein Handbuch mit dem Titel „Die Sekretärin als wahre Stütze und effiziente Entlastung ihres Chefs", in welchem der „abwechslungsreiche" Beruf der Sekretärin als eine idealeTätigkeit beschrieben wird für „Frauen, die dabeisein wollen, wenn Entscheidungen getroffen werden."
Man merke: Dabeisein ist alles. Solange hübsch ordentlich der Mund gehalten wird, denn davon, daß die Sekretärin zu irgend etwas ihren Senf dazugeben soll, ist schließlich nicht die Rede. Aber dabeisein darf sie, und das macht ihren Beruf interessant und abwechslungsreich. Kritische Äußerungen gegenüber dem Chef sind nicht gefragt. Solange es dennoch dazu kommt, wird die Sekretärin ihrer

Aufgabe leider nur suboptimal gerecht. Das Handbuch der Anleitungen dazu, wie man eine wirklich liebenswerte unverzichtbare Sekretärin wird, soll noch bestehendem Optimierungsbedarf entgegenkommen.

Ein ganzes Kapitel widmet sich den verschiedenen Cheftypen und gibt hilfreiche Tips, wie die Sekretärin sich den Launen ihres Chefs am besten anpassen kann: „Mein Chef ist Choleriker/Melancholiker/Sanguiniker/Phlegmatiker" - zunächst werden die fürwahr schwierigen und ungewöhnlichen Wörter erst einmal erklärt, und dann werden Verhaltensmaßregeln für die verschiedenen Typen beziehungsweise eigentlich nicht für sie, sondern für ihre dienstbaren Geister mit dem „abwechslungsreichen" Beruf, aufgestellt. Tatsächlich ein sehr nützliches und hilfreiches kleines Buch, das sogar daran denkt, eine „Atemtherapie" für extreme Streßsituationen zu verordnen.

Besonders interessant ist folgendes Problem, zu welchem das Büchlein mutig Stellung nimmt: „Mein neuer Chef ist viel jünger als ich". Auch hier ist das Handbuch um fachmännischen Rat nicht verlegen und bietet eine Lösung, die bloß nicht die ist, die dem Durchschnittsarbeitnehmer, der nicht zufällig Sekretärin ist, zuerst in den Sinn käme: Dieser sähe vermutlich den naheliegenden Konflikt zwischen Jung und Alt: Daß nämlich „Alt" vielleicht Schwierigkeiten hätte, „Jung" als Vorgesetzten zu akzeptieren, da die wesentlich ältere Sekretärin - zumindest theoretisch - ja die Mutter des jungen Chefs sein könnte. Und von jemand, der der eigene Sohn sein könnte, ließe sich wahrscheinlich nicht jeder gern Vorschriften machen und Anweisungen erteilen. Aber nein, nichts dergleichen. Dies ist gar nicht das Thema. Vielmehr wird vorausgesetzt, daß Unterordnung offenbar der Sekretärin zweite Haut ist. Dem Handbuch zufolge erwächst aus der Tatsache, einen viel jüngeren Chef zu haben, lediglich das Problem, daß dieser für die alte Sekretärin zu *dynamisch* sein und dadurch die Sekretärin im Tempo des jungen Spunds nicht mehr mithalten könnte. Nicht zuletzt wäre es möglich, daß sie - mangels Flexibilität, alten Frauen ja eigen -, Probleme hätte,

56

sich auf die vielen Neuerungen des jungen Chefs einzustellen beziehungsweise diese überhaupt erst einmal zu verstehen und zu akzeptieren. Und das Allerschlimmste: Daß sie eventuell permanent mit dem belastenden Gedanken leben müßte, vom Chef nicht gemocht zu werden, weil der vielleicht lieber eine Junge, Hübsche hätte, mit der er bezüglich der täglichen Dinge des Lebens auf einer Wellenlänge läge, als eine alte, faltige, verstaubte Sekretärin, die doch die eigene Mutti sein könnte.

Das Problem, so läßt sich aus dem Ratgeber folgern, ist also tatsächlich gar nicht der neue junge Chef, sondern die alte Sekretärin . . . Die Lösung für eine solches Problem liegt auf der Hand und wird in vielen Unternehmen gern praktiziert. Um es deutlich zu sagen: Es gibt dort gar keine alten Sekretärinnen . . .

. . . mit einer Ausnahme, was die Firma des „großen Chefs" betrifft: Die Chefsekretärin nämlich, die alle sogenannten „Jungsekretärinnen" und sonstigen Beschäftigten auf der Chefetage befehligt, überwacht und tyrannisiert. Intern hat man der älteren Dame, die nicht nur Chefsekretärin ist, sondern gleichzeitig als „rechte Hand" des „großen Chefs" die Positionen der Prokuristin und der Leitung der Personalabteilung innehat, sie *ist* gewissermaßen die Personalabteilung dieser mittelständischen Firma, und an ihr kommt niemand vorbei, aus abgrundtiefem Haß den Namen „Sau" gegeben. Unter den Eingeweihten, namentlich den ihr direkt unterstellten, engsten Mitarbeiterinnen, die sich täglich vor ihr ducken müssen, und einigen wenigen Schreibkräften, die ins Vertrauen gezogen worden sind, gilt „Sau" als Name ausschließlich und ganz allein für die Chefsekretärin und darf für nichts und niemand anders mehr verwandt werden. Die Bezeichnung „Sau" ist für die Verhaßte bei denen, die sie untereinander so bezeichnen, gewissermaßen als gesetzlich geschütztes Warenzeichen anerkannt. Von Mitwissern ist damit bis auf weiteres von der Verwendung dieses Begriffs im Zusammenhang mit allem anderen Abstand zu nehmen. Das heißt, die Beteiligten haben selbstverständlich keine

Selbsteinschätzung als „arme Sau" und würden sogar die ihnen unangenehmsten Kollegen niemals mit „dumme Sau" titulieren, weil „Sau" als Synonym für ebendiese Chefsekretärin das Schlimmste ist, was ihre Schmäher sich in der Arbeitswelt überhaupt vorzustellen vermögen. Die Unerträgliche ist mindestens fünfundfünfzig Jahre alt, wenn nicht älter, legt jedoch Wert darauf, sich jugendlicher zu kleiden als die fünfundzwanzigjährigen „Jungsekretärinnen": Besonders im Sommer wird die faltige, dann immer intensiv verbrannte Haut - am stärksten beschädigt unmittelbar nachdem „Sau" vom jährlichen Golfspiel-Urlaub aus Marbella zurückgekehrt ist - stolz im neonfarbenen Minikleid mit tiefem Dekolleté zur Schau gestellt. Das sollte eine der Jüngeren, die in der Chefetage arbeitet, mal wagen! Die würde sofort streng zurückgepfiffen, denn Bekleidungsfreiheit gilt hier - im Gegensatz zur vierten Etage, wo sich jede der „Damen" bezüglich ihrer Kleidung „selbstverwirklichen" darf - nur für die Chefsekretärin allein. Am liebsten wird von denen, welchen man ihre Jugendfrische leider nicht abreißen kann, gesehen, daß sie sich als Entschuldigung dafür wenigstens unauffällig und graumäusig kleiden, am besten „arm, aber sauber". Wer sich diesem ungeschriebenen Gesetz nicht unterwirft, riskiert selbst bei kleinsten Überschreitungen des willkürlich Zulässigen mordende Blicke, die sie wünschen lassen, sie könnte das in Frage gestellte Kleidungsstück auf der Stelle ausziehen und in der untersten Ecke des Kleiderschrankes auf ewig verschwinden lassen. Soviel Übermut ruft geradezu nach Vergeltung! Wortlose, feindliche Musterung - von Kopf bis Fuß, dann wieder von den Schuhen hoch bis ins Gesicht, in das ein verächtlicher Blick geschleudert wird, der den letzten Rest eines Gefühls von Selbstwert vernichten soll. So schüchtert „Sau" jene ein, welche meinen, durch Kleidung, über die sie sich offensichtlich ein paar überflüssige Gedanken gemacht haben, mit ihr, der Herrscherin der Chefetage, in Konkurrenz zu treten. Die sollen bloß schön bescheiden sein, die Mäuschen, und dankbar dafür, daß sie überhaupt noch Arbeit haben! Noch! Die besonders auffällige Kleidung ist es aber nicht allein, wodurch „Sau" sich auszeichnet. Selbst dem recht unbeteiligten Beobachter würde, sollte er das Auffälligste an dieser Person beschreiben, zunächst deren bemerkenswert schlechtes Benehmen auffallen. Durch ihre permanent miese Laune, das herrische Gehabe, das Nichtreagieren oder bestenfalls böse Gegrunze auf einen freundlichen Gruß, macht „Sau" den Eindruck einer unzufriedenen, mißgünstigen Alten, die glaubt, in ihrem Leben etwas verpaßt zu haben, und die beschlossen hat, alle, die ihr infolge der Unternehmenshierarchie unterstellt sind, nun dafür büßen zu lassen, weil sie selbstverständlich außerhalb des Arbeitsplatzes kaum menschliche Kontakte hat.

Verbittert und verkniffenen Blicks genießt sie die Kontrolle über die ihr „Nachgeordneten". Sich an ihrer konkurrenzlosen Machtposition erlabend, vergißt sie niemals, stichprobenhaft die Arbeit der „Nachgeordneten" zu überprüfen und eben diese über alle ihnen unterlaufenden Fehler umgehend präzise zu informieren. Hierbei ist jedes fehlende Komma ein längeres Telefongespräch mit ausführlicher Rüge wert. Wenn „Sau" besonders viel Zeit hat, gönnt sie sich sogar das Vergnügen, zu ermitteln, ob es sich bei dem fehlenden Komma bloß um eine Nachlässigkeit oder, viel schlimmer, um schieres Unwissen, ja, skandalöse Inkompetenz handelt. Letzteres findet sie heraus, indem sie folgendermaßen vorgeht: Ohne Einleitung und deshalb für das Opfer ohne erkennbaren Zusammenhang, erklärt „Sau" tückisch, sie habe ein kleines Problem bei einem Brief, den sie gerade verfasse. Sie liest den betreffenden Satz vor, den selbst getippt zu haben bei der Menge, die täglich geschrieben wird, sich die „Jungsekretärin" längst nicht mehr erinnern kann, und behauptet, sie sei leider nicht ganz sicher, ob an jener Stelle ein Komma erforderlich sei oder nicht. Ob wohl die „Frau Kollegin" Rat wisse? Oh, und wie schnell und leicht gelingt es ihr doch immer wieder, so die Nichtskönner zu überführen! Diese Anrufe finden selbstverständlich nicht bloß deshalb statt, weil die Mitarbeiterinnen sich dessen bewußt sein sollen, daß sie ständig kontrolliert und überwacht werden. Ziel ist es des weiteren, daß sie das Gefühl, inkompetent und völlig unqualifiziert zu sein, annehmen und dieses durch häufiges Angerufenwerden verinnerlichen. Konsequenz dessen ist, daß so zum Beispiel von Angestelltenseite höhere Gehaltsforderungen nicht zu erwarten sind und sich gleichfalls die Betroffenen kaum auflehnen werden, wenn ihre Überstunden weder bezahlt noch auf einem „Zeitkonto" vergütet werden, weil sich, wie üblich, „ausnahmsweise" mal wieder keine Zeit findet, sie die Überstunden abfeiern zu lassen. Und Überstunden fallen auf der Chefetage sowieso fast täglich an, allein aus Prinzip, weil „Sau" beweisen will, daß dort mehr gearbeitet wird als anderswo, und selbst wenn wirklich nach regulärer Arbeitszeit an einem ruhigen Tag nichts mehr dagegenspricht, nach Hause zu gehen, behält „Sau" gern ihre „Nachgeordneten" eine überflüssige halbe Stunde länger da, einen eventuell noch zu erwartenden wichtigen Anruf des „großen Chefs" oder ähnliches in Aussicht stellend. In diesen Momenten wissen alle Mitarbeiterinnen, ohne daß jedoch irgendwer es ausspricht, daß sie nur sinnlos um eine weitere halbe Stunde ihrer Freizeit geprellt werden sollen, weil es - wie so oft - um das „symbolische Längerbleiben" und nur das allein geht, als Machtbeweis „Saus", die sich darüber ärgert, abends mal wieder nichts vorzuhaben. Wohl denen, die sich ohne zu murren und ohne ihren Zorn zu sehr nach außen zu zeigen damit abfinden können. Bei den „Uneinsichtigen" und „Renitenten" gibt sich „Sau" ausdauernd redlich Mühe, den „lieben Kolleginnen" (eine zynische Bezeichnung, die sie selbst insbesondere in diesem Zusammenhang sehr schätzt) stets von neuem zu beweisen, daß deren Qualifikation allemal völlig unzureichend ist und sie deshalb dankbar sein sollten, wenn sie sich nicht dafür einsetzt, daß sie aufgrunddessen entlassen werden.

Lassen sich einmal keine echten Fehler nachweisen, so gibt es gewiß die eine oder andere Nachlässigkeit, die erwähnt zu werden verdient. Unordentlichkeit nämlich kann

„Sau" überhaupt nicht leiden, denn „Ordnung ist das halbe Leben!" Wenn sich zum Beispiel in irgendeiner Unterlage ein Eselsohr befindet, ist fürwahr der Teufel los. Und gibt es doch - ausnahmsweise - nicht einmal das zu beanstanden, und möchte „Sau" dennoch, für die Öffentlichkeit vermeintlich begründet, ihren Ärger an den niederträchtigen Schlampen laut auslassen, dann knickt sie selbst eben schnell das dazu erforderliche Eselsohr hinein, bevor sie das Dokument wutentbrannt zurückgehen läßt. Ordnung muß schon sein!

Besonderen Spaß hat „Sau" daran, wenn der „große Chef" mal wieder ein Manuskript abgegeben hat und sie einer ihrer Sklavinnen auftragen kann, dieses zu tippen. Was die „Schrift" des „großen Chefs" betrifft, verhält es sich nämlich damit so, daß der Uneingeweihte bei dieser eigentlich nichts weiter als eine Linie sieht, die teilweise von Strichen unterbrochen und von uneinheitlichen Schnörkeln durchsetzt ist. Manuskripte des „großen Chefs" tippen zu lassen, bietet „Sau", die die einzige ist, welche die Geheimschrift fließend und fehlerfrei lesen kann, stets Gelegenheit, die Sekretärinnen zu demütigen. Die erlesenste Freude bereitet es, die Manuskripte wieder und wieder genau der Sekretärin zu geben, die davon wirklich gar nichts entziffern kann. Dann aber zu behaupten, des „großen Chefs" Handschrift sei unleserlich und die Aufgabe, sie zu decodieren eine Zumutung, ist selbstverständlich nicht statthaft. Die schüchterne Bemerkung der Mitarbeiterin, sie sei nicht in der Lage, die Schrift zu lesen und die sich daran anschließende Bitte, „Sau" möge doch dabei helfen, zieht nur die hämische Bemerkung „Ich dachte, wir hätten eine Deutsche angestellt" nach sich oder - im harmlosesten Fall - den lapidaren Hinweis: „Dann geben Sie sich gefälligst mal ein bißchen Mühe!", bis, wenn das Opfer endlich hilflos in Tränen ausgebrochen ist, „Sau" sich ungnädig „erbarmt", indem sie schnell und undeutlich den Text vorliest, damit der Sekretärin jede Möglichkeit genommen wird, mitzuschreiben und so wiederum Fragen offenbleiben, die dann „Saus" Zorn von neuem provozieren können.

61

Die Krankheitsquote der „nachgeordneten Mitarbeiterinnen" der Etage, auf welcher „Sau" mit eiserner Hand regiert, ist wesentlich höher als die unter den anderen Angestellten. Da den konstant Gequälten und Gedemütigten jede Möglichkeit, sich aktiv zu wehren, genommen ist, weil sie offenen Widerspruch zwecks Arbeitsplatzerhalt nicht wagen, bleibt ihnen nur die Flucht in die Krankmeldung, um sich „Saus" Schikanen zu entziehen. Es empfiehlt sich hier, einen guten Arzt zu haben, dem man vertrauen kann. Denen, die krankgeschrieben sind, kann selbst „Sau" nichts Ernsthaftes anhaben, solange sie sich nichts nachweisen lassen. Die Unterstellung, daß die Mitarbeiterinnen nur „blaumachen" und nutzlose Unternehmensschädlinge sind, bleibt zwar im Raume stehen, da bei „Sau" stets eine bloße Behauptung Wahrheitsanspruch erheben darf, weil sie aufgrund ihrer Stellung in der Firma nichts zu beweisen braucht. Aber nach richtiger Herzenslust *bestrafen* darf sie jene „Blaumacherinnen", die eine Krankheit nachweisen können, leider nicht.

Es ist natürlich so, daß selbst die, denen ein Arzt ihre Erholungsbedürftigkeit mit einem Krankenschein hieb- und stichfest bescheinigt hat, nicht vollkommen ungeschoren davonkommen dürfen und sobald sie - vermeintlich genesen - wieder an ihrem Arbeitsplatz auftauchen, sofort „Saus" Hohn und Spott über sich ergehen lassen müssen. Unter vorgetäuschter Anteilnahme erkundigt die Chefsekretärin sich zunächst bei der Rückkehrenden nach deren Befinden und der Natur der Krankheit, die sie am Arbeiten gehindert habe, und wenn sie darauf dann zum Beispiel von der vor Scham ob der Lüge errötenden Mitarbeiterin als Antwort erhält, sie habe unter Übelkeit gelitten und sich permanent übergeben müssen, fährt „Sau" die „Krankmacherin" an, daß dies wohl kaum ein Grund sei, der Arbeit fernzubleiben, schließlich müsse sie, „Sau", bei einer solchen Arbeitshaltung ihrer Mitarbeiterinnen auch den ganzen Tag „kotzen".

Bei wiederholt auffällig gewordenen „Krankmacherinnen" - tatsächliches gesundheitliches Versagen wird nicht ein-

62

mal als Möglichkeit in Erwägung gezogen, denn schließlich hat man sich mit einem jungen, dynamischen Team umgeben, dem Siechtum und Elend Fremdworte sein sollten - hat „Sau" in ihrem Drang, die Täterinnen zu maßregeln, nicht einmal die Geduld zu warten, bis diese wieder ihren Dienst schieben. Beim Anruf der Mitarbeiterin, die ihre Arbeitsunfähigkeit mitteilen will, erkundigt sich „Sau" umgehend tyrannisch und durchblicken lassend, daß sie jede feige Lüge oder Ausflucht sofort durchschaut, streng und herzlos nach dem genauen Krankheitsbild. Und bei den als chronische „Krankmacherinnen" Verdächtigen gibt's keine Gnade! Wenn nicht nachweisbar jemand bewußtlos auf der Intensivstation liegt, gibt es immer noch etwas, das er für die Firma tun kann, und sei es auch zu Hause vom Krankenbett aus! Nachdem sie sich hat erläutern lassen, was der Betreffenden fehle und daraufhin nach eigenem Ermessen festgelegt hat, daß der grippale Infekt nicht daran hindere, zum Beispiel ein paar Abrechnungen zu kontrollieren, droht „Sau" der Krankgemeldeten an, sie persönlich werde ihr ein wenig Arbeit nach Hause bringen. Bisher hat sie das aber nicht getan. Das mag daran liegen, daß bislang von den solcherart Bedrängten keine gewagt hat zu behaupten, daß sie bei ärztlich bescheinigter Arbeitsunfähigkeit nicht dazu verpflichtet sei, zu Hause zu arbeiten, und natürlich, wenn „Sau" tatsächlich mal vorbeigeschaut hätte, um die Erkrankte mit Grüßen der Firma und ein wenig Arbeit zu versorgen, sich gleichfalls niemand getraut hätte, diese zu verweigern - Arbeitsrecht hin oder her. Aber „Sau" ist da nicht kleinlich, denn eigentlich ist es ihr ja egal, wer welche Arbeit erledigt, und wenn eine krank ist, müssen eben die Anwesenden dafür mitarbeiten und willkürlich noch ein ganzes, schnell ersonnenes Stück an überflüssiger Arbeit mehr „wegschaffen", von „Sau" bewußt kalkuliert, damit sichergestellt ist, daß die Krankgemeldete zusätzlich den Haß der Kolleginnen auf sich zieht. Am verlockendsten ist aber für die Chefsekretärin der Gedanke, wieder einmal eine der faulen Schlampen mit der Drohung eines Hausbesuchs in Angst und Schrecken versetzt zu haben, irgendein faules Stück, das sich auf Kosten der Firma ein paar schöne freie Tage machen wollte, die ihm nun - in ständiger Erwartung einer plötzlichen Kontrolle - gründlichst verdorben sind. Die sollen sich unterstehen, der Firma auf der Tasche zu liegen!

Die Informationen, welche die „Dummen" zu geben haben - und dazu zählen in der Firma für „Sau" alle außer ihr selbst und dem „kleinen" sowie dem „großen Chef" - müssen immer kurz, knapp und präzise sein. Mit anderen Worten: Am günstigsten wäre es, bereits im voraus zu ahnen, daß bald „Sau" anrufen wird und sich gleichfalls jeweils die Frage, die sie stellen wird, bereits vorstellen zu können, damit man seine klare und eindeutige Antwort darauf schon mal vorbereiten kann. Überhaupt soll bei „Sau" nur reden, wer wirklich gefragt worden ist, und da wäre eine Antwort, die bloß aus einer Silbe besteht, am liebsten gesehen. Aber das ist leider nicht immer möglich. Wann immer „Sau" in der Firma jemanden anruft, um eine Information zu erfragen, legt sie den Hörer auf, bevor der andere seinen Satz überhaupt zu Ende gesprochen hat. Nicht nur erspart sie sich dadurch ein, von ihrem Standpunkt aus, überflüssiges „Danke", sondern auch macht sie damit klar, wer das Sagen hat, wer bestimmt, wann ein Gespräch beendet ist, kurz: Wer am längeren Hebel sitzt.
Oft und gern führt „Sau" selbst lange Privatgespräche während der Arbeitszeit. Freunde, mit denen sie sich lange unterhalten könnte, hat sie zwar eigentlich nicht, aber da sie regelmäßig in ihrer Freizeit Golf spielt, trifft sie doch bisweilen außerhalb des Arbeitsplatzes auf Menschen, mit denen sie etwas verbindet. Wenn „Sau" privat telefoniert - nicht zuletzt als öffentlicher und zur Schau gestellter Beweis für alle Zweifler, daß sie tatsächlich über ein Stückchen Leben verfügt, das über die Firma hinausgeht -, dann sollte mal einer wagen, die ausführliche Diskussion über das letzte erfolgreiche Golfmatch zu unterbrechen! Unverschämte Störer und Bittsteller können da vor ihrem Schreibtisch stehen und warten, bis sie schwarz werden!

Durch alberne auskunftsuchende Idioten läßt „Sau" sich weder beeindrucken noch behelligen, geschweige denn gar aus der Ruhe bringen. Jedenfalls nicht von Unterlingen, das versteht sich ja wohl von selbst. Es versteht sich des weiteren von selbst, daß sie bewußt nicht verkennen läßt, daß es sich um ein Privatgespräch handelt, wenn wieder jemand glaubt, er habe ein wichtiges Anliegen. Der soll ruhig warten und kann später wiederkommen, wenn's denn nun tatsächlich mal wichtig gewesen sein sollte. Beim privaten Telefonat gibt sich „Sau" immer besonders leutselig und beweist mit aufgesetzter Lustigkeit unüberhörbar laut, wie *verdammt gut drauf* sie ist und daß es ohne Zweifel Leute gibt, die sich freiwillig und gern mit ihr ausführlich unterhalten, womit also bei all jenen, die das anders empfinden, es deren eigenes Verschulden sein muß. Das Privatleben geht halt manchmal vor, und es soll durchaus deutlich bleiben, wer hier die Zügel in der Hand hält.

Fest steht, daß - nach Selbsteinschätzung - niemand „Sau" das Wasser reichen kann. „Dumm" sind also eigentlich alle, die höchste Steigerung unter den „nachgeordneten Mitarbeitern", mit anderen Worten also: den „Dummen", ist jedoch „der" beziehungsweise „die Blöde". Das schlimmste, was einem passieren kann, ist es, als „blöd" zu gelten. Irgendwann wird von „Sau" festgelegt, wer als „blöd" zu gelten hat und diesen Stempel tragen soll. Die Berufung dazu, fortan in der Firma „der/die Blöde" (im folgenden „die Blöde", weil „Sau" bislang immer Frauen für diese unterprivilegierte Position festgelegt hat) zu sein, kann jeden völlig willkürlich, gewissermaßen „aus heiterem Himmel" treffen. Ist das Schicksal des „Blödseins" einmal von der Geschäftsleitung festgelegt, kann es von der Betroffenen nicht mehr rückgängig gemacht werden, mag diejenige sich auch noch so sehr darum bemühen, vom Gegenteil zu überzeugen - „Sau" hat es festgelegt, und ein solch vorbestimmtes Schicksal ist nicht mehr abzuwenden. Fehler lassen sich zwar jedem hin und wieder nachweisen, werden aber bei manchen Arbeitskräften eben nicht nachgewiesen, sondern geflissentlich übersehen, oder aber, wenn sich das irgendwie bewerkstelligen läßt, „der Blöden" angedichtet. Eine „Blöde" muß es geben, und trotz aller vermeintlichen „Blödheit" hat „die Blöde" den krisensichersten Arbeitsplatz unter den schlechtbezahlten Angestellten, ihr Kopf wird mit Sicherheit nicht „rollen". Völlig unverständlicherweise verspürt die Firma nicht das Bedürfnis, sich von der angeblich immer wieder sich als völlig inkompetent Erweisenden zu trennen, ihr zu kündigen, sie als Konsequenz ihrer vermeintlich unaufhörlichen geschäftsschädigenden „Blödheiten" endlich vor die Tür zu setzen. Nein, all dies geschieht nicht, denn „die Blöde" ist unabdinglich und gehört zur Firma. Man bedarf ihrer, um sich selbst permanent in scharfem Kontrast zu ihr in strahlender Kompetenz zu beweisen und öffentlich darzustellen. Falls es nicht alle sofort begreifen, wenn irgendwer es nicht gleich glauben will, daß „die Blöde" tatsächlich blöd ist, wird es immer wiederholt. Jeden Fehler, der ihr unterlaufen ist oder den man ihr unterstellt, macht „Sau" laut publik, stets - für jene, welche da irgendwelche Zusammenhänge nicht begriffen haben sollten, es noch einmal abschließend „auf den Punkt bringend" - mit dem über jeden Zweifel erhabenen Satz: „Ist die blöd!" Nachdem er es nur oft genug vernommen hat, versteht irgendwann selbst der Begriffsstutzigste, daß die „Dame X" wirklich unsagbar „blöd" ist. Ein nicht wiedergutzumachender Fehler wäre es, das Gegenteil behaupten zu wollen, in irgendeiner Weise in Frage stellen zu wollen, daß „die Blöde" zweifellos „blöd" sei oder Partei für sie zu ergreifen, indem man behauptet, sie habe die Fehler, die ihr zugedacht werden, gar nicht gemacht. Dann nämlich kann es einem gar zu schnell passieren, daß man allzubald selbst in die Position des „Blöden" gedrängt werden wird. Und wer will schon freiwillig der „Blöde" sein? Die Firma kann sich aber im Regelfall auf ihre Mitarbeiter verlassen: Instinktiv solidarisiert sich niemand mit „der Blöden", wenngleich manchem ganz bewußt klar ist, daß dies nicht recht sein kann. Meist ist es nur eine Frage der Zeit, bis „die Blöde" als solche allgemein anerkannt ist, und irgendwann geschieht es gar, daß selbst jene, welche ihr zunächst völlig leidenschaftslos gegenüberstanden, sich dazu bereitfinden, ihr dankbar die eigenen Fehler zuzuweisen, immer mit dem lauten, für alle erläuternden Zusatz: „Ist die blöd!" Am Ende begreifen es doch alle, und „Sau" kann mit ihrem Mobbing-Erfolg zufrieden sein. Sie liebt es eben sehr, „Nachgeordnete" zu Opfern zu machen und zeigt sich gern öffentlich als Bändigerin geballter Blödheit.

In der vierten Etage scheint sich Frau Rademann um die Position der „Blöden" erfolgreich bemüht zu haben. Da „Sau", die in der sechsten Etage ihr strenges Regiment führt, sich schließlich nicht um alles kümmern kann, hat sie den „Damen" der vierten Etage relativ freie Hand bei der Besetzung der Stelle gelassen. Frau Rademann geht ihren Kolleginnen oft so mit ihrem dummen Geschwätz auf die Nerven, daß selbst die Gutmütigsten nach einiger Zeit beginnen, ihr den Mund zu verbieten. So bleibt ihr oft nichts weiter als das Selbstgespräch oder die Unterhaltung mit dem Kopierer, den sie hemmungslos und ohne von ihm gerügt zu werden, beschimpfen kann, wenn er sie wieder einmal mit einem Papierstau verärgert. Wer sich dadurch befremdet fühlt, hat in dem eigens als solchem ausgewiesenen Kopierraum sowieso nichts zu suchen, weil es fast ausschließlich Frau Rademann, die die Position der „Blöden" mit Eifer innehat, vorbehalten ist, alle anfallenden Kopierarbeiten zu verrichten, da sich erstens die anderen „Damen" dafür zu schade sind und zweitens einmütig beschlossen wurde, daß die Kollegin Rademann von allen die Dümmste ist und deshalb an qualifizierteren Tätigkeiten wie dem Tippen möglichst wenig teilhaben soll. Oft geschieht es, daß Frau Rademann den gesamten Tag nichts anderes tut, als dicke Ordner oder Bücher für Außendienstler zu photokopieren. Fällt solcherlei Arbeit nicht an, ist sie froh, wenn sie für Frau Wartenberg private Werbezettel für deren Tanztruppe oder für die Chefin des Berichtsdienstes Einladungen für Auftritte von dem Kirchenchor, in dem diese singt, vervielfältigen darf, weil sie sich dann wenigstens nicht vorwerfen lassen muß, fürs Nichtstun bezahlt zu werden und zudem das befriedigende Gefühl hat, daß man sie immerhin noch braucht. Es erklärt sich fast von selbst, daß sich daraus ein Teufelskreis entwickelt: Weil sie sehr selten längere Zeit am Computer arbeitet, erlernt Frau Rademann niemals die gesamten Funktionen der Textverarbeitungsprogramme. Passiert es, daß eine neuere Version des alten oder gar ein ganz anderes, weil vermeintlich für die Firma sinnvolleres Programm angeschafft wird, ist Frau Rademann, die beim Tippen nie dauerhaft dabei sein darf, ganz verloren. Kommt es ausnahmsweise vor, daß sie mal einen ganzen Tag wie alle anderen nur tippen muß, unterlaufen ihr noch mehr Fehler, als dies bei ihrer geringen Begabung mit solider Kenntnis des Programmes geschähe.

Es gibt auch Momente, in denen Frau Rademann sich ihrer Position als „der Blöden" gewahr wird und versucht, sich dagegen aufzulehnen, indem sie sich beklagt, ihr würden stets die anspruchslosesten Arbeiten zugewiesen. Ein solches Verhalten ist nun wirklich das Dümmste, was sie sich zuschulden kommen lassen kann und gefährdet ernsthaft ihren Arbeitsplatz, der ihr nur so lange erhalten bleiben soll, wie sie bereit ist, sich in ihr Schicksal zu fügen und damit die ihr Vorgesetzten in deren Machtanspruch zu bestätigen. Es geschieht tatsächlich aber nur äußerst selten, daß Frau Rademann sich offen beklagt. Wagt sie dies jedoch mal wieder und überschreitet somit die von ihr selbst nicht wahrgenommenen Grenzen, werden von der Chefin des Berichtsdienstes in Übereinstimmung mit allen anderen „Damen" Maßnahmen eingeleitet, mit dem Ziel, das letzte Fünkchen Selbstwertgefühl „der Blöden" Rademann durch bewußte hoffnungslose Überforderung ihrer Fähigkeiten zu zerstören. So zum Beispiel legt man ihr eine dreiseitige handschriftliche Vorlage des „großen Chefs" auf den Tisch und bittet sie mit geheuchelter Selbstverständlichkeit darum, diese abzuschreiben. Dies ist ein Anliegen, an dem selbst Geübtere und Begabtere scheitern müßten, für Frau Rademann, die niemals Schriftstücke in der Handschrift des „großen Chefs" zu tippen bekommt, noch jemals irgendwelche inhaltlichen Zusammenhänge bei ihrer Arbeit herstellen kann, ist es eine schier unlösbare Aufgabe, die sie vollkommen verzweifeln läßt. Ihre Bitte um eine andere Arbeit wird mit dem Hinweis abgewiesen, es gebe zur Zeit nichts anderes für sie zu tun, mit ihr zu tauschen und ihr statt dessen eine Unterlage zu geben, die sie lesen kann, ist ebenfalls niemand bereit. Soll die Rademann doch den Mund nicht so voll nehmen und sich frech darüber beklagen, daß man sie sonst nur kopieren läßt! Da bekommt sie mal Tipparbeit, erweist sich als unfähig, der ihr gestellten Aufgabe gerecht zu werden und erwartet dann allen Ernstes, daß jemand mit ihr tauscht! Die anderen „Damen" sind empört! Auch zumindest beim Entziffern des Textes zu helfen ist keine bereit. Schließlich kämpft jede für sich, alle werden mit ihrer Arbeit selbständig fertig, was an Zeit verschwendet würde, um der Rademann zu helfen, ginge von der eigenen Arbeitszeit ab, und man will ja mit seiner Aufgabe auch zu Rande kommen. Irgendwo muß die Kollegialität ein Ende haben, und nicht zuletzt ist es so, daß es sich nicht „lohnt"; Frau Rademann konkrete Hilfe anzubieten, da man selber eben deshalb, weil es ihr an Qualifikation mangelt, nicht damit rechnen kann, daß sich eines Tages die Situation ergibt, in der man Unterstützung bei Frau Rademann einfordern und diese sich mit Rat und Tat revanchieren könnte. An den drei Seiten Text des Allmächtigen rätselt die „Dame" Rademann den gesamten Tag, sich durchaus dessen bewußt, daß sie hier eine lobenswerte Leistung erbringen sollte und sich mit gutem oder schlechtem Ergebnis entscheiden kann, ob sie weiterhin „die Blöde" sein oder im allgemeinen Ansehen etwas steigen wird. Am Ende des Arbeitstages aber muß sie erkennen, daß sie doch wieder kläglich versagt hat: Acht Stunden Arbeitszeit hat sie vergeudet, und das, ohne einen zusammenhängenden Text abliefern zu können, verheult und mit den Nerven völlig am Ende, sicher, daß mit dieser nicht erbrachten Leistung nun begründeter Anlaß zu einer Kündigung besteht, den sie dazu noch selbst verschuldet hat, weil sie es ja war, die um qualifiziertere Arbeit bat, gibt sie die getippte Seite ab. Die Chefin des Berichtsdienstes, Erfüllungsgehilfin „Saus", jubiliert innerlich, denn nichts anderes hat sie erwartet: Das Geschreibsel, Ergebnis eines gesamten, teuer bezahlten Arbeitstages, verdient die Bezeichnung „Text" nicht, weil es keinen Sinn ergibt, und vor den Augen Frau Rademanns wirft deren Chefin das Blatt mit großer Geste publikumswirksam in den Aktenvernichter. Zufrieden, sich und allen anderen, insbesondere der dämlichen Rademann natürlich, mal wieder bewiesen zu haben, daß diese als Schreibkraft wirklich gar nichts wert ist und bestenfalls zum Kopieren gebraucht werden kann, schreit die Vorgesetzte die „Dame" Rademann mit drohender Stimme zusammen. Gar dankbar müsse die sein, daß man sie nicht längst entlassen habe, unglaublich sei es, was sie sich da wieder „geleistet" habe, ob man sie noch weiter beschäftigen werde, werde demnächst überhaupt erst einmal in der Chefetage geklärt werden müssen! Ratsam wäre es, sie sähe sich jetzt bereits mal nach einer neuen Beschäftigung um, wobei sie sich da vielleicht besser in einem anderen Tätigkeitsfeld bemühen sollte, als Putzhilfe zum Beispiel! Nachdem sie genug heruntergeputzt worden ist, darf sich Frau Rademann wieder an ihren Platz setzen. Sie selbst sieht ihre eigene Inkompetenz inzwischen vollkommen ein, in Tränen aufgelöst harrt sie der Dinge, die da kommen mögen, wünschte, sie hätte niemals etwas gesagt, betet innerlich zum lieben Gott, daß sie nie wieder den Mund zur Klage öffnen wird, wenn man nur diesmal noch Gnade vor Recht walten läßt und sie nicht hinauswirft.

Mit Mitarbeitern, derer man sich ernsthaft entledigen will, wird aber ganz anders umgegangen. Da wird nicht lange gefackelt, und wenn irgendeinem Bedeutenden die Nase eines Angestellten nicht paßt, wird einfach ein Grund erfunden, dem Betreffenden zu kündigen, und mag auch hundertmal keiner vorliegen. Irgend etwas läßt sich jedem nachweisen, man muß nur lange genug suchen, und wenn sich wirklich nichts finden läßt, wird etwas Verleumderisches erdacht, zu dessen Bestätigung sich immer ein paar korrupte Zeugen finden, so daß es dem Hinauszuwerfenden unmöglich sein wird, das Gegenteil davon zu beweisen. Leuten, bei denen sich die Geschäftsleitung zu einem gegebenen Zeitpunkt nicht endgültig entschieden hat, ob sie tatsächlich verschwinden sollten oder nicht oder deren Verlassen der Firma einfach noch nicht dringend und sofort erforderlich ist, hilft man ein wenig nach, indem man ihnen ihr Dasein innerhalb des Unternehmens zur Hölle gestaltet und so ihr Bleiben oder Gehen vom Zufall respektive ihrem psychischen Durchhaltevermögen abhängig macht. Da werden dann an den entsprechenden Stellen, im Jargon der Mobber sogenannten „Multiplikatoren", seitens der obersten Leitung gezielt Gerüchte gestreut, wobei man nicht nur soweit geht, von übler Nachrede keinen Abstand zu nehmen, sondern selbst den schmählichsten Rufmord nicht scheut. Über den einen behauptet man, er stehe im Verdacht, Kinder zu schänden, dem anderen dichtet man Spiel-, Trunk- oder Freßsucht an. Oder es verschwindet vermeintlich Geld aus den privaten Geldbeuteln bestimmter, ausgewählter und eingeweihter Mitarbeiter, und die dafür Zuständigen verbreiten diskret einen Verdacht. Der Perfidität der Sabotage sind allein die Grenzen des Einfallsreichtums der dafür Verantwortlichen gesetzt. Wichtig ist dabei, die Gerüchte solcherart geschickt zu verbreiten, daß niemals die Urheber der Behauptungen ruchbar werden, der Betroffene also den Auftraggebern *nichts nachweisen kann.* Gleichgültig, wie absonderlich und völlig absurd die getuschelten Vorwürfe, die aus dem Nichts erhoben zu sein scheinen, sind: Sicher ist, daß immer etwas davon hängenbleibt und der Verleumdete niemals, und mag er auch noch so heftig dementieren, sich von den Behauptungen gegen ihn wird völlig reinwaschen können. Er hat ja, mangels des Wissens um die „Urheberschaft", nicht einmal Gelegenheit, irgendeinen zur Rede stellen und zur öffentlichen Rücknahme seiner Verleumdung zwingen zu können. Und ist nicht gerade das vehementeste Abstreiten schon ein halbes Schuldeingeständnis? Auf die Wehrlosigkeit des Opfers ist zumeist recht guter Verlaß, was nicht zuletzt an der treffsicheren Selektion der Erwählten liegt. Jenen Lauten, Forschen, welchen die willfährige Opfermentalität abgeht, wird sowieso für gewöhnlich kurzer Prozeß gemacht, die fliegen gleich raus und kommen gar nicht erst in die engere Auswahl der von der Geschäftsleitung über einen längeren Zeitraum systematisch Gemobbten, weil das Vergnügen daran schnell verlorengeht, unsensiblere Mitarbeiter fertigzumachen, die dabei nicht richtig mitspielen.

Selbstverständlich ahnt die gerade gedemütigte tränenüberströmte Frau Rademann nicht, daß jetzt von Hinauswerfen in ihrem Falle gar nicht mehr die Rede sein kann, nun, da man ihr, um sich selbst daran zu delektieren, wieder beste Gelegenheit gegeben hat, zu beweisen, daß sie doch „die Blöde" ist, ihr also mit Fug und Recht diese Position zugedacht wurde und Veränderungen oder gar ein Umdenken in dieser Hinsicht nicht erforderlich sind. Ohnehin wäre es ungewöhnlich, in der „Damenetage" wirklich für schlechte Arbeitsleistung entlassen zu werden, denn immerhin beweisen diese der selbst nicht sonderlich begabten Chefin des Berichtsdienstes befriedigenderweise, daß die „Nachgeordneten" doch viel weniger können als sie selbst. Es versteht sich übrigens von ganz allein, daß der Text, mit dem man Frau Rademann den gesamten Tag gequält hat, gar nicht getippt werden mußte, weil er längst existierte, nämlich von der Chefin höchstpersönlich als „dringende Chefsache" schon geschrieben worden war. Das von vornherein wirklich Bösartige an der ganzen Angelegenheit war eben nur die bestehende Absicht, Frau Rademann mal wieder in den Staub zu stoßen und ihr sowie der Allgemeinheit mit bewiesener Berechtigung ihre Blödheit zu verdeutlichen. Das Ziel der Maßnahme ist erreicht: Die Chefin des Berichtsdienstes hatte Gelegenheit, sich ein bißchen abzureagieren, denn trotz großer Mühen hat sie bis heute keinen Freund gefunden und gerät mit Anfang vierzig bald in Torschlußpanik, weil immer nur in der Kirche zu singen ihr mit der Zeit nicht mehr genügend

Lebensinhalt bietet. Da will sie sich mit gutem Recht wenigstens hier und da am Leid anderer erlaben. Nicht zuletzt eifert sie angestrengt ihrem Vorbild „Sau" nach, denn wer Karriere machen will, muß auch wissen, wie man die einem Unterstellten zur Schnecke macht. „Die Blöde" Rademann hat sich endlich heulend auf der Toilette eingeschlossen, und weil sie das letzte Glied in der Kette von Abhängigkeiten ist, muß davon ausgegangen werden, daß sie die tüchtige Tracht Prügel, die sie gerade empfangen hat, nicht wird weiterleiten können. So hat eben doch alles seine gerechte Ordnung.

Daß die Position „der Blöden" immer dringend mit einer Vollzeitkraft besetzt zu sein hat, bewahrt Frau Hermann, Teilzeittelefonistin in der Chefetage, davor, daß ihr in „Saus" unmittelbarem Machtbereich diese Stelle zugedacht wird. „Die Blöde" muß schließlich den gesamten Arbeitstag verfügbar sein, damit man aufgestaute Aggressionen an ihr ablassen kann, das ist also ein Vollzeitjob, der von einer Halbtagskraft wie Frau Hermann nicht geleistet werden kann. Es ist tatsächlich nicht so, daß Frau Hermann sich aufgrund auffälliger Dummheit oder Ungeschicklichkeit dafür anböte, sondern es wäre in ihrem Falle viel eher ihre Opfermentalität, die sie für diese Stelle äußerst attraktiv machte. Ohne überhaupt irgendeine inhaltliche Äußerung verlautbaren zu lassen, gesteht Frau Hermanns Stimme, dem Klang nach schüchtern, schutzlos und verzagt, winselnd nach Harmonie strebend, unentwegt bereitwilligst Fehler ein, für die man eventuell irgend jemanden irgendwann verantwortlich machen können wollte. In vorauseilendem Gehorsam wäre Frau Hermann jederzeit bereit, sich im voraus schon einmal für etwas zu entschuldigen, das noch nicht mißlungen ist, aber ja noch mißlingen könnte, und deshalb sehr wahrscheinlich sogar sehr bald schon mißlingen wird. Als „Sau" direkt Unterstellte redet man in der Firma im Zusammenhang mit ihr immer nur von „Saus Hamster". Wenn sie spricht, lacht sie schüchtern nach jeder von ihr gemachten Aussage, um deren Inhalt vorsichtig und bereits im voraus zu entwerten und damit möglicher Rüge oder gar Strafe vorbeugend zu entgehen. Es nützt ihr alles nichts. Ihre willige Opferhaltung provoziert Bestrafung, schreit geradezu nach der harten, maßregelnden Hand, und wenn sie auch ständig darum bemüht sein mag, sich nichts zuschulden kommen zu lassen, wird „Sau" dennoch etwas finden, und sei es nur, daß sie die Bemerkung loswerden muß, Frau Hermann habe sich wieder besonders geschmacklos angezogen, oder, weil sie gemerkt hat, daß Frau Hermann beim Friseur war und eine frische Dauerwelle trägt, es sie drängt, die Frage loszuwerden, ob Frau Hermann sich heute nicht gekämmt habe, in Verbindung mit der süffisanten Feststellung, sie sei doch sonst nicht so ungepflegt. Oder sie stellt fest, daß Frau Hermann Parfum aufgelegt hat und bittet, ohne irgend jemand direkt dabei anzusehen, sich aber dessen gewiß, daß Frau Hermann sich betroffen fühlen wird, in großer Runde darum, ob nicht „mal einer das Fenster öffnen kann. Das riecht ja wie im Puff hier, daß man es kaum aushält! Widerlich!" Mit verzweifeltem Ehrgeiz versucht Frau Hermann, keine Fehler zu machen, weil sie Angst vor „Sau" hat und außerdem Anfang vierzig ist, weshalb sie aus gutem Grund fürchtet, daß, sollte „Sau" es wünschen, sich ihrer zu entledigen, sie mit dem Verlust dieser Arbeit anderswo nicht besonders leicht mehr eine Anstellung finden würde. Jedes Mal, wenn sie - vermeintlich kollegial - von „Sau" mit der Vorwürfe einleitenden rhetorischen Frage „Ist wohl nicht Ihr Tag heute, oder?" angesprochen wird, würde sie am liebsten weglaufen und weinen.

„Sau" genießt in ihrem Wirkungsbereich nahezu uneingeschränkte Narrenfreiheit. Bezüglich des Grüßens beziehungsweise Nichtgrüßens unter den Kollegen läßt sich zu ihr erwähnen, daß sie generell niemanden zuerst grüßt, äußerst selten überhaupt einen Gruß erwidert - dies ist abhängig von der Tageslaune - und insbesondere die einzige ist, die selbst gegen ein laut vernehmliches „Guten Morgen!", an ihren vollen Namen gerichtet (der nicht tatsächlich „Sau" ist, aber hier keine weitere Relevanz hat), resistent ist und der es somit immer wieder gelingt, selbst einen eindeutig ihr zugeordneten Gruß konsequent mit steinernem Gesicht zu ignorieren - den Mut, den dies erfordert, hätte sonst in der ganzen Firma niemand. Es gibt aber tatsächlich Tage, an denen sie - völlig aus dem Nichts heraus und ganz unvorhersehbar, sogar aus unersichtlichem Grund - gut aufgelegt ist und nahezu überschäumt vor Fröhlichkeit. Das ist dann das Zeichen für alle ihr auf der Chefetage „nachgeordneten Mitarbeiterinnen", lustig zu sein und mitzumachen, und wehe der Spielverderberin, die meint, den Wolf im Schafspelz immer noch zu erkennen, und sich deshalb sträuben will! Die an den Tag gelegte gute Laune von „Sau", das wissen inzwischen alle aus Erfahrung, ist dabei oft bloß die Ruhe vor dem Sturm, der, alles vernichtend, in kurzer Zeit schrecklich hereinbrechen wird. Aber da hilft alles nichts, und es steht fest, daß, wenn „Sau" mal zum Scherzen aufgelegt ist, alle gute Miene zu machen haben zum bösen Spiel, und wer sich nicht beteiligt, der soll „Sau" schon kennenlernen!

Ihr schlechtes Benehmen und die Unzumutbarkeit ihrer Person sind zwar überall bekannt, aber dies wird an ihrer Stellung und erst recht an ihrer Einstellung nichts ändern: Da sie sich bereitwillig zum Nutzen der Firma „aufopfert" und wie ein Tier arbeitet, denn sonst hat sie nur geringe Interessen, ist sie den Chefs, insbesondere dem „großen Chef", dem sie alles nachträgt, dessen Stütze und Gedächtnis sie ist (in dieser Hinsicht gewissermaßen ein Musterbeispiel für das Handbuch zur perfekten Sekretärin), unentbehrlich. Zudem hat sie sich eine Wohnung gemietet, die sich im selben Gebäude wie die Firma befindet, um letzterer 24 Stunden täglich verfügbar zu sein. Die „Damen" haben herausgefunden, in welcher Wohneinheit „Sau" haust, und wie zur Bestätigung der Kälte und Grausamkeit dieser Person, ließ sich feststellen - weil man dies schließlich von außen sehen kann -, daß „Sau" nicht einmal Blumen in die zur Brüstung gehörenden Blumenkästen ihres Balkons pflanzt - was nach Ansicht der Schreibkräfte, wenn man nun einen Balkon hat, immerhin eine Selbstverständlichkeit sein sollte. Als „rechte Hand" des „großen Chefs" hat sie Prokura, und außerdem *ist* sie ganz allein die Personalabteilung, die im wesentlichen letztendlich darüber entscheidet, wer eingestellt wird und wer gehen muß. So wird sich niemand mit ihr auf eine Auseinandersetzung einlassen, weil jeder - selbst in den höheren Gehaltsklassen - weiß, daß er dabei nur verlieren kann. „Sau" hat eine Monopol- und Schlüsselstellung im Unternehmen, die ihr keiner streitig macht. Wer so nah an der Macht sitzt, sei es auch nur als Handlanger der Mächtigen, auf den fällt immer ein Stückchen davon ab. Der kann sich einiges erlauben und darf die „Nachgeordneten" wie den letzten Dreck behandeln. Nur vor dem „großen Chef" muß selbst „Sau" kuschen, und sie ist es, die, bedingt durch ihren engen Kontakt zu ihm, seine Launen am intensivsten zu spüren bekommt. Für die meisten, insbesondere diejenigen in den niedrigen Preisklassen, ist der „große Chef" beinahe nie zu sehen, zu sprechen ohnehin nicht, weil die „Kleinen" mit ihren unbedeutenden Anliegen nicht wichtig genug sind, den Herrn und Meister zu behelligen. Für innerbetriebliche Probleme sind „Sau" und der „kleine Chef" zuständig. Der „große Chef" macht sich rar, um eine mysteriöse Atmosphäre um sich herum zu kreieren. Er, der allmächtige Übervater, ist beinahe unsichtbar, nicht faßbar und deshalb um so erschreckender, wenn er plötzlich völlig unerwartet aus dem Nichts in Erscheinung tritt, um die Angestellten höchstpersönlich zu kontrollieren. Bewußt wird seine An- und Abwesenheit von seinen unmittelbaren Lakaien für die Allgemeinheit geheimgehalten, damit sich nie jemand wirklich „sicher" fühlen kann, sich keiner „gehenläßt", weil „Er" ja - allmächtig und allen im Geiste allgegenwärtig - jederzeit überraschend auftauchen kann. Wird jemand - was beinahe nie geschieht, da der „große Chef" über wenig Zeit verfügt, die er vom Geldverdienen absparen kann - zu ihm gerufen, so soll der Angestellte das Gefühl haben, entweder in den Olymp aufsteigen zu dürfen oder in die Hölle gejagt zu werden. Abhängig ist sowohl das eine als auch das andere davon, was er zuvor geleistet hat beziehungsweise sich hat zuschulden kommen lassen. In jedem Fall muß es, wenn man zum „großen Chef" höchstpersönlich gerufen wird, als unvergeßliches Erlebnis vorausgeahnt werden.

Man sieht und hört ihn wenig, aber dennoch ist es, als schwebe er in allen Räumen. Selbst diejenigen, welche ihn beinahe nie zu sehen bekommen, bemühen sich stets, wenn auch meist vergebens, darum, in Erfahrung zu bringen, wann und zu welcher Zeit er „im Hause" ist oder erwartet wird, weil es in jedem unvorhersehbaren Augenblick geschehen kann, daß er sich zeigt und zu den Mitarbeitern hinabsteigt und dann, ja dann muß alles ordentlich sein, kein Müll wie angeknabberte Butterbrote darf auf dem Tisch liegen, niemand will sich beim privaten Telefonieren erwischen lassen oder gerade irgendwo, fern von seinem Schreibtisch, mit Gleichgesinnten dumm quatschend in der Ecke stehen. Zu so etwas sagt der „große Chef" zumeist nichts, weil seine Zeit dafür zu wertvoll ist. Aber er merkt sich alles, und wenngleich er die Namen seiner Angestellten größtenteils nicht kennt, kann er sich deren Gesichter einprägen, und bis das nächste Mal eine Erhöhung der Gehälter zur Sprache käme, hätte er selbst das kleinste Vergehen nicht vergessen. Besonders freitags werden sich alle der Existenz des „großen Chefs" unangenehm gewahr, ganz gleich, ob er sich „im Hause" befindet oder nicht. Denn zum Wochenende hin muß noch besonders fleißig gearbeitet werden, müssen Berichte von den finanziell in der Firma Bessergestellten verfaßt, von den „Damen" um jeden Preis noch fertiggetippt werden, und wenn die Finger wund werden, es geht trotzdem kein Weg daran vorbei. Gerade am Freitag kommen die „Damen" selten pünktlich nach Hause, weil der „große Chef" noch mit gedrucktem Material versorgt werden muß, damit er sich nicht langweilt, denn nähme er sich keine Arbeit mit nach Hause, wüßte er dort wenig mit sich anzufangen. Sogar aus dem Urlaubsort, der immer derselbe ist und jedes Jahr für genau fünf Tage besucht wird, schickt der „große Chef" Faxe, telefoniert, gibt Anweisungen und Änderungen durch, erkundigt sich nach dem Tagesgeschehen und den jüngsten Entwicklungen in seinem Unternehmen, kontrolliert selbst aus weiter Ferne die Zuverlässigkeit und Anwesenheit seiner Angestellten. Manchmal schickt er launige Grußfaxe, die er persönlich witzig findet und die aufgrunddessen vervielfältigt und an alle Mitarbeiter verteilt werden müssen.

Abgesehen davon, daß er seine eigenen Scherze für humorvoll hält, ist mit dem „großen Chef" nicht zu spaßen: Ein Interesse an auftretenden Problemen besteht prinzipiell nicht. Der Herr des Unternehmens will Lösungen sehen, da müssen die Probleme, erst recht die vermeintlich unlösbaren, im Hintergrund bleiben. Erklärungen, Darlegungen, Entschuldigungen für ungelöste Aufgaben von seiten der Mitarbeiter werden als feige Ausflüchte, bestenfalls als dummes, wichtigtuerisches Geschwätz, das wertvolle und teure Arbeitszeit kostet, interpretiert, vorgetragen von Leuten, die zu faul zum Arbeiten sind und versuchen, sich mit allen Mitteln ihrer bezahlten Beschäftigung zu entziehen. Um es auf den Punkt zu bringen: Auf „frühkindlichen Rechtfertigungszwang" kann der „große Chef" nach eigenen, verläßlichen Angaben verzichten. Deshalb honoriert er solcherlei Verhalten bisweilen mit Ignoranz und Gleichgültigkeit, von Zeit zu Zeit jedoch mit den Mitarbeiter schrecklich beschämenden Bemerkungen, die dieser so schnell nicht vergessen, sich also dauerhaft „hinter die Ohren schreiben" wird. Mit dem Angebot, der „große Chef" werde dem weinerlich Klagenden zwanzig Pfennige schenken, auf daß er sein Problem der Telefonseelsorge schildern möge, wird ebendieses aus der Welt geschafft. Oder auch mit der Aufforderung, der Angestellte könne derlei Kleinkram, wenn ihm daran liege, ja seinem Friseur erzählen. Mancher stellt sich vor, bei der nächsten ernsthaften Frage, die der „große Chef" an ihn richten wird, diese nicht zu beantworten und statt dessen schneidig zu behaupten, er habe am Vortag bereits beim Haareschneiden seinem Friseur davon berichtet und empfinde aufgrunddessen keinen weiteren Mitteilungsdrang. Den Mut, dies zu tun, hat bislang allerdings noch keiner aufgebracht, und ein Großteil der Mitarbeiter erschrickt schon bei der bloßen Vorstellung eines derart ungezügelten freien Geistes, verbietet sich selbst, solcherlei überhaupt nur „anzudenken", und dies so ängstlich, als könne der Allmächtige Gedanken lesen.

Bei „Menschenaufläufen" in seiner Firma wittert der „große Chef" sofort Verrat. Er haßt es, wenn sich seine Angestellten zu mehreren in einem Raum zusammenrotten und augenblicklich verstummen, sobald er diesen betritt. Nicht nur ist ihm dies widerwärtig, weil sie offensichtlich nicht das tun, wofür er sie bezahlt, nämlich arbeiten, sondern auch, weil er sich betrogen und hintergangen fühlt, jedes Mal, und zwar mit wachsender Paranoia, überzeugt, der Pöbel plane einen Umsturz. Auffällig unbegründetes und unbefugtes Rumstehen der Unterlinge wirkt auf alle Führungsfiguren der Firma dauernd bedrohlich, und erst dann sind sie zufrieden und beruhigt, wenn sie wieder zufällige Zeugen irgendwelcher harmlos-banaler Feier- und Saufgeschichten vom Wochenende geworden sind und die „Dummen" damit bewiesen haben, daß sie - Gott sei Dank - außer der Befriedigung ihrer primären Bedürfnisse doch weiter nichts im Kopf haben.

Am liebsten aber erließe der „große Chef" ein unternehmensinternes Versammlungsverbot, mit welchem er jede Art von „Grüppchenbildung" unterbinden würde, und dieser Begriff gälte, sobald sich zu den Leuten, die in einem Büro arbeiten, mindestens zwei gesellten, die dort nichts zu suchen hätten. Nur ist das leider nicht immer arbeitstechnisch möglich, weil es dienstliche Angelegenheiten gibt, die - der Effizienz und Zeitersparnis halber - mit mehreren Mitarbeitern zeitgleich besprochen werden müssen. Trotzdem wird dem „großen Chef" jedes Mal unwohl, wenn er einen Raum betritt und sich in diesem mehr Menschen befinden, als dort Schreibtische vorhanden sind. Findet er solch unerträgliche Situation doch hin und wieder vor, macht er mit aggressiver Hilflosigkeit immer wieder dieselbe Bemerkung, die eigentlich nicht wirklich lustig ist, aber so dargestellt werden soll, als werde sie mit einem gewissen Humor vorgetragen, und die er stets mit der Frage einleitet: „Hier wird ja wohl kein Betriebsrat gegründet? Ich warne Sie! Wer mit solchen Sachen anfängt, der fliegt sofort raus! Fristlos! Das merken Sie sich bitte gut!"

Herr Mahler ist - wie „Sau" - Prokurist in der Firma. Um es genau zu sagen, ist hier die Rede von Herrn *Dr.* Mahler, *Dr. jur.* Mahler, darauf legt er großen Wert, und wenngleich es in der Firma bei hoher Akademikerzahl einen geradezu inflationären Anteil von *Doctores* selbst unter den Außendienstlern gibt, so daß kaum einer der vielen daran interessiert ist, im täglichen, hektischen Arbeitsgeschehen mit seinem kompletten Titel angesprochen zu werden, besteht Herr Mahler als einziger darauf, daß, wer ihm etwas zu sagen habe, ihn wenigstens mit seinem Doktortitel rufen müsse, und zwar mit dem stichhaltigen Argument, „soviel Zeit muß schon sein." Obwohl er dadurch nicht wirklich in irgend jemandes Ansehen steigt, genießt er es zumindest persönlich, die „Damen", welche partout nicht lernen wollen, wieder und wieder auf dieses Versäumnis hinzuweisen. Herr Dr. Mahler, im folgenden hier doch der Einfachheit halber Herr Mahler, vermochte, noch verhältnismäßig jugendlich, die angesehene Position eines Prokuristen zu erlangen, weil er sich durch ein großes elterliches Erbe einen Anteil an dem recht jungen Unternehmen sichern konnte. Er ist ein aufstrebender Jurist, mit seinen Diensten sowohl als Außendienstler tätig als auch der Firma intern verfügbar. Letzteres bedeutet, daß seine Verantwortung beim Suchen und Finden drohender Paragraphen für Briefe an säumige Schuldner beginnt, über juristisch hieb- und stichfeste Kündigungen innerhalb der Firma weitergeht, um dann beim formalen Teil des Gründens irgendwelcher Tochtergesellschaften des Unternehmens, die dem „großen Chef" als steuerliche Abschreibeprojekte dienen, zu enden. Für so viel Erfolg ist Mahler wirklich sehr jung, gerade über dreißig, dafür aber von geringem Wuchs, was ihm einen Minderwertigkeitskomplex verursacht, so daß er, um diesen zu kompensieren, unbedingt Karriere machen muß. Könnte er sich nicht täglich mit „Karrieremachen" befassen, wüßte er ohnehin nicht, was er mit sich und seiner Freizeit anfangen sollte, und dafür, daß nicht jeder der dort Beschäftigten die Firma als seinen bevorzugten Aufenthaltsort betrachtet, hat er gar kein Verständnis. Oft ist sein Verhalten durchaus nicht als normkonform zu bewerten, weil er die Kontrolle über sich selbst verliert und sich wie ein tobender Zwerg gebärdet, ein zorniges Zwerglein, welches nahe daran ist, sich in der Mitte zu zerreißen. Wutanfälle, hysterisches Schreien lassen ihn dann wirken wie ein lächerliches Rumpelstilzchen, tarnen die offene Verzweiflung, den Hilferuf nach Anerkennung, als albernes Machtgehabe. Über die Kürze seines Körpers versucht Herr Mahler (na, was wohl sonst an dem noch kurz ist, höhnt Frau Siel, worauf Frau Seiler meint, daß gerade „die Kleinen" zumeist „besonders lange" hätten) durch aufgesetzt energisches und dominantes Auftreten hinwegzuspielen.

Erst kürzlich hat Herr Mahler wieder firmenintern rühmlich von sich reden machen: So wurde ihm unlängst sein Führerschein auf bislang unbestimmte Zeit abgenommen, und zwar aufgrund überhöhter Geschwindigkeit, verknüpft mit Nötigung anderer Verkehrsteilnehmer, was neben dem Führerscheinverlust ein noch ausstehendes Gerichtsverfahren nach sich ziehen wird, bei welchem der Herr Doktor jur. sich selbst glänzend und aufsehenerregend zu verteidigen gedenkt. Traurig ist es schon, mit einem Male auf unabsehbare Zeit der Fahrerlaubnis für das schnittige Cabriolet, dieses unübersehbare Potenzsymbol, verlustig gegangen zu sein, so daß man sich jetzt mit den Unannehmlichkeiten des Bahnfahrens abfinden muß wie die dämlichste Tippse, die sich kein Auto leisten kann. Wenn er zu oft daran denkt und sich seiner mißlichen Lage gewahr wird, könnten ihm die Tränen kommen. Das schöne, sportliche Auto soll bis auf weiteres ungenutzt in der Garage stehen, während die monatlichen Leasing-Raten weiterlaufen! Wer fuhr da immer pfeilschnell und tödlich rasant, konsequent auf der Überholspur, die Autobahn entlang? Der Herr Doktor jur. Mahler war's - klein, aber oho! -, und damit tatsächlich an der Identität des Rasers nie ein Zweifel blieb, hatte Herr Mahler bei jedem Wetter in seinem schicken Cabriolet das Verdeck zurückgeklappt. Gut sichtbar, durch ein Kissen auf dem Sitz noch künstlich erhöht, nahm er da sogar gern manchen Regenschauer in Kauf. Und alles ist hin! Vorbei die schöne Zeit. Genommen hat man sie ihm, die große Freiheit auf freier Autobahn, deren ein Mann seines Ranges doch so dringend bedarf.

Aber fürwahr nicht zu unterschätzen ist die dadurch erworbene Achtung und Anerkennung unter den anderen Außendienstlern: Ein schneidiger Kerl ist man allemal, nötigen kann man andere, wenn man in seinem schnellen Auto sitzt, und im Einsatz für die Firma auf dem Weg zum Kunden ist man so rasant, daß man bereit ist, Gesetze zu übertreten und Verluste in Kauf zu nehmen. Körpergröße von 165 Zentimetern hin oder her! Das soll erst mal einer nachmachen! Herr Mahler ist ein kleiner Gerngroß. Anders als viele seiner Art, ist er jedoch nicht verblendet genug, daß ihm entginge, wie insbesondere die „Damen" sich über ihn lustigmachen. Das macht ihn wirklich böse, und allzugern würde er denen zeigen, daß er *doch* ein richtiger Mann ist, den Früchtchen! Wie er`s denen beibringen würde? Na, dann denkt mal gut nach, liebe Kinder! Da keine der „Damen" - nicht einmal Frau Thüner - jemals versucht hat, „verführerisch" bei ihm ihre „weiblichen Reize" einzusetzen, sei es auch nur durch eine doppeldeutige Bemerkung, gibt er vor, diese gar nicht wahrzunehmen. Es verbittert und beleidigt ihn allzu sehr, daß man ihn bloß als Neutrum betrachtet. Einmal hat Herr Mahler - gerade in den Fahrstuhl tretend - ein wirklich böses Wort vernommen: In einem Gespräch - offenbar ging es um Geschlechtspartner - bemerkte Frau Wartenberg herablassend zu Frau Seiler, daß die gerade abwesende Frau Siel doch „jeden nähme", und „nicht einmal unsern Paragraphen-Zwerg von der Bettkante stoßen würde." Mit hochrotem Kopf, bebend und zitternd der kleine Körper vor Zorn, schloß Herr Mahler - und das ganz zu recht - daraus, daß er intern unter den „Damen" den Spottnamen „Zwerg" trage. Oh, und daraufhin hat er sie alle wieder bestraft! Insbesondere zwar die Seiler und die Wartenberg, aber alle haben sie dafür büßen müssen! Durch seinen Fleiß und seine wache Intelligenz hat er sie zur Rechenschaft gezogen, indem er endlose Berichte auf Bänder gesprochen hat, die die „Damen" schreiben mußten. Unaufhörlich hat er sie eine Woche lang für sich und nur für sich allein arbeiten lassen, tippen, tippen, tippen, korrigieren, ändern und wiederum korrigieren, bis sie zuerst gelb und dann grün wurden! Schließlich, als er glaubte, sie seien nun endlich krank vor Ärger, wies er ihnen Fehler nach ohne Ende, da gab`s kein Verstecken und kein „Ich bin`s nicht gewesen." Zum Schluß, als alle Berichte „ordentlich" waren, hat er die Anweisung erteilt, diese nun vollständig wieder zu löschen, weil sie sich inzwischen erübrigt hätten. Man stelle sich das vor: Er hat diesen Ziegen klargemacht, daß ihre ganze Arbeit umsonst war, daß sie eine Woche gearbeitet hatten und man das Ergebnis am Ende gar nicht brauchte, daß man es *in den Müll werfen konnte*, so, als hätten sie die gesamte Arbeit nie geleistet. Aber das ist so erschreckend wenig! Das ist doch viel zu wenig, und außerdem ist er nicht der einzige, der dies tut. Das besonders Traurige ist, daß diese dummen Frauen sich so wenig mit ihrer Tätigkeit für die Firma identifizieren, daß es schier unmöglich ist, ihr Selbstwertgefühl anhand des Nachweises der permanent mangelhaften Qualität oder sogar Überflüssigkeit ihrer Arbeit zu zerstören. Eine leise Ahnung davon, wie gleichgültig den „Damen" ihre Arbeit inhaltlich ist, solange sie nur dafür bezahlt werden, hat mittlerweile selbst Herr Mahler. Ach, warum muß sich niemand so sehr grämen wie das Zwerglein selbst? Ein armer Wicht ist Herr Mahler ohne Zweifel, ein phantastisch häßliches Gesicht und der kahle Schädel tun ihr übriges, da kann der Anzug noch so teuer sein, und wenn er`s ehrlich zugibt, wäre er froh, wenn ihn endlich jemand heiratete, selbst die dümmste „Tippse" nähme er, wenn nur eine einzige dazu bereit wäre, sich zu ihm zu bekennen. Nach außen hin gibt Herr Mahler, Zwerg von Natur, sich als ganzer Kerl und erzählt erdachte Geschichten von Frauenbekanntschaften, die er nie gehabt hat. Kurz und gut: Die Damen, welche er treffe, könnten nie seinen doch sehr „eigenwilligen und erlesenen Ansprüchen" genügen: Stets seien sie entweder zu ungebildet, gar zu wenig attraktiv oder lediglich auf sein großes Geld aus - allein aus diesen sehr plausiblen Gründen sei er bisher nicht verheiratet. Da grämt ihn sehr, denn eigentlich ist er ein konservativer Mensch und froh, wenn alles „seine Ordnung" hat, und dazu gehört natürlich, daß ein Mann verheiratet ist, sobald er sich finanziell dazu in der Lage sieht, eine Familie zu versorgen. Um genau zu sein, hat er bisher nie eine Frau „gehabt", ist beschämenderweise noch „unberührt" und wüßte, käme es darauf an, nicht einmal „wie man`s macht". Seit er einmal bei einer Prostituierten war, um „es" auszuprobieren (dort aber blieb ihm die Erektion versagt, worauf ihn die Käufliche verspottete und gar höhnisch bemerkte, er sei wohl „vom anderen Ufer"), zieht Herr Mahler es vor, zu Hause bei Gewalt-Sex-Videos vor dem Fernseher zu onanieren. Bei der Arbeit stellt er sich gern als „Workaholic" dar, der für die „Nebensache Frau" eigentlich gar keine Zeit hat, weil die Karriere seinen ganzen Einsatz verlangt. Dabei ist der „Zwerg" sehr verbittert. Wie sehr wünscht er sich, es fände ihn jemand schön!

Nichts von all dem aber darf auch nur im Ansatz ruchbar werden! Herr Mahler hält sich für sehr korrekt und würde sich wissentlich nichts Nachweisbares zuschulden kommen lassen. Nur wenn eine der „Damen" ihm mal in der Grauzone des Treppenhauses, also abseits der Öffentlichkeit, begegnet, nutzt er die Gelegenheit, zu prüfen, wie dehnbar die Grenzen sind. Gern hält er dann unter einem Vorwand eine der Schreibkräfte an - bei den wenigen Frauen in der Gruppe der Besserverdienenden würde er dies nicht wagen, aus Furcht, in seiner wahren Absicht nicht nur schnell entlarvt, sondern eventuell öffentlich gerügt, zumindest doch lächerlich gemacht und im ungünstigsten

Fall gar zur Rechenschaft gezogen zu werden -, zeigt ein Dokument, das er gerade „zufällig" in der Hand hält, und läßt sich zu dessen Erstellung oder Ergänzung eine schreibtechnische Frage einfallen. Da zur Klärung der Frage beide Beteiligten gleichzeitig in die betroffene Unterlage Einsicht nehmen müssen, bietet es sich an, besonders nahe beieinander zu stehen. Der „Zwerg" drängt sich an die Schreibkraft so nahe er kann, kein Zeuge ist dabei, aber trotzdem wagt er nicht zuzufassen, obwohl er zittert und an nichts anderes denkt, beim Sprechen sogar vor Erregung zu stottern beginnt. Er ist der „Dame" nun so nahe, so sehr hat er sie an die Wand gedrängt, daß, wenn sie nicht völlig erstarrte, wenn sie nur eine Bewegung machte oder gar bloß zu tief Atem holte, *sie* es wäre, die *ihn* berühren würde - und *ihm*, dem „Zwerg" Mahler, *nichts nachweisen könnte,* ja, sich sogar bei *ihm* noch für die Berührung entschuldigen müßte. Es geschieht aber leider nie und bleibt lediglich bei der Erregung und Vorfreude des „Zwergs", weil die „Damen", selbst wenn es bislang keine laut ausgesprochen hat, alle ahnen, daß ihre Begegnungen mit dem „Zwerg" im Treppenhaus kein purer Zufall sind und es deshalb sogar für den geringen Weg einer Etage zumeist vorziehen, den Fahrstuhl zu benutzen. Und wenn sie Mahler doch ausnahmsweise im Treppenhaus begegnen, halten sie, sobald er sich nähert, kurz die Luft an. So selten diese „Gelegenheiten" sind, erregen den „Zwerg", der in seinem Büro zwecks Machtdemonstration stets hinter seinem Schreibtisch sitzen bleibt, während er einer davor stehenden „Dame" Anweisungen erteilt (dieses Machtgelüst ist Grund dafür, daß außer des „Zwergs" eigenem Stuhl kein anderes Sitzmöbel im Raum zugelassen ist, bedeutendere Gäste als die „Damen" werden aufgrunddessen zu Besprechungen ins Konferenzzimmer geführt), die abgepaßten Augenblicke im Treppenhaus sehr. Er sehnt sie geradezu herbei und träumt nachts davon. Leider bietet die Gelegenheit sich selten, und wenn es doch dazu kommt, wird das „Zwergenglück" immer wieder durch mangelnde Kooperation der betreffenden „Dame" sowie dauernd durchs Treppenhaus laufende Kollegen, also potentielle Zeugen, gestört.

Aufgrund seines bislang ausbleibenden Erfolgs gönnt Herr Mahler sich deshalb zuweilen die nicht ganz so erregende, dafür aber für seinen realistischen Lustgewinn wesentlich aussichtsreichere Variante der Treppenhausbegegnung: Ebenfalls unter dem Vorwand eines klärungsbedürftigen schreibtechnischen Problems, spricht er die von ihm abgepaßte Schreibkraft an, stellt sich jedoch nicht neben diese, sondern eine Treppenstufe höher als die „Dame", mit welcher er gerade spricht. Diese Positionierung seinerseits gewährleistet zum einen, daß der „Zwerg" mit Sicherheit größer wirkt als die Frau, die eine räumliche Stufe unter ihm steht. Gleichzeitig meint er so mächtiger, männlicher, imposanter als sonst zu wirken, und er hofft sehr, daß das ebenfalls von der von ihm Auserwählten so wahrgenommen und verstanden wird. Der Nebeneffekt aber ist es, welcher den „Zwerg" ganz besonders daran reizt: Während er von oben überlegen auf die Frau hinabblickt, bietet sich ihm gleichfalls ungehindert Einblick in deren Dekollete, was sich bei einigen „Damen", wie zum Beispiel Frau Wartenberg oder Frau Thüner, die ebendieses oft durch besonders aufreizende Kleidung stolz zur Geltung bringen, durchaus „lohnt" und ein Vergnügen ist, welches Herrn Mahler sonst, vom Standpunkt seiner normalen Höhe aus, leider verwehrt bleibt.

Herr Potthoff ist Ingenieur und hat - gleich „Sau" und Herrn Mahler - Prokura in der Firma. Er verfügt über ein rotes Gesicht, das noch röter wird, wenn er sich ärgert. Rot aber ist sein Gesicht immer, was den Betrachter dazu verleiten muß, ihn entweder in die Klasse der Trinker oder die der Tyrannen einzuordnen. Letzteres ist stets, ersteres bloß bedingt und gelegentlich der Fall. Herr Potthoff liebt es, seine Macht auszuspielen. Gern denkt er sich unnötige Tätigkeiten aus, um die „Damen" zu Überstunden zu zwingen. Fällt ihm nichts offensichtlich Unnötiges ein - denn am meisten erfreut es ihn, wenn jeder, einschließlich der

Schreibkräfte, die zum Teil im Sommer bis 20 Uhr für Herrn Potthoff bleiben müssen, sich darüber im klaren ist, daß die Arbeit, die er erledigt, völlig, aber wirklich vollkommen überflüssig ist, sich bloß niemand dagegen wehren kann, jeder trotzdem bleiben und seine Aufgaben erledigen muß, ganz wie Herr Potthoff es verlangt -, so sieht er zumindest zu, daß er seine Berichte, die er noch am selben Tag getippt zu haben begehrt, erst um 17 Uhr einreicht, obwohl sie bereits abgabebereit den ganzen Tag in seinem Büro lagen. Besonders freut er sich, wenn er in den Berichten, die die „Damen" abgeschrieben haben, Fehler findet. Dann sucht er im Duden die entsprechende Rechtschreibregel heraus und bemerkt sie höhnisch und peinlich pedantisch auf dem Typoskript, das er zur Korrektur und „zwecks Erfahrungsrückfluß" zurückgehen läßt. Damit seine Anmerkungen bereits beim ersten Blick auf das Papier unübersehbar sind, kennzeichnet Herr Potthoff besonders unverzeihliche Fehler durch einen mit Rot gemalten Blitz, das allgemein anerkannte Piktogramm für „Lebensgefahr". Danach gibt es trotzdem nochmal ein Donnerwetter, das sich gewaschen hat. Da wird den „Mädels" einschließlich ihrer Chefin erstmal wieder erklärt, was für Idioten sie sind und daß man sie eigentlich rausschmeißen sollte. Es ist aber nicht nur die fachliche Inkompetenz, die Herrn Potthoff regelmäßig aufs allerhöchste erbost. Beinahe genauso aufbringen können ihn Tippfehler, die teils aufgrund des hohen Zeitdrucks, unter dem die Schreibkräfte manchmal arbeiten, geschehen, teils das Ergebnis schierer Unachtsamkeit („Schlampigkeit!", pflegt Herr Potthoff zu schreien) sind und beweisen, wie wenig ernst „diese Tippsen" offenbar ihren Job nehmen. Eben dadurch ist diese Art Fehler eigentlich noch strafbarer als mangelnde Kenntnisse der Rechtschreibung. Schließlich ist es eine Unverschämtheit ohnegleichen, zu schreiben, daß die „Leistungspanne" und nicht die „Leistungsspanne" des Angebots, das Herr Potthoff unterbreitet, das Folgende umfaßt! Das ist wirklich eine bodenlose Frechheit und muß als Verhöhnung und bewußter Affront gegen Herrn Potthoff aufgefaßt werden! Oder wenn man auf der Titelseite des „Handbuches für den Ingenieur", das Herr Potthoff zu verkaufen gedenkt, schamlos das „b" durch ein fehlerhaftes „t" ersetzt und ihn damit „dem Ingenieur" ein lächerliches „Handtuch" anbieten läßt! Wenn die „Damen" den mühsam erarbeiteten „Ergebnisbericht" degradieren, indem sie ihn als „Erlebnisbericht" verhöhnen und schließlich in einem Anschreiben noch zu behaupten wagen, Herr Potthoff hoffe, eine Kundenfirma „braten" statt „beraten" zu dürfen! Herr Potthoff verdächtigt „die Mädels" stets des bösen Willens und der versuchten Sabotage, weil er das permanente Gefühl, von ihnen allen innerlich abgelehnt zu werden, nicht loswird. Wenn es nach ihm ginge, würde eine jede, der im wahrsten Sinne des Wortes eine solche „Leistungspanne" unterläuft, fristlos entlassen. Leider geht das nie so problemlos und leicht vonstatten, wie Herr Potthoff es sich wünschen würde, da die Firma nicht willens ist, viel zu investieren, und mit dem Geld, das sie zu zahlen bereit ist, eben nur die billigsten Schreibkräfte einkaufen kann, die dabei nicht immer die zuverlässigsten und akkuratesten sind.

Jedoch sind die „Mädels" nicht die einzigen, die unter der Geltungssucht des Herrn Potthoff zu leiden haben. Ein Minderwertigkeitskomplex plagt ihn, weil er auf derselben Etage wie der Berichtsdienst und der Programmierer sitzen muß und nicht, wie die anderen Prokuristen, in unmittelbarer Chefnähe untergebracht ist. Zwar hat dieses den einfachen Grund, daß Herr Potthoff - aufgrund zahlreicher Außentermine - ohnehin seltener im Hause ist als die anderen Prokuristen, und deshalb wenig Gelegenheit hat, sein Büro auch zu nutzen, aber das spielt für ihn keine Rolle. Es ist einfach höchst ärgerlich, und die gesamte Riege der Unterlinge soll dafür büßen. Die „Damen" stehen nicht nur deshalb, weil sie bloß Schreibkräfte sind, meterhoch unter ihm, aber selbst wenn sie allesamt Prokuristinnen wären, wären sie dennoch bloß Frauen und damit weniger wert als Herr Potthoff. Die einzige Frau in diesem Leben, vor der selbst dieser Respekt haben und sogar öffentlich bekunden muß, ist „Sau". Das bedauert er natürlich sehr.

Herr Wiemann, firmeneigener Programmierer, ist im Unternehmensorganigramm so weit unter Herrn Potthoff angeordnet, daß der Prokurist nun wirklich nicht verpflichtet ist, ihn zu grüßen. Außer Herrn Wiemann selbst hat sich noch niemand Gedanken darüber gemacht, mit welcher Begründung er ausgerechnet der Chefin des Berichtsdienstes zugeordnet und mitunterstellt ist. Vermutlich gelten diese Strukturen als „historisch gewachsen" und haben damit gewissermaßen eine natürliche Berechtigung. Vielleicht ist auch bloß die räumliche Nähe in der vierten Etage der Grund dafür. Wie für vieles andere in der Firma, gibt es hierfür leider keine plausiblere Erklärung. Aus Herrn Potthoffs Sicht hat Herr Wiemann den Vorteil, ein Mann zu sein, den zu demütigen dem Prokuristen weit mehr Vergnügen bereitet, als dies für ihn bei Frauen der Fall ist, ganz einfach deshalb, weil zu viele Frauen große Zumutungen am Arbeitsplatz gewohnt sind und es deshalb schon gar nicht mehr täglich von neuem bewußt als beleidigend empfinden, als minderwertig behandelt zu werden. Allein deshalb hat sich Herr Potthoff Herrn Wiemann zu seinem persönlichen Opfer erwählt. Nichts als der Zufall, ein Mann zu sein, dazu der einzige, der sein Büro auf derselben Etage wie der Ingenieur hat und als Innendienstler immer anwesend ist, hat Herrn Wiemann in diese unglückliche Lage gebracht. Weil der Programmierer Wiemann sich seinen Arbeitsplatz gern erhalten möchte und Herr Potthoff genügend Einfluß besitzt, dafür zu sorgen, daß er ihn verlöre, muß Herr Wiemann all das ausführen, was der Prokurist ihm in militärischem Ton zu tun befiehlt. Nicht im Traum würde Herrn Wiemann einfallen, sich darüber zu beschweren, weil er durch einige Jahre Firmenzugehörigkeit bereits gemerkt hat, daß Beschwerden häufig den Verlust des Arbeitsplatzes zur baldigen Folge haben können.
Wenn Herrn Wiemann dringend daran liegt, seine Arbeit zu behalten, weiß er nur zu genau, warum das so ist. Es

läßt sich nämlich nicht bestreiten, daß es wesentlich angenehmer ist, in einem geheizten trockenen Büro mit Fenster zu arbeiten und dabei kostenlosen Kaffee zu trinken, als in der Wurstfabrik Gabelstapler zu fahren oder im Akkord Schinken abzupacken und vier Monate im Winter das Tageslicht nicht zu sehen, weil man vor Morgengrauen in die Fabrik geht und auch erst im Dunkeln wieder rauskommt. Oder von Tür zu Tür zu schleichen, um mißlaunigen Rentnerinnen viel zu teure Staubsauger aufzuschwatzen. Ja, Herr Wiemann hat das „harte Leben" schon kennengelernt. Nachdem er sein Biologiestudium abgebrochen hatte, fand er keine besseren Beschäftigungen, so daß ihm endlich eine durch das Arbeitsamt finanzierte Schulungsmaßnahme das goldene Tor zu einem kostenlosen Praktikum in der Firma (die Firma zahlte ihm nichts für seine Arbeit, aber Herr Wiemann mußte auch dieser keine Gebühr dafür entrichten, daß er den Praktikumplatz bekam) mit anschließender Festanstellung öffnete. Nicht direkt natürlich, denn nach dem Praktikum gab es erstmal einen „richtigen" Vertrag, in welchem die Geschäftsleitung, so als seien ihr Herr Wiemann und seine Arbeitsleistung völlig unbekannt, sich wie bei allen Neueinstellungen eine sechsmonatige Probezeit vorbehielt. Der Programmierer weiß sein bequemes Pöstchen im Büro durchaus zu schätzen und hofft von Herzen, bis zur Rente gemütlich darauf sitzen bleiben zu dürfen.

So, wie es jetzt ist, empfindet er sein berufliches Dasein als angenehm, und das soll es bleiben: Das ewig Gleiche, die tägliche Routine der Arbeit, die ihn nie überfordert, verbunden mit dem beruhigenden Bewußtsein, daß sich nichts wirklich ändern wird und natürlich, oft unbemerkt, die zwangsläufig damit einherschreitende, langsame, aber kontinuierliche Verblödung durch ebendiese Monotonie. Den Programmierer stört es nicht, solange er im Warmen sitzt und dafür bezahlt wird.

Den Job, auf dem Herr Wiemann hockt, macht ihm keiner mehr streitig! Und nicht zuletzt ist es schließlich so, daß Kollege Wiemann die Hoffnung noch nicht völlig aufgegeben hat, in der Firma mal das zu erreichen, was er „Karriere machen" zu nennen pflegt. Dafür ist er gern bereit, sich ein bißchen lächerlich zu machen, notfalls gar auf die Peitsche zu parieren. Die Tätigkeiten, die ihm abverlangt werden, sind durchaus nicht solch schwieriger Natur, daß sie nicht bewältigt werden könnten. So zum Beispiel wird von Herrn Wiemann erwartet, daß er immer dafür sorgt, daß in der Küche für Herrn Potthoff, wenn dieser nun mal im Hause ist, frisch aufgebrühter Kaffee bereitsteht. Das Kaffeekochen ist nicht als Zuständigkeit in Herrn Wiemanns Tätigkeitsbeschreibung vermerkt, aber dieser hat sich daran gewöhnt, den Knecht zu spielen. Bis zu dreimal täglich kocht er für Herrn Potthoff frischen Kaffee, denn frisch hat der immer zu sein, und Kaffee, der bereits einige Stunden steht, muß von Herrn Wiemann selbst entsorgt oder besser noch: getrunken werden. Empfängt Herr Potthoff einen Gast in seinem Büro, macht es ihm besondere Freude, über den Flur laut zu rufen: „Wiemann (das „Herr" spart er sich gern), bringen Sie mal schnell zwei Kaffee! Aber frischen natürlich!", und dann dem Besucher seinen dicken Diener vorzuführen, der diensteifrig und servil den Kaffee hereinträgt. Traurige Tatsache ist, daß Herr Potthoff zweifelsohne einen Minderwertigkeitskomplex hat. Noch trauriger und selbst Herrn Wiemann nicht mehr ganz unbekannt, ist folgendes: Daß nämlich Herr Potthoff eigentlich gar kein Kaffeetrinker ist, Kaffee im Grunde sogar zu verabscheuen scheint. Schon mehrfach wurde Herr Wiemann, unbemerkt von Herrn Potthoff, Zeuge dessen, daß letzterer seinen frischen Kaffee, krampfhaft um Unauffälligkeit bemüht, zur Herrentoilette mitnahm, um dann nach kürzester Zeit mit einer leeren Tasse herauszukommen oder das heiße Getränk sogar heimlich in die Küchenspüle goß. Wenn Herr Wiemann länger reflektiert, fällt ihm ein, daß er Herrn Potthoff niemals eine ganze Tasse Kaffee tatsächlich hat trinken sehen. So ist auch Herrn Wiemann inzwischen klar, daß es weniger um den Kaffee selbst, als um die Geste des Kaffeekochens geht. Gleichwohl: Ohne den frischen Kaffee für Herrn Potthoff läuft gar nichts, und der

Prokurist versäumt es niemals, es ist eben ein altes Spiel, nach Wiemannschem Fernbleiben von der Arbeit, sei es nun durch Krankheit oder Urlaub bedingt, diesem am Tag seines ersten Wiedererscheinens an seinem Arbeitsplatz immer wieder heftige Vorwürfe zu machen, warum er sich nicht um eine Vertretung fürs Kaffeekochen bemüht habe. Ansonsten jedoch habe er Herrn Wiemann nicht vermißt. Manchmal fährt Herr Wiemann sogar für Herrn Potthoff in die Bäckerei, um Kuchen zu kaufen, und weil Herr Potthoff nie anbietet, das vom Programmierer ausgelegte Geld dafür zurückzugeben, kommt es oft dazu, daß Herr Wiemann seinen unfreiwilligen Bekannten ohne eigentliche Absicht zum Kuchenessen einlädt. Er hat sich damit abgefunden. Vielleicht wird es eines Tages seiner Karriere förderlich sein. Mittlerweile trägt er ein dickes Fell, an welchem eine Menge schmutziger Brühe abperlt. Er hat eingesehen, daß kleine Angestellte hart im Nehmen sein müssen. Bei Gelegenheit teilt er schließlich auch wieder aus. Nur gibt es für Herrn Wiemann so wenig Gelegenheit dazu, weil ihn niemand wirklich ernst nimmt.

Prokurist Potthoff, rotgesichtig und grob, ist fürwahr kein Mann der feinen Manieren, und einen doppeldeutigen Scherz oder eine anzügliche Bemerkung macht er hier und da ganz gern. Eine große Freude bereitet es ihm, gerade bei einigen doch offensichtlich sehr verklemmten „Damen" durch extreme „Offenheit" - gewissermaßen als nachahmenswerter Vorreiter - am laufenden Band freizügig Tabus zu brechen. Schon oft bewährt hat sich der Spaß, bei einigen „Damen" einen Locher oder einen Tacker zu begehren, dabei vorzugeben, die richtige Bezeichnung dafür nicht zu kennen, und seine Bitte aus diesem Grunde wie folgt laut polternd zu formulieren: „Hat wohl mal eine von Ihnen so einen Bumser?" Wenn Herr Potthoff eine besonders sensible „Dame" für diese Frage richtig ausgewählt hat, ist ihm der Erfolg gewiß: Daß die entsprechende nämlich, unangenehm berührt durch den anzüglichen Scherz, erst einmal vor Scham rot anläuft, um dann unverzüglich Herrn Potthoff um nähere Spezifikation des Gerätes, dessen er bedarf, zu bitten, es ihm umgehend auszuhändigen, in der Hoffnung, daß er schnell damit aus ihrem Blickfeld verschwinden möge. Aber weit gefehlt, die Damen! Herr Potthoff weidet sich zunächst nochmal ein Weilchen am Anblick seines beschämten Opfers. Das befriedigt ihn regelmäßig sehr! Nachdem Herr Potthoff alle potentiell als Opfer verläßlichen „Damen" mit seinem Scherz bedacht und immer wieder von neuem ihre ewig gleiche Reaktion ausgekostet hat, kann er es sich ob des Stolzes auf die Originalität des Witzes nicht verkneifen, auch Herrn Wiemann in dessen Genuß kommen zu lassen. Herr Wiemann weist zunächst durch peinliches Rotwerden im Gesicht unwiderlegbar nach, daß er durch die intime Frage, ob er einen „Bumser" habe, aus der Fassung geraten ist, denn er fürchtet, der Prokurist wolle damit andeuten, er halte den Programmierer am Ende gar für homosexuell. Er fängt sich aber recht schnell und pariert, wie er meint, geistreich: Leider könne er dem Herrn Potthoff mit einem „Bumser" nicht dienen, werde aber gern im Sekretariat anrufen, um eine der „Jungsekretärinnen" dort zu beauftragen, mit Hilfe der Lautsprecheranlage in der gesamten Firma nachzufragen, ob vielleicht irgend jemand einen „Bumser" für den Herrn Potthoff finden könne. Herr Wiemann ist sagenhaft stolz auf sich und den Mut, den er heute bewiesen und mit dem er seinen „Sieg" jetzt errungen hat. Der Prokurist verzichtet an diesem Tag auf die weitere Assistenz des Programmierers und macht sich - noch röter im Gesicht als sonst, weil zusätzlich zornesrot - kommentarlos davon, hocherbost, daß allen Ernstes der verachtete Wiemann tatsächlich das letzte Wort gehabt hat und er, Herr Potthoff, wenngleich zum Glück wenigstens ohne Zeugen, diesmal der Dumme ist. Das wird er nicht vergessen, und der Wiemann soll es ihm sehr bald wieder büßen!

Noch eine weitere kleine Genugtuung hält Herr Wiemann in der Hand, doch er wird sich hüten, den Trumpf herauszugeben, indem er sein Wissen offenbart, Herrn Potthoff der Lächerlichkeit und sich selbst dadurch dessen unbezähmbarem Zorn preisgibt: Obgleich Prokurist, ist Herr Potthoff für den „großen Chef" auch nur ein kleiner Fisch. Es ist angenehm, so etwas zu wissen. Allein das Wissen darum befriedigt Herrn Wiemann, er braucht es nicht herumzuerzählen. Folgendes hat er einmal miterlebt: Die Firma mußte einen größeren Auftrag zur Unzufriedenheit eines Kunden erledigt haben, was aber, wie üblich, den Unbedeutenden verborgen bleiben sollte, weil es „die Großen" waren, welche schlechte Arbeit geleistet hatten. Der „große Chef" höchstpersönlich war beim mächtigen, unzufriedenen Kunden in einer anderen Stadt und mußte sich von diesem für die Pfuscharbeit herunterputzen und beschimpfen lassen. Ohne zu zögern rief der „große Chef" vom Kunden aus Herrn Potthoff an, um von seinen eigenen Fehlern abzulenken und diese Herrn Potthoff, der an dem Projekt gar nicht beteiligt gewesen war, vorzuwerfen. Herr Wiemann konnte vom Nebenbüro hören, wie es offenbar darum ging, daß der „große Chef" vor dem Kunden Herrn Potthoff der skandalösen Fehler zu bezichtigen beabsichtigte und dem Prokuristen vermutlich erklärte, er werde nun das Telefon auf „Lautsprecher" schalten, damit der Kunde das Gespräch mithören könne. Da wußte wohl Herr Potthoff sofort, was nun seine Aufgabe war. Zwar konnte Herr Wiemann Einzelheiten der Rede am anderen Ende der Leitung nicht klar und deutlich vernehmen, aber daß der „große Chef" laut schrie, war selbst in des Programmierers Büro zu hören, und daß Herr Potthoff demütig und unterwürfig die dummen Fehler, angeblich seine, vor dem Kunden per Lautsprecher augenblicklich zugab, ließ Herrn Wiemann den Rest kombinieren. Kombinieren konnte er auch: Daß für den „großen Chef" der gefährliche böse Herr Potthoff, dem Herr Wiemann alltäglich frischen Kaffee kocht, nichts weiter ist als ein Prügelknabe, ein Verachteter wie Herr Wiemann selbst, der Fehler, für die er selbst nicht verantwortlich ist, zugeben muß, damit das persönliche Ansehen des Vorgesetzten nicht beschädigt wird.

Und um ein weiteres, sogar privates, bitteres halbes Geheimnis des Herrn Potthoff weiß Herr Wiemann Bescheid:

In einem Moment des geteilten Zornes auf den Tyrannen hat es ihm eine der unmittelbar der Geschäftsleitung dienenden „Jungsekretärinnen" offenbart: Herrn Potthoffs „Klotz am Bein" sei ein uneheliches Kind, das ihm „angedreht" worden und für welches er ungerechterweise tatsächlich Alimente zu zahlen verpflichtet sei. Darüber muß die Geschäftsleitung Bescheid wissen, damit sie ihrem Prokuristen durch eine Bescheinigung dessen helfen kann, daß er angeblich fast nichts verdient, damit der Unterhalt, zu dem man ihn trotz mehrfachen Einspruchs gesetzlich zwingen zu können scheint, entsprechend niedrig für ihn angesetzt wird. Die Firma unterstützt hier kulant, flexibel und mit unbürokratischem Verständnis, indem sie Herrn Potthoff Leistungen bietet, die nicht auf der Gehaltsabrechnung auftauchen: Zum Beispiel stellt man ihm einen Firmenwagen, beinahe so schön wie die Limousine des „großen Chefs", nur ohne Chauffeur und ohne Gardinchen an den Fenstern, zahlt sogar seinen Jahresurlaub in der Karibik und begleicht weitere kleinere Rechnungen. Eine Hand wäscht die andere, das sehen die Herren in der Geschäftsleitung alle so, und schließlich kann es ja jedem „mal passieren", daß ihm „so eine ein Balg andreht".

Bei den „Damen" wird Herr Wiemann gern gemieden, weil er als Opportunist gilt, der versucht, sich bei der Geschäftsleitung anzubiedern, trotz Krankenscheins bei der Arbeit erscheint und keinen Hehl daraus macht, daß er gern „Chef" wäre, wenn schon nicht da, wo er richtig Macht hätte, dann doch zumindest bei den Schreibkräften, deren Drucker er gelegentlich mitbenutzt (weil er, trotzdem er Programmierer ist, aus unerklärlichen Gründen keinen eigenen in seinem Büro stehen hat; wirklich böse Zungen behaupten, man zwinge ihn, im Büro der Schreibkräfte seine Ausdrucke abzuholen, damit er hin und wieder aufstehen müsse und dadurch die für ihn dringend notwendige Bewegung bekomme) und denen er unerwünschte Ratschläge zur Verbesserung der Effizienz des Berichtsdienstes erteilt.   Gern hätte er die von ihm verachteten

„Tippsen" in seiner Gewalt, und es wurmt und quält ihn sehr, daß er selbst denen nicht imponiert und sie sich, mal mehr, mal weniger offen, über seine Leibesfülle und seine behäbige Langsamkeit lustigmachen, sich über seine „Schleimerei nach oben" ärgern, ihn als Wichtigtuer und Besserwisser beschimpfen oder ihn, wenn er in der Mittagspause stört, weil er Seiten aus dem Drucker im Schreibkräftebüro holen will und man sich in seiner Anwesenheit nicht frei und ungestört unterhalten kann, beleidigt hinauswerfen. Zwar hat Herr Wiemann dadurch, daß er von den meisten nur als harmloser Hanswurst herumgeschickt wird (müssen Möbel getragen oder Bücherkisten von einem Stockwerk ins andere transportiert werden, denkt selbst die Geschäftsleitung zuerst daran, Herrn Wiemann für diese Tätigkeiten einzuplanen, damit man niemand „von draußen" dafür bezahlen muß; das, was Herrn Wiemann an Arbeitszeit für seine eigentliche Tätigkeit bei diesen „Einsätzen" verlorengeht, holt er durch unbezahlte Überstunden - selbst am Wochenende - freiwillig wieder nach), sich an vieles gewöhnt, sich mit manchem abgefunden, aber zuweilen werden selbst ihm die konstanten Demütigungen zuviel, und dann versucht er, sich auf der Ebene zu rächen, die ihm nicht gefährlich werden kann: Er denunziert bei der Chefin des Berichtsdienstes einzelne Schreibkräfte, die angeblich ineffektiv arbeiten, schlechte Ergebnisse abliefern, zu Privatzwecken den Photokopierer benutzen (so zum Beispiel, um sich Backrezepte zu photokopieren, wobei zunächst Herr Wiemann sich, gewissermaßen als „Schweigelohn", eine zweite Kopie anfertigen läßt, weil er, der immer noch bei seinen Eltern wohnt, auf diese Weise seiner Mutter ein schönes Geschenk mitbringen kann, das ihm gleichzeitig selbst nützt, weil Mutti ihm mit Hilfe der neuen Rezepte natürlich einen feinen Kuchen backen soll) oder auch nur zu lange Mittagspause halten. Es grämt ihn sehr, daß seine Informationen niemals weiterverfolgt werden und seitens der Chefin trotz seines Einsatzes mit Konsequenzen für die Schreibkräfte nicht zu rechnen ist. Da diese alle wissen, daß er in der Unternehmenshierarchie gleichfalls ganz unten steht, weil außerdem jeder bekannt ist, daß er für Herrn Potthoff springt und Kaffee kocht, werden er und seine regelmäßigen Drohungen nicht ernst genommen. Inzwischen ist es selbst zum Dümmsten vorgedrungen, daß Herr Wiemann sich nicht nur bemüht, andere „anzuschwärzen", sondern daß er gleichfalls - wann immer sich ihm dazu die Gelegenheit bietet, wenngleich dies selten ist - bestrebt ist, die Arbeit der anderen Mitarbeiter zu sabotieren. Die Chefin interessiert sich allein deshalb für die Denunziationen des Herrn Wiemann nicht, weil sie weiß, daß er eigentlich auch ihr Rivale ist und ihr gern ihre Position streitigmachen, ja, sie am liebsten stürzen und ihre Stelle einnehmen würde - so daß es für sie am besten ist, ihn einfach zu ignorieren.

Dennoch mag Herr Wiemann so schnell nicht wirklich klein beigeben. Mit recht großem Ehrgeiz bleibt er bestrebt, sich auf Kosten anderer zu profilieren, um am Ende doch der langersehnten „Karriere" etwas näher zu kommen. Das Anschwärzen ist auf Dauer sehr anstrengend und führt, da er zur Beweisermittlung und „Spurensicherung", der er zum Nachweis der Fehler anderer nachgehen muß, ziemlich viel Zeit braucht, oft zu Überstunden, weil auch all dies dazu beiträgt, daß er mit seiner eigentlichen Arbeit niemals in der dafür vorgesehenen Zeit fertig wird. Obgleich Herr Wiemann zahlreiche Überstunden, und zwar kostenlos, leistet, und sich nicht ziert, wenn ein dringender Abgabetermin ansteht, an einem Projekt mal eine ganze Nacht durchzuarbeiten oder dafür am Sonntag zu kommen, obwohl er im vergangenen Jahr seinen ihm zustehenden Urlaub zugunsten der Firma dreimal verschoben und selbst nachdem er ihn endlich angetreten hatte, noch zwei Tage auf Zuruf in der Firma erschien (eigentlich geht Herr Wiemann insbesondere während seines Urlaubs gern arbeiten, als besonderer Märtyrer kommt er vorzugsweise am späten Nachmittag, um damit den beinahe ihren Feierabend Begehenden anzudeuten, daß er die gesamte Nacht durcharbeiten wird, „Nachtschicht", „Nachtschicht", „Nachtschicht" heißt seine Rhetorik dazu, und er hofft sehr, daß das mal durch permanentes Wiederholen bei jemandem hängenbleibt und sich so sein vermeintlicher Fleiß und seine Opferbereitschaft herumsprechen), kann er sicher sein, daß es sofort registriert wird, wenn er morgens statt um acht mal um acht Uhr dreißig oder gar um neun seinen Dienst beginnt - und daß insbesondere „Sau" sich dann überhaupt nicht mehr an seine zahllosen Gefälligkeiten zu erinnern wünscht. Üblicherweise wird er von ebendieser, wenn das geschieht, mit der Frage, ob er etwa glaube, hier als einziger „Gleitzeit" zu haben, angeherrscht. Das ruft nach Rache, und weil Herr Wiemann gegen „Sau" nicht vorgehen kann, sondern sich gar verpflichtet fühlt, dümmlich-bestätigend zu grinsen, wenn sie ihm erklärt, er gehe ihr mit seinen blöden Sprüchen auf den Nerv - denn einen, wie er glaubt, „Gag", über den allerdings außer ihm selbst niemand lacht, macht Herr Wiemann alle zwei Minuten -, muß er eben den „Tippsen" stets etwas „nachweisen" können. Herr Wiemann beobachtet die immer genau, wenn sie im Kopierraum, der sich neben seinem Büro befindet, arbeiten. Als Vorwand dazu nutzt er die Tatsache, daß er in seinem Büro nicht rauchen darf, was der „große Chef" höchstselbst verfügt hat, damit die relativ neuen Computer weniger schnell abnutzen und verschmutzen. Weil Kollege Wiemann, nach eigenem Bekunden, „'n Gemütlichen" ist, außerdem gern Kaffee trinkt - die ersten zwei Tassen aus der Thermoskanne bereits auf der Autobahn, dann erst mal „in Ruhe" einen frischen Kaffee an seinem Arbeitsplatz, während er in einem Wochenblättchen, das er regelmäßig vor dem Fahrstuhl im Firmengebäude einsammelt, die Kontaktanzeigen studiert -, herumgammelt, den Leuten, die davon nichts hören wollen, die Ohren vollquatscht und sich selbst durch völlige, gleichmäßige und permanente Ignoranz der Gegenseite nicht entmutigen läßt, stellt er sich immer zu den Schreibkräften, die gerade photokopieren müssen, und raucht eine Zigarette oder manchmal gleich mehrere hintereinander. Er schaut zu, wie gearbeitet wird, notiert sich akribisch Fehler oder Nachlässigkeiten,

belauscht unauffällig Gespräche der „Damen" untereinander, um alles, was er sich merken kann, bei Gelegenheit an „höhere Stellen" weiterzuleiten. Ganz direkt mag
Herr Wiemann die „Damen" nicht anschwärzen, weil das
auf Dauer selbst der Geschäftsleitung als primitiv und ge-
mein auffallen würde - und kalkulierte Bosheit ist wiederum ein unantastbares Privileg und Machtinstrument der
Geschäftsleitung -, aber immer wieder übt er sich darin,
beiläufige Bemerkungen über Fehler und Faulheit der
anderen fallenzulassen, wobei er das indirekte Petzen
zumeist mit der Behauptung rechtfertigt, daß es dem Herrn
Wiemann eben am Herzen liege, daß „alles seine Ordnung
hat" oder er sich wieder nicht ganz sicher gewesen sei, „ob
das mal alles so richtig ist".
Gleichfalls äußert sich Wiemannsche Unzufriedenheit
durch ständige Stichelei gegenüber Kollegen, indem er
zum Beispiel, scheinbar scherzhaft-kollegial - immer vor
Zeugen - auf deren Zuspätkommen anspielt („Na, wieder
`ne lange Nacht gehabt?", „Na, heute schon wieder im Stau
gestanden?") oder auf deren Pünktlichkeit beim Nach-
hausegehen nach der Arbeit (bei den „Faulen", und „faul"
sind prinzipiell alle, die nicht wie der fleißige Herr Wiemann täglich Überstunden machen) hinweist, und dies immer mit dem gleichen „Witz", den er laut ausposaunt,
nämlich der Bemerkung: „Ach, haben Sie wieder einen
halben Tag Urlaub genommen?" (ein Witz übrigens, der
ihm nicht „zusteht", weil es ein „Geschäftsleitungswitz"
ist, aber das hat Herr Wiemann bisher nicht ganz realisiert), all das jedoch nie, ohne sich vorher dessen vergewissert zu haben, daß mindestens ein Mitglied der Geschäftsleitung gerade zugegen ist, das ihn keinesfalls über-
hören kann.
Nicht zuletzt ist es auch die Ereignislosigkeit des Wiemannschen Arbeitsalltags, die seinen Drang, Ereignisse
einfach zu „schaffen" und damit vorübergehend der Langeweile zu entfliehen, bedingt. Und weil Herr Wiemann
bislang tatsächlich noch keine einzige Handlung oder Veränderung durch eigene Arbeitsleistung hervorgerufen hat,

ersetzt er seinen Mangel an Begabung durch denunziatorischen Eifer. Die Vorstellung, daß er etwas bemerkt, das dem Unternehmen schaden könnte, und seine Beobachtung weiterleitet, macht ihn glücklich. Diesen Versuch, Ereignisse zuungunsten von Kollegen zu provozieren, umschreibt Herr Wiemann gern mit dem Begriff „Realitäten schaffen". Daß leider aus seinen brillanten Beobachtungen doch niemals firmenbewegende Ereignisse resultieren, versucht der Programmierer sich nicht allzu sehr zu Herzen zu nehmen.

Was ihn aber wirklich ernsthaft unglücklich macht, ist, daß die meisten Kollegen wenig Geduld haben, zuzuhören, wenn Herr Wiemann etwas erzählt. Dies liegt nicht allein daran, daß er nichts zu berichten hat, das von allgemeinem Interesse wäre - denn dieses Schicksal teilt er mit einigen -, sondern hat viel damit zu tun, daß er sich niemals kurz fassen kann. Wer sich auf ein Gespräch mit dem Programmierer einläßt, dem wird es so schnell nicht mehr gelingen, auf konventionelle Weise dessen Monologen zu entgehen. Und da Herr Wiemann sich selbst am liebsten reden hört, ist ihm an einer gleichberechtigten Unterhaltung schließlich nicht gelegen. Es beleidigt ihn immer wieder von neuem, wenn das Gegenüber eilig und taktlos durch hektisch unterbrechende Fragen versucht, die Rede des Wiemann schnell auf ihren Kern zu bringen (sofern sie denn einen hat) und damit die schöne, sorgfältige Konzeption seiner Erzählungen, mühsam auf Höhepunkte und Pointen aufgebaut, zu zerstören. Ein bißchen Zeit sollten die Leute für ihn schon übrighaben! Herr Wiemann denkt gar nicht einmal im Traum daran, sich zur Eile antreiben zu lassen!

Oft erfindet der erzwungene Gesprächspartner, wenn es sich dabei um einen aus den oberen Hierarchieebenen handelt, lediglich um des lieben Friedens Willen - des Friedens der anderen - eine sinnlose Aufgabe, mit der er Herrn Wiemann betraut, damit dieser für wenigstens eine Zeitlang beschäftigt ist und Ruhe gibt.

Programmierer Wiemann selbst hält sich, obwohl er dick und wulstig wirkt, für sehr attraktiv und glaubt, daß er, wenngleich diese ihn stets schlecht behandeln, doch insgeheim, als einziger auf der Etage permanent vorhandener Mann, von allen Schreibkräften gleichermaßen begehrt wird. Einmal jährlich, nämlich zum Karneval, den Herr Wiemann bis zum Aschermittwoch ausgelassen feiert, hat er Gelegenheit, zu zeigen, wer er wirklich gern wäre: Im letzten Jahr hat er sich als Casanova verkleidet, dieses Jahr wird er als Don Juan an den Feierlichkeiten teilnehmen und in der Firma ausführlich von seinen Erfolgen berichten. Das ganze Jahr über, sei es nun Karneval oder nicht, bemüht er sich vergebens - das glauben seine Spötter festgestellt zu haben - dem Bild des „Latin Lovers" zu entsprechen: Für gewöhnlich hat er die Haare mit Pomade fettig und enganliegend zurückgestrichen, dazu trägt er gern Kleidung in seiner Lieblingsfarbe Schwarz. Am garstigsten sieht das aus, wenn er sich leger gibt, was zum Glück sehr selten geschieht, eigentlich nur dann, wenn Herr Wiemann „so eine Ahnung" hat, daß der „große Chef" sich auf Dienstreise befindet. Dann aber „will er es wissen". Er trägt ein enges T-Shirt, das über dem dicken Bauch spannt, darüber ein weites, offenes Hemd und dazu eine gleichfalls schwarze und glänzende Hose. Nur im Sommer begeht Herr Wiemann dabei einen kleinen Stilbruch, indem er statt schwarzer Schuhe zu der Kombination seine Sandalen trägt, in denen seine schweißigen Füße, gekleidet in Socken, auf denen niemals ein Motiv zu vermissen ist, stecken. Seine Lieblingsstrümpfe sind die, auf denen „Walter" in allen Farben gedruckt ist. Eigentlich heißt Herr Wiemann mit Vornamen zwar Hans-Walter, aber Strümpfe mit diesem Namen fand er leider nicht, und so hat er sich in Anlehnung daran die mit „Walter" gekauft, nicht zuletzt als Hommage an die „Jungsekretärin" Rita Walter, die er verehrt - was er ebenfalls niemals zu erwähnen vergißt. Diese Lieblingssöckchen zieht er auch schon mal eine Woche lang an. Zurück jedoch zu Don Juan und seiner unübertrefflichen Lustigkeit:

Damit selbst den erklärtesten Karnevalsfeinden Herrn Wiemanns rheinischer Frohsinn nicht entgehen kann, sitzt er bereits zu Altweiberfastnacht - die zu seiner Enttäuschung in der Firma keinerlei Beachtung findet, obwohl Herr Wiemann sich jedes Jahr demonstrativ eine Krawatte umbindet, die niemand abschneidet - einen ganzen Arbeitstag lang mit einem mit Lippenstift auf die Nasenspitze gemalten großen roten Punkt in der Firma herum. Die aufgesetzte beziehungsweise aufgemalte Lustigkeit soll ansteckend wirken - das versteht Kollege Wiemann unter „Unternehmenskultur" -, wird aber, da der Programmierer längst für derlei verzweifelte Versuche zur Witzigkeit bekannt ist, vom Großteil der Belegschaft kommentarlos ignoriert.

Neben der „Unternehmenskultur" legt Herr Wiemann auch Wert auf „Körperkultur" oder doch zumindest darauf, sich mit dergleichen „philosophisch" zu beschäftigen und „intellektuell" auseinanderzusetzen. Deshalb ist er passives, aber aktiven Beitrag zahlendes Mitglied in der Muskelbude, welche sich geschäftstüchtig „Körperwerkstatt" nennt. Und nicht zu vergessen ist in diesem Zusammenhang, daß Herr Wiemann sich überhaupt mit Bekannten gern verabredet, um mal „ein bißchen Kultur zu machen", denn „da fährt er ziemlich drauf ab". Dieser saloppe Wiemannsche Jargon sollte fürwahr nicht zu der falschen Annahme verleiten, der Programmierer sein nun gar nebenbei nicht nur Student - denn das ist Herr Wiemann, der sich, um verbilligte Eintrittskarten und sonstige Vergünstigungen zu erhalten und sein vermeintliches Studium der Philosophie sogar noch steuerlich absetzen zu können, an der Universität immatrikuliert hat -, sondern dazu noch Kulturschaffender: Nein, das tatsächlich nicht, denn wenn Hans-Walter Wiemann davon spricht, am Wochenende mal wieder ordentlich „Kultur machen" zu wollen, dann ist damit einzig und allein gemeint, daß er mit seinem subventionierten Studentenausweis ermäßigt Kultur konsumieren möchte, also eventuell ins Kino, vielleicht auch mal ins Theater gehen wird, nicht weil ihn „so etwas" wirklich interessiert, sondern weil es eben „dazugehört" und „schick" ist, hier und da mal ein bißchen „Kultur zu machen".

Obwohl Herr Wiemann erst Mitte dreißig ist, schätzt der unvoreingenommene Betrachter ihn zumeist um einige satte Jahre älter: Das kommt nicht unbedingt daher, daß er sich unvorteilhaft kleidet, sondern liegt vielmehr daran, daß sein einst schwarzes Haar mit jedem Tage grauer zu werden scheint (dagegen hilft nicht einmal die Pomade) und sein aufgeschwemmtes Gesicht schon recht verlebt und faltig aussieht. Selbst Muttis gute Pflege kann da nicht die Spuren glätten, die an des Sohnes Antlitz und wohlbeleibtem Körper der übermäßige Genuß von Eßbarem, Tabakwaren und Alkohol bereits hinterlassen hat: Bei aller Gutmütigkeit: Hans-Walter Wiemann ist bar jeden Reizes und eher eine unerfreuliche Figur denn ein Augenschmaus. Um die eigene Behauptung, er sei bei Frauen sehr populär, nicht in Vergessenheit geraten zu lassen, gibt Herr Wiemann wiederholt Geschichten darüber zum besten, daß er in der Diskothek - obwohl er lange die „Dreißig" überschritten hat, geht er am liebsten dort tanzen, wo er 18- bis 25jährige findet - oder in der Kneipe regelmäßig Frauen kennenlerne, die ihn dauernd bei der Arbeit anriefen und ihm so nachliefen, daß er sich ihrer kaum mehr erwehren könne. Die Grundausstattung für seine nächtlichen Exkursionen ist immer die gleiche und stets im Kofferraum von Herrn Wiemanns Auto untergebracht. „Vier Dinge braucht der Mann", wenn er denn in der Diskothek auf Freiersfüßen tanzt: Natürlich und naheliegend die Packung Kondome, um eventuelle Abenteuer nicht später bereuen zu müssen, vorsorglich schon mal die Zahnbürste, um am nächsten Morgen, wenn er die „Eroberung" verläßt, einen guten Eindruck und keinen üblen Nachgeschmack zu hinterlassen. Als originelle Extras werden ansonsten für den vielversprechenden Abend noch eingepackt eine Flasche Rotwein, um den Überredungskünsten ein bißchen nachzuhelfen und die kleinen Mädchen etwas aufzulockern, und dann, damit beweist Herr Wiemann sich selbst stets den Stil und die Eleganz des Mannes von Welt, die unverzichtbare „Carmen"-CD, von der er jedes Mal als Einleitung einer rauschenden Liebesnacht die Arie vorspielt. Die Tatsache, daß er eine Freundin hat, tut seinem Enthusiasmus für andere Frauen keinen Abbruch. Bleiben seine nächtlichen Ausflüge ergebnis- und erfolglos - daß das meistens der Fall ist, behält er ausnahmsweise mal für sich, während er in der Firma vage behauptet, dabei „immer auf seine Kosten" zu kommen -, geht Herr Wiemann am Sonntag in die gemischte Sauna zum ungehemmten „Tittengucken". Da sieht man wenigstens sofort, ob es sich „lohnt", für eine die „Carmen"-CD aus dem Auto zu holen, denn nackt wie der liebe Gott sie schuf, können die Mädels nichts verstecken. In der Sauna sind Herrn Wiemanns Chancen selbstredend noch geringer als in der dunklen Diskothek, da der Programmierer ausgezogen an sich nichts Nachteiliges auch nur annähernd kaschieren kann. Wenngleich sich keine der „Damen" für Herrn Wiemanns Phantasien interessiert, kann ihn dies nicht entmutigen, unaufhörlich „aus dem Nähkästchen zu plaudern", von seinen Erfolgen „beim schönen Geschlecht" zu berichten, bei denen niemand Zeuge ist, ständig auf seine neue, teuer erstandene Garderobe aufmerksam zu machen, die er für ein vermeintliches „Date" erworben habe, und die „Damen" um ihre Meinung zu bitten, ob diese ihn vorteilhaft kleiden. Herr Wiemann glaubt, daß die „Damen" aufeinander eifersüchtig sind, wenn er unterschiedlich seine Gunst verteilt und strengt sich deshalb sehr an, dies zu tun. Nur wenigen berichtet er von seiner erotischen Herrenreizwäsche, dem schwarzen „durchknöpfbaren Einteiler", und um so stolzer macht es ihn deshalb, wenn er durch Zufall erlauscht, wie sogar „Damen", denen er selbst davon gar nicht erzählt hat, hinter vorgehaltener Hand darüber sprechen. Viele seiner Bemühungen fallen aber nicht weiter ins Gewicht, weil ihm soviel Aufmerksamkeit zumeist gar nicht geschenkt wird, als daß diese als solche überhaupt wahrgenommen würden. Die einzige, die regelmäßig mit Herrn Wiemanns eitlem Gerede konfrontiert wird, ohne sich dem wirklich entziehen zu können, ist die „Nachwuchssekretärin" Frau Walter, die alle zwei Wochen in den Großhandel fahren muß, um für die Firma Bürobedarf, Kaffee und so weiter zu kaufen und dazu einen tüchtigen Träger benötigt, den wiederum Herr Wiemann bereitwilligst spielt. Denn erstens freut er sich natürlich darüber, daß er mit der attraktiven Frau Walter, die, davon ist er überzeugt, für ihn schwärmt und glücklich ist, daß ausgerechnet er sie begleitet, fahren darf, zweitens bietet sich so auch ihm Gelegenheit, Zutritt zum Großhandel zu bekommen und dabei geringfügig billiger als sonst einzukaufen, und drittens kann er, wenn er nach dem Einkauf den Wagen auslädt und die vollgepackten Kartons in die Firma trägt, wieder allen beweisen, welch treue Dienste er dem Unternehmen leistet. Jedes Mal wenn wieder ein Großeinkauf vorgesehen ist, stimmt Herr Wiemann sich bereits am Vortag seelisch darauf ein, indem er allen davon erzählt, er werde am folgenden Tag mit Frau Walter einen „Einkaufsausflug" unternehmen, „schelmisch" andeutend, daß diese sich darauf gewiß noch mehr freue als er selbst. Am Tag des erwarteten freudigen Ereignisses läuft Herr Wiemann aufgeregt, so als sehe er einer wichtigen amourösen Verabredung entgegen, in der Firma herum und parfümiert sich wieder und wieder mit seinem Eau de Cologne, von welchem Frau Walter den anderen gegenüber behauptet, es rieche wie Insektenspray. Je näher der tatsächliche Abreisetermin in den Großhandel rückt, desto häufiger verschwindet Herr Wiemann in der Herrentoilette, um vor dem Spiegel aufgeregt zu prüfen, ob der Mittelscheitel ordentlich sitzt und ihn der Vorsicht halber gegebenenfalls noch einmal nachzuziehen. Der in erregter Erwartung entstehende Schweiß wird immer wieder mit dem Stofftaschentuch, das Mutti dem lieben Sohn jeden Morgen frisch gewaschen und gebügelt einpackt, von der Stirn gewischt. Diese Art von Schweiß, gewissermaßen Vorfreudeschweiß, ist um einiges angenehmer als der Angstschweiß, mit dessen schwerem, üblem Geruch sich das Wiemannsche Büro leider nur allzuoft bis zum Platzen füllt. Dies geschieht schneller, als man vermuten würde: Kaum kommt „Sau" mal wieder überraschend zur Inspektion in die Bürogemächer des Herrn Wiemann, um stichprobenhaft zu prüfen, ob er auch fleißig ist, ist es schon wieder so weit. Mit ängstlichster Anstrengung ist Herr Wiemann dann darauf bedacht, einen eifrigen Eindruck zu vermitteln. Man riecht es sofort.

Frau Walter, in deren Zuständigkeitsbereich unter anderem das Verpacken und Versenden der Post fällt, läßt sich für die unvermeidliche regelmäßige Gesellschaft Herrn Wiemanns beim Einkaufen teilweise entschädigen, indem sie dadurch, daß sie ihren eigenen Aufgabenbereich reduziert, den des Herrn Wiemann erweitert hat: Zunächst hat sie sich der unangenehmen Aufgabe entledigt, jedes Mal Ordner, Hefter oder große Umschläge aus dem Keller zu holen, wenn welche benötigt werden, indem sie Herrn Wiemann diese zugewiesen hat. Und auch die unerfreuliche Pflicht, kurz vor 18 Uhr nach der Arbeit noch zur Post zu fahren, um diese abzugeben, hat sie Herrn Wiemann geschickt zur Herzensaufgabe gemacht: So rief sie einmal an, es gebe zwei Wäschekörbe voll Post, und sie sei nicht in der Lage, diese zu transportieren, ob nicht der Kavalier Wiemann ihr dabei helfen möge, die zum Postamt zu bringen. Dieser fühlte sich solange geschmeichelt, bis er feststellen mußte, daß er erstens die Post nicht in Begleitung von Frau Walter, sondern allein wegbringen würde und daß zweitens mit diesem Tag die Pflicht des Postwegbringens in seinen Aufgabenbereich übergegangen war. Seitdem ist es so, daß man unausgesprochen voraussetzt, daß Herr Wiemann bis kurz vor 18 Uhr wartet, bis er angerufen wird, um im Sekretariat die Post abzuholen, die er dann zum Versand bringt. Auch damit hat er sich abgefunden.

Eines aber steht mit Sicherheit fest: Nämlich daß Herr Wiemann sich nach bestem Wissen und Gewissen darum bemüht, „seine Damen" mit Informationen zu Intimitäten über sich selbst, seine Beziehung sowie alles, was sich so in seinem Leben ereignet und verändert, nicht zu vernachlässigen. Und zwar ungeachtet dessen, daß sich niemand dafür interessiert. Da wird mit Details nicht gespart. Besonders gern erzählt Herr Wiemann von seinem Sexualleben einschließlich seiner vermeintlich ausgefallenen Sexualpraktiken, der bemerkenswerten Häufigkeit seiner Erektionen sowie der Reizwäsche, die sowohl seine behaarte Brust als auch seinen behaarten Bauch vorzüglich zur Geltung bringe, was seine Partnerin extrem stimuliere. Wer sich durch Wiemanns Geschichten vom Geschlechtsverkehr belästigt fühlt, muß doch wirklich Komplexe haben! Soll mal bloß keiner denken, Herr Wiemann käme auf diesem Gebiet zu kurz, bloß weil er ein bißchen mehr Gewicht als der Durchschnittsmann auf die Waage bringt! Offenheit und Ehrlichkeit sind Trumpf, und Herr Wiemann - nach Selbsteinschätzung völlig unprätentiös - kennt keine Hemmungen. Aus ebendiesem Grunde wird die gesamte Belegschaft ebenfalls konsequent über seine Probleme als Mann, wenn es wieder mal welche gibt, auf dem laufenden gehalten. Das schließt nicht nur ein, daß Herr Wiemann bei jeder Beziehungskrise alle ausgiebig daran Anteil haben läßt, indem er - um Verständnis für seine „verminderte Leistungsfähigkeit am Arbeitsplatz" heischend - sogar über die größten Peinlichkeiten aus seinem Privatleben detailliert berichtet (und neben echtem Mitleid sich dabei von den unterschiedlichsten Leuten gute Ratschläge erhofft), sondern auch vom Informationswust über seine schleichende „Männerkrankheit" wird niemand verschont. Herrn Wiemann plagt nämlich seit einigen Jahren ein Problem mit seinem Hodensack, dessen Ursache bislang niemand auf den Grund gekommen ist, so daß in regelmäßigen Abständen bloß der sich immer neu bildende Eiter entweder von Herrn Wiemann selbst oder - wenn der Abszeß gar zu groß wird - von Zeit zu Zeit ambulant vom Arzt herausgelassen wird. An manchen Tagen kann Herr Wiemann nur unter Schmerzen sitzen und erzählt, wie er alle paar Stunden übelriechenden Eiter ergiebig aus dem Hodensack quetscht. Von den Kollegen wird hierzu besonders angewidert zur Kenntnis genommen, daß außer dem Wasserrauschen des Spülkastens kein Geräusch von laufendem Wasser zu vernehmen ist, bevor Herr Wiemann die Toilette verläßt, was nahelegt, daß er sich nach dem Eiterausdrücken nicht einmal die Hände wäscht. Seit sich dieses Gerücht, welches vermutlich einen handfesten Hintergrund hat, herumgesprochen hat, achtet jeder, aus Angst vor Infektionen, peinlichst darauf, Türklinken oder Telefonhörer, die Herr Wiemann mit ungewaschenen Händen angefaßt hat, nicht zu berühren. Zweifellos erzeugen Herrn Wiemanns Hodensack-Geschichten nicht das erhoffte Mitleid. Bei einigen Kollegen verdoppelt sich der gegen ihn ohnehin nicht geringe Ekel, andere wiederum betrachten die Tatsache, daß Herr Wiemann, was das Ausbreiten seines Privatlebens betrifft, gar keine Tabus kennt, als guten Grund zur Empörung. Wieder andere finden an diesen Geschichten und noch vielmehr an den spaßigen Spekulationen, die sich daraus herleiten lassen - so zum Beispiel macht man über sein vermutlich durch sein Leiden beeinträchtigtes Sexualleben insbesondere in seiner Abwesenheit die gröbsten Scherze -, ein großes Vergnügen.

Daran, daß alles, was Herr Wiemann selbst für mitteilenswert hält, für seine Kollegen von immensem Interesse ist, hegt dieser selbst keine Zweifel. Er ist sich dessen sogar gewiß, daß größerer Bedarf seitens der Kollegen bestehen muß, Neues darüber zu erfahren, wie die schillernde Persönlichkeit Wiemann ihren Feierabend verbringt, als bei ihm selbst vorhanden ist, das Intimste über die Kollegen zu eruieren. Anteil nehmen und Anteil nehmen lassen, ist des Programmierers Leitspruch. Aus ebendiesem Grunde läßt er den gesamten Arbeitstag die Tür seines Büros weit offenstehen, um seinem Drang nach kostenloser Information freien Lauf zu lassen, sogar die banalsten Plaudereien der Kollegen zu belauschen, damit ihm keinerlei Ereignisse - seien sie geschäftlicher oder privater Art - entgehen. Dies geschieht nicht allein, um zu denunzieren oder mit seinem Wissen zu erpressen, also nicht aus bloßer Informanten- und Spitzeltätigkeit, sondern auch, um sich in dem eintönigen Arbeitsalltag Abwechslung zu verschaffen. Da das Mitteilungsbedürfnis der meisten Kollegen gegenüber Herrn Wiemann eher gering ist, sieht er für sich selbst keine andere Möglichkeit, als auf diese Weise an ihrem sowie dem internen Firmenleben teilzuhaben. „Ich liebe ja Geschichten", erklärt der Programmierer nur allzugern, und Schöneres als das aktive Anteilnehmen am Schicksal anderer, um es dann weiterzutratschen, kann ihm das rührseligste Fernsehprogramm nicht bieten. In dieser Hinsicht aber ist Herr Wiemann nicht nur im Nehmen stark, sondern auch sehr großzügig im Geben: Seinen privaten Telefongesprächen kann sich kaum jemand, der sich in nicht allzugroßer Ferne aufhält, entziehen, weil nicht nur die Tür des Büros weit offensteht, sondern gleichzeitig Herr Wiemann, gleichgültig, mit wem er spricht, mit bedeutend lauter, männlicher Stimme ins Telefon schreit. Das hat er nämlich mal in einem privaten Abendkurs gelernt: Daß alles, was er zu sagen hat, nur mit der entsprechenden Lautstärke, Bestimmtheit und Strenge einer Stimme, die keinen Widerspruch duldet, vorgetragen werden muß, um verbindlich zu sein und ihm Recht zu geben. Laute Gespräche mit der Freundin, manchmal ein kleiner Streit, weil, und das geschieht tatsächlich schon mal, Herrn Wiemanns Geliebte nicht bereit ist, sich andauernd dem Bekenntniszwang zu beugen, unter den ihr unter erheblichem Geltungsdrang leidender Freund sie permanent zu setzen versucht, indem er ihr tägliche Liebesgeständnisse abverlangt. Zumeist jedoch handelt es sich um nette Flirts, welche Herr Wiemann damit beendet, daß er beim Abschied ein paarmal, einige Küsse vortäuschend, leidenschaftlich und ohne sich vor unfreiwilligen Zeugen zu schämen, ins Telefon schmatzt, oder auch um kleine Verabredungen, engagierte Diskussionen - nichts bleibt jenen, die sich in Wiemannscher Hörweite aufhalten, wirklich erspart. Am spaßigsten aber wird es für Außenstehende, wenn des Programmierers Mutter mit diesem telefoniert. Mutter Wiemann ist sehr um das Wohl „ihres Jungen" besorgt und ruft, wenn sie Sehnsucht nach Hans-Walter und dessen wohltuender Stimme hat, diesen manchmal bei der Arbeit an. Das kostet sie große Überwindung, weil sie als Hausmütterchen ein bißchen schüchtern ist, den vermeintlich hochangesehenen erfolgreichen Sohn bei seiner wichtigen Beschäftigung zu stören. Zuweilen aber siegt die Sehnsucht, und wenn Mutter Wiemann sich endlich durchgerungen hat, „den Jungen" anzurufen und dieser sich dann gar nicht meldet, weil er sich auf einem seiner gemütlichen Spaziergänge durch die Firma befindet, statt seiner nur eine der „Damen vom Empfang", wo nach mehrmaligem Schellen automatisch alle Anrufer landen, dann, ja dann stirbt Mutter Wiemann tausend Tode und wünschte, sie hätte den Mut nie gehabt. Angstvoll preßt sie schließlich hervor: „Hier ist die Frau Wiemann, könnte ich bitte meinen Sohn sprechen?", worauf die Empfangsdame es sich nicht nehmen läßt, Herrn Wiemann über die Lautsprecheranlage mit der Nachricht, seine Mutter verlange telefonisch nach ihm, auszurufen. Unlängst erst geschah es, daß Herr Wiemann sich auf der Toilette befand, wo er nicht hören konnte, daß man ihn ausrief. Beflissen freundlich erklärte daraufhin die „Jungsekretärin" Mutter Wiemann, daß deren Sohn sich gerade nicht melde, ob man für ihn eine Nachricht entgegennehmen könne. Frau Wiemann, deren Herz in dieser unvorhergesehenen Situation vor Aufregung bis zum Halse schlug, hätte am liebsten sofort wieder aufgelegt, fühlte aber instinktiv, daß eine solch unhöfliche und voreilige Handlung des Sohnes Ansehen und Aufstieg schaden könnte, so daß sie sich überwand, darum zu bitten, man möge ihrem Liebling ausrichten, die wichtige Entscheidung, ob er die Bratkartoffeln zum Abendessen aus gekochten oder rohen Kartoffeln begehre, stehe an. Die Schüchternheit seiner Mutter kann Herrn Wiemann nur belustigen und an den hämisch spottenden Kollegen nimmt er selbstbewußt keinen Anstoß, denn seine Bratkartoffeln hat er sich redlich verdient, wenn er nach getaner Arbeit zu Heim und Herd zurückkehrt. Und wenn Mutti das Bedürfnis hat, mit Hans-Walter über Onkel

110

Rudis Prostatakrebs zu reden, dann ist das ja wohl nur menschlich, ja, allzu menschlich, daß Herr Wiemann sie nicht herzlos innerhalb einer halben Stunde „abwimmeln" kann. Das werden da schnell mal zwei Stunden, die er gut zureden und trösten muß, und das findet er in Ordnung so, denn Herr Wiemann ist ein vorbildlicher Sohn, der seine Kindespflicht kennt. Schließlich wäscht und bügelt Mutti seine Hemden. Außerdem bieten natürlich die zwei verlorengegangenen Stunden Arbeitszeit wiederum Gelegenheit, mit erheblichem Aufwand schon bald eine große „Nachtschicht" zu inszenieren.

Programmierer Wiemann hält sich - je nach Laune - für ein „schmuckes Kerlchen" oder einen „stattlichen Mann", und „von Interesse für die Damenwelt" ist er nach Selbsteinschätzung zweifellos. Immer wenn er etwas erzählt, glaubt er vor „Charme" geradezu zu „sprühen." Bevor Herr Wiemann den Mittelscheitel zugunsten einer Meckifrisur tatsächlich aufgibt, kündigt er diesen Plan über drei Monate hinweg ausdauernd an und diskutiert ihn wieder und wieder vor den „Damen" mit sich selbst. Frau Seiler vermutet gar, daß sein langes Zögern, Worten Taten folgen zu lassen, den Grund darin finden könnte, daß Mutti darauf besteht, daß ihr Liebling, solange er die Füße noch unter ihren Tisch stelle, seinen Mittelscheitel beibehalten müsse, andernfalls es drei Wochen Fernsehverbot gäbe - eine Vorstellung, die die anderen „Damen" sehr erheitert. Als Herr Wiemann schließlich tatsächlich mit modischem Kurzhaar die Bühne seines Schaffens betritt, wird er - wie üblich - damit so wenig zur Kenntnis genommen, daß er es für erforderlich hält, nicht nur auf die gelungene Veränderung hinzuweisen, sondern gleichzeitig darum zu bitten, man möge ihm bestätigen, daß er *noch* jugendlicher, dynamischer und - in Kombination mit der schwarzen Kleidung, die er seit neuestem immer trägt („Ich habe jetzt wieder meine ´Schwarz-Phase`"), *noch* „intellektueller", „existentialistischer", ja, „mysteriöser" aussehe als zuvor. Herr Wiemann, stets auf Popularität erpicht, ist restlos von sich begeistert, und das vorgetäuschte Unbeteiligtsein der „Damen" kann seinen Stolz auf sich selbst nicht schmälern. Die höhnische Frage „Saus" zu seiner Frisur, nämlich „ob man sowas jetzt auf Krankenschein" bekomme, verunsichert Herrn Wiemann nicht, sondern bestätigt ihm positiv, daß seine Veränderung selbst in der Chefetage wohlwollend und mit Humor wahrgenommen worden ist. Nach eigener Einschätzung ist und bleibt er der Traum aller Frauen, vorneweg die Mutti, die ihm das gern und regelmäßig bestätigt. Und jetzt hat er zur Krönung allen Glücks Geld vom Finanzamt zurückbekommen, eine beträchtliche Summe fürwahr, und das ganz ohne mit wirklich so viel gerechnet zu haben! Was er sich davon wieder für „geile Klamotten" kaufen wird! Heute noch, direkt nach der Arbeit. Ob nicht eine der „Damen" mitkommen möchte, um ihn zu beraten? Nein, niemand? Aber was solle er sich denn wohl Feines kaufen? Was glaube denn Frau Seiler, würde ihm besonders gut stehen? Keine Zeit, jetzt darüber nachzudenken? Kein Problem, Herr Wiemann wird es sich selbst überlegen und am folgenden Tag die neu erworbenen Kleidungsstücke vorführen. Oder doch vielleicht nochmal in die sechste Etage gehen, um sich Frau Walter zu zeigen und diese um ihre Meinung zu bitten? Mal schauen. Später, später vielleicht. Schließlich kann Herr Wiemann nicht alles gleichzeitig tun. Erst wird er dem Herrn Potthoff in aller Ruhe - denn Eile lehnt Herr Wiemann prinzipiell ab - einen frischen Kaffee kochen, und danach hat er es sich dann ehrlich verdient, sich „wieder eine anzustecken".

Was Kleidung betrifft, bemüht Herr Wiemann sich stets, einen guten Eindruck zu machen, nicht nur, um sich von den „Damen" durch eine konservative oder eben - wie nur er selbst zu glauben vermag - zum Beispiel „existentialistische" Erscheinung als gehoben zu distanzieren, sondern auch, weil er glaubt, dadurch von den Außendienstlern, dem Mittelbau der fünften Etage, für den Anzugzwang besteht, weil der „große Chef" es so wünscht, eher als einer der Ihren akzeptiert zu werden. Und obwohl es nicht beabsichtigt ist, den Innendienstler Wiemann zu Kunden zu schicken, ist er stolz auf sein eigenes Bewußtsein, daß man ihn „theoretisch" ja bei Kunden zeigen *könnte*. Gerade deswegen legt er Wert darauf, sich durch seine Kleidung, die sehr selten leger ist, von den anderen Innendienstlern zu unterscheiden und sitzt - selbst im Sommer - wie ein repräsentationspflichtiger Außendienstler schwitzend in Krawatte und Anzug vor seinem Computer. Während die meisten Außendienstler doch während der größten Hitze in ihren unklimatisierten Büros zumindest die Jacketts ausziehen, bleibt Herr Wiemann eisern. Es wäre gar zu peinlich, wenn alle die dicken Schweißflecken auf dem weißen Hemd, das er mindestens zwei Tage hintereinander trägt, sehen würden. Herr Wiemann transpiriert aufgrund seiner Leibesfülle stets stark, zumeist riecht er sehr penetrant, was er durch kaum minder penetrante Parfums zu kaschieren sucht. Gelegentlich, wenn wirklich zahlreiche Termine drängen und alle Außendienstler hoffnungslos überlastet sind oder jemand erst beim Kunden merkt, daß er für eine Präsentation etwas vergessen hat, greift man auf den willigen Wiemann zurück. Wenn dessen große Stunde schlägt, dringt er manchmal bis zum Pförtner vor, um eine längst überfällige Unterlage zu überreichen. Es gibt Anlässe, zu denen er sogar das Werkstor einer Firma durchschreitet - nämlich dann, wenn zum Beispiel ein Overheadprojektor vergessen wurde oder Folien nachgereicht werden müssen. In Anbetracht seiner Hoffnung auf Karriere erledigt Herr Wiemann diese Botengänge frohen Mutes mit dem eigenen Pkw und auf eigene Kosten. Im Anzug, diesen am liebsten als Kombination mit Weste, hält er schwitzend allen Temperaturen und jedem Kollegenspott stand, permanent abrufbereit auf seinen möglichen großen Auftritt wartend. Dafür hat man ihn, wenn er tatsächlich in einer Notlage gelegen kommt, vorübergehend beinahe gern. Auf Herrn Wiemann kann man sich verlassen.

Am meisten quält und wurmt es Herrn Wiemann, wenn er einfach nicht zur Kenntnis genommen wird. Nichts ist ihm unerträglicher als das, und deshalb strengt er sich stets an, sich in den Mittelpunkt zu drängen. Zumeist gelingt es ihm tatsächlich, durch seinen Redeschwall das Wort an sich zu reißen und dabei nicht einmal zu bemerken, daß erstens sich niemand für seine Ergüsse interessiert und er zweitens ohnehin nicht so wahrgenommen wird, wie er selbst es sich wünscht. Solange er diese vermeintliche Vernachlässigung also nicht realisiert, braucht er sich nicht zu grämen. Eines aber kränkt Herrn Wiemann sehr: Nämlich die Tatsache, daß der „große Chef" bei seinem beinahe täglichen Kontrollrundgang in der Firma, nachdem er an Herrn Wiemanns Bürotür geklopft und diese geöffnet hat, den Programmierer oft nur mit „Guten Tag" oder, und das ist noch viel demütigender und unerträglicher, gar mit „Guten Tag, die Damen!" - ganz so, wie er die „Erbsen" allgemein und gleichgültig, ohne ihre individuellen Namen überhaupt zu kennen - begrüßt. Herr Potthoff nebenan beginnt laut zu lachen, der „große Chef", der eben jenen zuvor noch mit „Guten Tag, Herr Potthoff!" respektvoll und persönlich gegrüßt hat, nimmt den Hohn und Spott gegen Herrn Wiemann und den eigenen Fauxpas nicht einmal zur Kenntnis und geht davon. Und das Schlimmste ist: Er nimmt Herrn Wiemann nicht wahr! Es hilft Herrn Wiemann gar nicht, sich die beleidigte Miene des ungerecht Behandelten aufzustülpen, denn nicht einmal das wird auch nur ansatzweise bemerkt. Jeder weiß, daß der „große Chef" sich für die Namen seiner unbedeutenden Mitarbeiter nicht interessiert, weil sie erstens eben dazu nicht wichtig genug sind und zweitens zu häufig ausgewechselt werden, um sein Gedächtnis unnötig mit ihren Namen zu belasten. Aber für Herrn Wiemann ist es nicht nur unerträglich, vom Standpunkt des Mächtigsten in der Firma zu eben diesen Unbedeutenden gezählt zu werden (auch seiner „Karriere" ist gewiß dieser Grad der eigenen Unbekanntheit nicht förderlich), sondern zusätzlich bereitet ihm die unglaubliche Beleidigung, nicht einmal bewußt als Mann und Nicht-Schreibkraft ansichtig zu werden, manche trübe und schwere Stunde. Immer wieder fühlt er sich, als werde ein großer Sack, voll von Unrecht, über ihm ausgeschüttet und er selbst hoffnungslos darunter begraben, unfähig zu atmen, denn so schwer liegt das Unrecht auf der verfetteten Brust. Niemals aber würde Herr Wiemann es sich träumen lassen zu wagen, nach erlittener Beleidigung den „großen Chef" auf dessen Irrtum hinzuweisen. Lieber beißt er sich leidend die Lippen blutig, als die Autorität durch Kritik oder Besserwisserei offenkundig in Frage zu stellen und sich selbst damit eventuell in Mißkredit zu bringen. Denn schließlich gilt es, nach oben zu buckeln und nach unten zu treten, und das verlangt, selbst das „Guten Tag, die Damen!" mit einem motiviert-dynamischen Gegengruß und einem dankbaren Grinsen zu erwidern.

Oft, nur allzu oft, hat Herr Wiemann es gründlich satt, der Hanswurst zu sein. Zuweilen hält selbst er die Herablassung, mit der er von den Besserverdienenden in der Firma behandelt wird, für übertrieben, nahezu unerträglich. Die Demütigungen kann er ab einem gewissen Ausmaß nicht mehr verdrängen und für sich persönlich gedanklich als Komplimente umformulieren, irgendwann macht ihn das Spiel aggressiv. Da wünscht er sich gar manches Mal, einem ihn hänselnden Besserbezahlten die freche Fresse zu polieren, oder, vielleicht lieber noch, weil Herr Wiemann sich eigentlich für einen Intellektuellen hält, diesem Neunmalklugen mit Worten ein für allemal den Garaus zu machen. So verbringt er viel Zeit damit, sich in seiner Phantasie auszumalen, wie er die Kontrahenten der oberen Kasten verbal in die Enge treibt, austrickst, überlistet, bloßstellt, als dumme Lümmel vorführt, ja, mit Worten geradezu zusammenpeitscht. Und wenn er dann eintritt, der große Augenblick seines möglichen grandiosen Auftritts, er dem arroganten Außendienstler Aug` in Aug` gegenübersteht, sieht der Betrachter Herrn Wiemann doch wieder nur als arme Wurst: fassungslos, sprachlos, in lächerlich geknickter Demutshaltung, weder schlagfertig noch geistreich, vor Scham und Angst vor der Autorität des anderen zu einem formlosen Fleischberg zusammensinkend. Und natürlich traut er sich nicht, auch nur die geringste Widerrede zu leisten. Unwillkürlich fließt aus seinem Munde harmonisch „ja", beflissen „selbstverständlich" und gelegentlich gar ein opportunistisches „das hatte ich auch schon mal so angedacht", um in der Gunst des Außendienstlers zu steigen, und um nichts in der Welt brächte er es fertig, sich von der gehorsamen Untertanensprache zu befreien.

Überhaupt kommen Herrn Wiemann in bezug auf die Außendienstler manchmal schon ohne deren aktives Tun die Tränen, weil er von Neid, Haß und seelischer Versehrtheit einfach übermannt wird. Ein Grund dafür ist zum Beispiel, daß Herr Wiemann als Innendienstler und kleines Licht keine Aussicht auf einen Firmenwagen hat und wie bei vielen Dingen auch hier nur davon träumen kann, wie er seiner Freundin imponieren würde, wenn er mit einem solch kostspieligen und manchmal sogar eleganten Gefährt bei dieser vorstellig werden könnte. Den bedeutenderen Außendienstlern - und selbst bei diesen gibt es ihrem Status entsprechend eine Automarkenhierarchie - werden nämlich Firmenwagen zu Kundenbesuchen und zum Teil auch zur privaten Nutzung zur Verfügung gestellt. Neben dem Ortskennzeichen zieren das Nummernschild die Initialen des „großen Chefs." Jeden Morgen gibt es Herrn Wiemann einen Stich ins Herz, wenn er an den Luxuskarossen auf dem Parkplatz vorbeischreitet, und immer verspürt er das nur mit größter Willensstärke unterdrückbare Verlangen, mit seinem Firmenschlüssel, bevor er das Gebäude betritt, unbeobachtet einmal fest entlangzuratschen und auf dem Auto eine häßliche, nicht übersehbare Narbe zu hinterlassen. Wie gut nur, daß der kleine Angestellte Hans-Walter Wiemann eigentlich recht vernünftig ist und allein in seiner Phantasie mutig und draufgängerisch.

Seit nicht allzulanger Zeit hat der bei den „Damen" unbeliebte Herr Wiemann eine Vertraute, um die er sich nicht einmal bemühen mußte, sondern die sich ihm gewissermaßen aufgenötigt hat: Es handelt sich um die Denunzi-

116

antin, Frau Thüner, die von allen gehaßt und gemieden wird und nun Zuflucht bei Herrn Wiemann sucht, weil sonst niemand mehr mit ihr zu sprechen bereit ist. Der Programmierer teilt zwar die Meinung aller über sie, was Frau Thüner jedoch aufgrund seiner oberflächlichen Freundlichkeit ihr gegenüber gar nicht wahrnimmt, aber dennoch erheitert sie ihm den öden, drögen Büroalltag durch ihre Anwesenheit, weil sie ihm Gelegenheit bietet, sich pausen- und kostenlos und dazu noch unbemerkt über sie lustig zu machen. Sein größtes Vergnügen zieht Herr Wiemann daraus, daß Frau Thüner ihm intellektuell weit unterlegen ist und ihr deshalb stets verborgen bleibt, wenn er - am liebsten vor Zeugen - sie in einer vermeintlich ernsthaften Unterhaltung verspottet. Frau Thüner wiederum ist dankbar, daß Herr Wiemann ihr gegenüber unvoreingenommen ist, sich in die Querelen der Schreibkräfte nicht parteiisch einmischt und, so glaubt sie, sogar ein wenig „auf ihrer Seite" ist. Dies würde sie natürlich keinesfalls - böte sich die Gelegenheit - davon abhalten, ihn bei von ihr wahrgenommenem „Fehlverhalten" bei der „obersten Leitung" zu denunzieren, um sich dadurch selbst in ein günstigeres Licht zu rücken. Dies durchschaut Herr Wiemann sehr genau, und dennoch findet er Vergnügen daran, der einzige Vertraute der Frau Thüner zu sein. Von den anderen Schreibkräften wird ihm dies stark verübelt, dort spricht man von ihm als von einer „linken Bazille", und jedes Mal, wenn er die Schreibkräftebüros - außer dem von Frau Thüner, die isoliert worden ist, weil alle sich weigern, bei ihr zu sitzen, und die aus diesem Grund seit kurzem ein Büro für sich ganz allein hat - betritt, verstummen die „Damen", alle gleichzeitig, damit diese „linke Bazille" nichts erfährt, das sie weitererzählen könnte. Von Zeit zu Zeit sieht Herr Wiemann das Ganze völlig gelassen und betrachtet seine weitere Existenz in der Firma als unabhängig von den Meinungen der Schreibkräfte, die - seiner eigenen Wahrnehmung entsprechend - erstens in der Hierarchie weit unter ihm stehen und zweitens sich nie ganz davon werden freimachen können, insgeheim für Herrn Wiemann zu schwärmen. Damit niemand merkt, wieviel sie telefoniert, läßt Frau Thüner sich jetzt sogar von Herrn Wiemann Ämter „nach draußen" schalten. Sie hofft auf dessen Verschwiegenheit, aber darauf ist nicht zu zählen, denn vor der Chefin des Berichtsdienstes gibt Herr Wiemann gern bei Gelegenheit die Dummheit und Vieltelefoniererei der Frau Thüner preis.

Deren Lieblingsthema ist das Heiraten, und da sie inzwischen schon Mitte zwanzig ist, hält sie es für an der Zeit, sich ernsthafte Sorgen darüber zu machen, weshalb ihr Freund, der Unterstabsoffizier bei der Bundeswehr, Koch in Küche 2, bislang keinerlei Anstalten gemacht hat, dies ernsthaft ins Auge zu fassen. Heiraten und Kinderkriegen sind schon das, was sie sich „für das Leben" einmal vorstellt, und deshalb kann sie durchaus nicht verstehen, weshalb Herr Wiemann keine Absichten hat, eine Familie zu gründen, und dies, obgleich er fast zehn Jahre älter ist als sie. Vom Heiraten, das er, weil er es wiederum für progressiv und modern hält, diese Ansicht zu vertreten, als spießbürgerlich verachtet, liebt auch Herr Wiemann zu sprechen, und gern denkt er sich Fragen aus, die Frau Thüner zwingen, sich ihm im vollen Umfang ihres Intelligenzmangels zu offenbaren, indem sie darauf eingeht und das, was er ihr an belanglosem und geistlosem Geplapper hingeworfen hat, aufgreift und wie ein ernsthaftes Thema zu erörtern versucht. Herr Wiemann, in kritikloser Selbstgenügsamkeit des Dauerschwätzers, hört am liebsten sich selbst beim Reden zu. Zu seiner eigenen Erheiterung hat er sich zum Beispiel mal ausgedacht, Frau Thüner zu erzählen, daß er selbst einmal eine Verlobte gehabt habe, die er habe ehelichen wollen. Diese Verlobte aber habe in Weiß heiraten wollen, obgleich sie nicht mehr unberührt gewesen sei. Diesen Kompromiß sei Herr Wiemann, der streng katholischen Glaubens sei, nicht einzugehen bereit gewesen, so daß er das Verlöbnis gelöst habe, da er den lieben Gott nicht mit einer unrechtmäßigen weißen Hochzeit habe betrügen wollen. Diese Bemerkung stieß Frau Thüner, die immer gedankenlos beabsichtigt hatte, in Weiß (als Selbstverständlichkeit, „wie denn sonst") zu heiraten, in ungeahnte Tiefen. Über die Bedeutung des In-Weiß-Heiratens hatte sie ja noch nie nachgedacht. Aber daß in Weiß geheiratet werden muß, versteht sich von selbst. So katholisch ist sie nun auch wieder nicht. Aber zu denken geben ihr die unverstandenen Scherze des Herrn Wiemann immer wieder, und diesem selbst bereitet es die größte Freude, sich den eintönigen Arbeitsalltag damit zu versüßen, der geistlosen Frau Thüner mal wieder ordentlich Kopfzerbrechen bereitet und ihr ein paar grenzenlos blöde Kommentare und Bemerkungen entlockt zu haben, über die er selbst nach Feierabend ob ihrer Simplizität und Biederkeit noch wird lachen können. Regelmäßig gibt er Frau Thüners vollendete Dummheiten, ihre geballte, gebündelte Blödheit, in seinem - mit dem Niveau der „Damen" verglichen - immerhin halbgebildeten Bekanntenkreis zum besten.

Dennoch meint Herr Wiemann zu wissen, „wo die Grenze ist" (da nämlich, wo er sie setzt). Als Frau Thüner so weit ging, vorzuschlagen, Herr Wiemann dürfe sie beim Vornamen nennen und sich offenbar einbildete, auch sie dürfe damit nun zu ihm „Hans-Walter" sagen, gebot er sofort Einhalt mit der fadenscheinigen Erklärung, er trenne gern zwischen Arbeit und Privatleben und ziehe es vor, sich bei der Arbeit mit allen zu siezen. Dies war - zugegebenermaßen - natürlich nur die halbe Wahrheit. Wie gern würde Herr Wiemann sich mit den wirklich Wichtigen, Einflußreichen in der Firma duzen! Gar zu oft träumt er davon! Aber es wäre natürlich fürwahr zu peinlich, wenn nun gerade irgendeiner dieser Bedeutenden, deren intime Bekanntschaft Herrn Wiemanns Karriere förderlich sein könnte, Zeuge des vertraulichen „Du" zwischen dem Programmierer Wiemann und der dummen Erbse Schreibkraft Thüner würde! Solch voreilige und, einmal getroffen, schwer wieder rückgängig zu machende Entscheidungen, die seiner erhofften Karriere derart abträglich wären, überlegt Herr Wiemann sich ganz genau.

Wenn Herr Wiemann mit Leuten spricht, die er für ihm selbst geistig unterlegen hält - und das betrifft die Mehrheit derer, die er kennt -, unterbricht er seine endlosen Erzählungen und „Erklärungen" nach beinahe jedem dritten Satz mit der Bemerkung „Können Sie mir folgen?" (bei Damen, welche nicht gerade „die Damen" aus der Firma sind, äußert er, wenn er von etwas „Wichtigem" zu sprechen ansetzt, auch gern den Wunsch „Schauen Sie mir tief in die Augen", um die besondere Bedeutung dessen, was er alsbald zu sagen gedenkt, deutlich und vor allem „charmant flirtend" einzuleiten), weil er alles, was an Sprache aus seinem Munde quillt, für derart reflektiert, intelligent und originell hält, daß es ihm nicht selbstverständlich scheint, daß „bloß durchschnittlich Begabte" seine Ausführungen ohne größere Schwierigkeiten begreifen könnten. Was das „Begreifen" von Herrn Wiemanns endlosen Reden betrifft, kann das Problem sich schnell von ganz anderer Seite ergeben: Nämlich dadurch, daß das, was er erzählt, tatsächlich nicht zu begreifen ist, weil Herr Wiemann Unverständliches von Dingen spricht, von welchen er nichts versteht, oder Worte verwendet, deren Bedeutung ihm selbst, nicht aber seinem Gegenüber, unbekannt ist. Denn hierbei muß erwähnt werden, daß die Bildung des Herrn Wiemann recht oberflächlich ist und daß er, trotz konsequenter Selbstbeweihräucherung, vor Klugheit längst nicht so golden glänzt, wie er es sich wünscht. Ein Problem, das unserem Herrn Wiemann jedoch durchaus bewußt und stets unangenehm gewahr ist, ist, daß er sich immer sehr bemühen muß, Hochdeutsch zu sprechen. Als „kleiner Leute Kind" hat er korrektes oder gar gewähltes Sprechen zu Hause nicht gelernt und fällt unwillkürlich - wenn er sich nicht permanent angestrengt darauf konzentriert, dies zu vermeiden - immer wieder ins Ruhrpott-Kumpelplatt zurück. Das eigene schlechte Deutsch, bei dem beim eiligen oder unüberlegten Sprechen immer wieder ein paar Worte verschluckt oder nachlässig vollständig ausgelassen werden, das nervöse Verwenden mundartlicher Begriffe, die jenen in den höheren Hierarchieebenen, welche Herr Wiemann zu beeindrucken sucht, nicht einmal geläufig sind - es ist für den Programmierer nicht leicht, einen guten Eindruck zu machen. Für Außenstehende besonders auffällig, von Herrn Wiemann leider nahezu unbemerkt, ist seine Angewohnheit, „wichtige" Aussagen stets sowohl einzuleiten als auch regelmäßig erregt wieder zu unterbrechen mit einem ihn als eindeutig einer bestimmten Region zuweisenden „Sach ich", alternierend mit „Ich sach", dessen er sich bei seinen Ausführungen erst dann wirklich peinlich gewahr wird, wenn ein arroganter Außendienstler meint, ihn „auf den Teppich zurückholen" zu müssen, indem er bösartig und offensichtlich einen den Programmierer imitierenden Redeschwall mit einem aneinandergereihten Wust von „Sachichs" und „Ichsachs" inszeniert.

So sehr Herr Wiemann sich wegen dieser immer wieder-kehrenden entsetzlichen Entgleisungen ärgert, lassen sich oft seine Wurzeln nicht verleugnen. Das Wort „brauchen" benutzt er zudem immer ohne „zu" - Kollege Wiemann „braucht" also demgemäß „nicht soviel Geld verdienen", weil er der eigenen Sprache nicht mächtig ist, hat zuletzt Herr Mahler hämisch bemerkt, denn, „wer `brauchen` ohne `zu` gebraucht, braucht `brauchen` gar nicht zu gebrau-chen", habe stets Herrn Mahlers Lehrer behauptet, und, frei nach Herrn Mahler ergänzt, braucht, „wer `brauchen` ohne `zu` gebraucht", auch nicht so viel Geld zu verdienen, wie Herr Wiemann es tut - denn jedes Gehalt, welches die von Staats wegen als Armutsgrenze festgelegte Summe über-schreitet, ist selbstredend in den Augen der „obersten Lei-tung" viel zu hoch für die armen Schaben, die in der vier-ten Etage beschäftigt werden.

Trotz aller Überwachungsmöglichkeiten läßt Herr Wie-mann es sich doch nicht nehmen, von Zeit zu Zeit teure Telefonsexnummern auf Kosten der Firma anzuwählen. Nicht allein die Sparsamkeit ist es, die ihn dazu bewegt, dies nicht von zu Hause aus zu tun, sondern gerade das Bewußtsein der Möglichkeit, dabei ertappt zu werden, erhöht ihm den Reiz daran noch und läßt die Spannung und damit die Erregung weiter ansteigen. Mit strengster Bestrafung, so glaubt Herr Wiemann, würde er im Falle des Entdecktwerdens nicht wirklich rechnen müssen. Es sei denn, es wäre ausgerechnet „Sau", der dies zu Ohren käme. Sollten der „große" oder der „kleine Chef" Zeugen von des Programmierers Extravaganzen werden, so denkt dieser, daß er mit einer „Ermahnung", begleitet von einem Augenzwinkern komplizenhaften männlichen Einverständnisses, davonkommen würde. Obwohl er nicht derselben Hierarchieebene zugehörig ist, hofft Herr Wiemann, daß in einem solchen Falle „Männersolidarität" im Sinne kameradschaftlichen Schweigens und Verstehens walten würde. Manchmal legt er es nahezu darauf an, als Sex-Hotline-Kunde auf Firmenkosten von einem höheren Funktionsträger „gefaßt" zu werden. Da er davon ausgeht, daß diese alle auf dieselbe Art ihre gelegentlichen Bedürfnisse befriedigen, würde es ihn positiv in seinem Selbstwertgefühl bestätigen, sich durch das Entdecktwerden geteilter Leidenschaften als einer der Ihren zu fühlen. „Erwischt zu werden" ist ihm bislang in dieser Hinsicht jedoch nicht geglückt. Er wünscht sich aus ganzem feigen Herzen, daß es bloß nicht „Sau" sein wird, die ihn eines Tages beim Telefonsex überführt.

Wenn Herr Wiemann telefoniert - am liebsten mit Kunden natürlich, wozu sich ihm als Innendienstler leider selten Gelegenheit bietet - schreit er für gewöhnlich ins Telefon, als ob am anderen Ende der Leitung sonst Schwierigkeiten bestünden, ihn akustisch zu verstehen. Objektiver Anlaß besteht dazu nicht, weil die Telefonleitungen in der Firma (trotz Abhörmöglichkeit) generell störungsfrei funktionieren, gleichfalls die Gesprächspartner normalerweise nicht unter einem Hörproblem leiden und, da Herr Wiemann sich sein Büro mit niemandem teilen muß, sogar die Gefahr auszuschließen ist, daß Büronebengeräusche eine Unterhaltung in normaler Lautstärke unmöglich machen würden. Trotzdem schreit Herr Wiemann seinem Gesprächspartner ins Ohr, am Telefon heftig gestikulierend, obgleich ihn niemand sehen kann. Es bleibt anzunehmen, daß das in seiner eigenen Wahrnehmung seine Bedeutung erhöht. Des weiteren unterbricht Herr Wiemann, wenn man ihn selbst schon nicht ausgiebig mit seinen interessanten Ausführungen zu Wort kommen läßt, gern permanent den Menschen am anderen Ende der Telefonleitung mit lautem „Richtig!" und „Genau!", und zwar ohne nach seiner Meinung befragt worden zu sein und einzig deshalb, um zu beweisen, daß er, Herr Wiemann, Ahnung von der Materie und das Problem längst erfaßt hat. Mit Behauptungen wie „Da sehe ich im Moment gar keinen Streß" und Ermunterungen wie „Keine Panik" gibt er zu erkennen, daß er der Herr der Lage ist, das Gespräch letztendlich doch in der Hand hat und uneingeschränkt lenkt, gleichzeitig Unsicherheit und Zweifel auf seiten des Gesprächspartners suggerierend, um beides dann - überlegen und souverän - wieder aufzuheben. Das ist der Herr Wiemann - laut, wichtig, gestikulierend. Gar mancher erkennt, wie wenig wirklich dahintersteckt.

So zum Beispiel ist für Herrn Wiemanns Vorgesetzte sein häufiges und leider oft falsches Verwenden von Fremdwörtern, welches manchmal zu peinlichen Patzern, gelegentlich auch zu kleinen Blamagen führt, doch recht auffällig. Da mußte erst unlängst der „kleine Chef" energisch den Redeschwall des Herrn Wiemann unterbrechen, als dieser, um besonders gewählte Ausdrucksweise bemüht, vor einem Kunden behaupten wollte, „unser Herr Müller", einer der Außendienstler, sei ebenfalls in einem bestimmten Projekt „interveniert" gewesen. Nein, nicht als Hemmfaktor sei der Herr Müller dazwischengetreten, bemerkte der „kleine Chef" eilig, nicht amüsiert. Lediglich „involviert" sei „unser Herr Müller" gewesen.

Wenn Herr Wiemann sich gezwungen sieht, etwas ausführlich zu erklären, das der längeren Erläuterung und dabei der Unterteilung in Zwischenschritte, die miteinander verknüpft werden sollen, bedarf, pflegt er als Hilfeleistung für den zu Unterweisenden jedes Mal ein kultiviertes „ergo sum" ein, auf daß dieser die Überleitungen begreife. Zwar genoß Herr Wiemann als Schüler einige Jahre lateinischen Unterrichts, ist aber bis heute der Überzeugung, daß „ergo sum" lediglich die Bedeutung von „also" habe. Bei den „Damen", die den fremden Ausdruck nicht kennen, erzeugt er damit nichts weiter als die ihm üblicherweise entgegengebrachte Gleichgültigkeit, bei den gebildeteren Außendienstlern, die untereinander in Anspielung auf Herrn Wiemann das „ergo sum" gern um die lateinischen Worte für „Esel", „Tölpel" oder ähnliches ergänzen, hingegen ausgesprochene Heiterkeit.

Wortschöpfungen, die er irgendwo mal aufgeschnappt hat, ohne sie wirklich zu verstehen, mag Herr Wiemann ungern für sich behalten. So hat es ihm doch immer sehr gut gefallen, daß einer seiner Bekannten, der in der Werbebranche arbeitet, stets von „Reaktanzen" statt von „Reaktionen" sprach. Das war sehr schön und nach Maßgabe der Begreifungskraft des Herrn Wiemann als die intellektuelle Steigerung des allgemein gebräuchlichen banalen Wortes „Reaktion" nur wenigen Erlesenen bekannt. Peinlich, daß ausgerechnet eine der „Damen" den Programmierer mit Hilfe des Fremdwörterdudens darauf aufmerksam machen mußte, daß es sich bei dem Wort „Reaktanz" schlicht um einen Begriff aus der Elektrotechnik handelt, und um weiter nichts.
Die Wiemannsche Kreativität setzt sich selbst gar keine Grenzen, und so denkt sich Kollege Wiemann emsig Wörter aus, die man garantiert in keinem Fremdwörterbuch nachschlagen kann. Die einfallsreich erdachten Begriffe benutzt Herr Wiemann dann eine Zeitlang exzessiv, bis er selbst den Eindruck hat, daß sie sich abgenutzt haben und durch eine neue Erfindung ersetzt werden müssen. Momentan ist sein Lieblingswort „wahrnehmerisch". „Wählerisch", „seelsorgerisch", „angeberisch" - all das darf man seit eh und je sein oder doch zumindest sagen; warum es dann eines Herrn Wiemann bedurfte, dieses doch so naheliegende Wort „wahrnehmerisch" zu erfinden, ist selbst diesem unbegreiflich. Er benutzt das neue Wort oft und

gern, am liebsten im Zusammenhang mit seiner Beziehung. Gern wirft er seiner Freundin vor, sie sei niemals genügend „wahrnehmerisch", auch vergißt er nicht, sich selbst vor der Chefin des Berichtsdienstes zu loben, indem er erklärt, daß eben allein dadurch, daß er so „wahrnehmerisch" sei, ihm zum Glück noch einige Nachlässigkeiten in von den „Damen" getippten Berichten aufgefallen seien. Hat Herr Wiemann erst ein Wort gewählt, so kann er dieses in der Phase, in welcher es bei ihm selbst hoch im Kurs steht, gar nicht oft genug verwenden, und kaum etwas würde ihn stolzer machen, als wenn nun gerade sein Wort, zur Zeit eben „wahrnehmerisch", von den Kollegen in deren Vokabular aufgenommen würde. Leider ist es dazu bislang nie gekommen, weil die gebildeteren Kollegen bewußt darauf achten, sich nicht den Wortschatz irgendwelcher Unterlinge anzueignen, und die „Damen" bedauerlicherweise eben nicht einmal „wahrnehmerisch" genug sind, das schöne neue Wiemann-Wort überhaupt zur Kenntnis zu nehmen, was ja unleugbar Voraussetzung wäre, um es in die eigene Sprache zu integrieren.

Trotzdem ändern solch unangenehme Erfahrungen nichts daran, daß Herr Wiemann weiterhin versucht, sich mit seiner vermeintlichen Bildung in den Vordergrund zu spielen. Da selten jemand bewußt das Gespräch mit ihm sucht, bleibt Herrn Wiemann oft nichts anderes übrig, als Gespräche anderer mit seinen schlauen Kommentaren zu unterbrechen. Er hört sich selbst gar zu gern reden, daß es ihm in der Seele wehtut, wenn jemand anders zu Wort kommt und Zuhörer findet, die nicht Herrn Wiemann lauschen. Um seinen Ausführungen besondere Bedeutung zu verleihen, leitet Herr Wiemann beinahe jeden Satz mit einem forschen, das Wort nun definitiv und mit Recht auf seine Seite bringenden, gleichzeitig dem anderen endgültig die Rede verbietenden autoritären und bedeutungsschweren „so" ein. Dem kleinen grundlosen „so" fehlt sowohl Berechtigung als auch Relevanz, aber oft erzielt es seine Wirkung und bringt unverhofft das überraschte Gegenüber zum Schweigen, weil dieses irrtümlicherweise erwartet, nun mit wirklich wichtigen Informationen überhäuft zu werden.

Gerade weil Herr Wiemann sich für außerordentlich klug und begabt hält, betrachtet er - und mit seiner Meinung ist er leider allein - es als einen besonders schweren Verlust für die Firma, daß ihm so selten Gelegenheit zum Sprechen und Erklären gegeben wird. So sieht er sich oft genötigt einzuschreiten und zu erklären, wenn irgend jemand eine Frage hat, selbst wenn diese explizit an einen anderen gerichtet ist und eben der gerade gern zum Erklären ansetzen würde. Warum auch nicht? Herr Wiemann ist sich dessen stets gewiß, daß er es sowieso besser weiß und die kompetentere Antwort geben wird. Außerdem meint er, mal in einem Rhetorikkurs an der Volkshochschule gelernt zu haben, daß es einen Zugewinn an Macht bedeutet, wenn man anderen das Wort abschneidet und statt dessen eigene Ausführungen anbietet. Seitdem fällt Herr Wiemann aus Prinzip regelmäßig anderen ins Wort, unterbricht unvollendete Sätze und spricht munter drauflos: Denn Macht ist selbstredend für seine fest angestrebte Karriere unabdinglich. Bislang hat er selbst nicht erkannt, daß sein naßforsches, selbstgerechtes Verhalten, kombiniert mit prahlerischer Besserwisserei, bei der „obersten Leitung" der Firma gar nicht gut ankommt. Herr Wiemann ist überzeugt, daß es bloß eine Frage der Zeit ist, bis die Firma sein lang geschontes, ungenutztes Potential erkennen, und damit es nicht vergeudet wird, ihn zum Außendienstler ernennen wird. Ja, so grob kann man sich selbst fehleinschätzen! Herr Wiemann, selbst wenn ihm dies nicht im Traum einfiele, kann von Glück reden, daß er sich zumindest durch seine Kurierdienste, sein Kaffeekochen und sein der Firma Rund-um-die-Uhr-Verfügbarsein unentbehrlich gemacht hat.

Daß Wissen Macht ist, braucht man Herrn Wiemann nicht zweimal zu sagen. In der Hinsicht ist er „nicht von gestern" und hat seine „Hausaufgaben" längst gemacht. Weil er nach Selbstbeurteilung nicht nur über kommunikative, sondern auch philosophische Fähigkeiten verfügt, sieht er in diesem „Machtbereich" für sich ein hohes Optimierungspotential. Da er überall und immer in der Firma an jeder Ecke auftauchen kann, sind Herrn Wiemanns Ohren allgegenwärtig. Wenn zwei sich streiten, freut sich buchstäblich der Dritte: Herr Wiemann gesellt sich dazu, sobald er etwas vernimmt, das den Eindruck von Zwietracht oder gar zuviel offensichtlicher Eintracht unter Kollegen erweckt - denn letztere ist genauso verdächtig, weil ein überhöhtes Maß an Harmonie in „Kleingruppen" immer nach Verschwörung gegen die „oberste Leitung" aussieht. Spitzel Wiemann eilt bei solchen Gelegenheiten herbei, um nichts zu verpassen, weil man nie weiß, wie man es am Ende vielleicht noch verwerten kann. Ist der Programmierer Zeuge von Streitereien geworden, ergreift er - natürlich so, daß das doppelte Spiel jedem der Beteiligten zunächst verborgen bleibt - hinter dem Rücken des jeweils anderen für den einen Partei, indem er mit gerade diesem gegen seinen Feind schöntut, ihn ein wenig aushorcht, noch ein bißchen weiter aufhetzt und Salz in die bereits vorhandenen Wunden streut, sich alle negativen Äußerungen desjenigen, der schließlich Vertrauen zu ihm gefaßt hat, akribisch merkt, um sie schließlich dem jeweils anderen, natürlich noch zu weiteren ungunsten des Feindes übertrieben, gefälscht und verändert, weiterzuerzählen. So versucht Herr Wiemann, Leute gegeneinander auszuspielen. Dadurch, daß es ihm mittels seines Wissens manchmal gelingt, gewisse Personen als Unruhestifter darzustellen, erhofft der Programmierer sich Vorteile für seinen eigenen Aufstieg.

Wenn Kollege Wiemann erzählt, bezieht er sich auf seine eigene Person häufig in der dritten Person Singular statt mit „ich". Daß Herr Wiemann sich oft als „den Herrn Wiemann" bezeichnet, ist noch ein Relikt aus seiner frühesten Kindheit: Da nämlich galt es bei den Bieder-Wiemanns als unbescheiden, irgendwelche Sätze mit „ich" einzuleiten, und als ein vermeintliches Zeichen von Bescheidenheit hat Herr Wiemann dann eben immer von sich selbst als „dem

Hans-Walter" gesprochen. So beteuerte er stets, „der Hans-Walter hat nichts getan", wenn von der Mutti irgendeines kleinen Vergehens bezichtigt. Und je öfter er sich auf diese Weise rechtfertigte, desto mehr war er auch überzeugt davon, daß Hans-Walter wirklich nichts Unrechtes getan habe, gleichgültig, ob dies nun stimmte oder nicht. Durch seine Kindheitserlebnisse geprägt, denkt Hans-Walter Wiemann bis heute, daß er glaubhafter und einprägsamer wirkt, wenn er von sich selbst als „dem Herrn Wiemann" spricht. Aus ebendiesem Grunde erzählt Herr Wiemann von „dem Herrn Wiemann", wenn er glaubt, es sei ihm gerade wieder etwas besonders geglückt. Das ist meistens der Fall, denn „der Herr Wiemann" ist der Ansicht, daß er viel Gutes leistet und sieht keinen Grund, den Kollegen die lobenswerten Leistungen zu verschweigen. Häufig kann man deshalb hören: „Das hat der Herr Wiemann aber wieder schön gemacht", oder: „Der Herr Wiemann hat wohl mal wieder Grund, stolz auf sich zu sein." Kaum so gesprochen, schaut „der Herr Wiemann" suchend um sich, um zu ermitteln, ob bereits ein Publikum beifällig lauscht. Der Programmierer hat das Eigenlob in der dritten Person Singular jedoch so vollkommen verinnerlicht, daß er, selbst wenn sich keine Zeugen im Büro befinden, bereits zu sich selber spricht, wenn ihn die eigene Leistung befriedigt (und das geschieht häufig, denn selbst ein am Computerbildschirm gewonnenes Kartenspiel gibt ihm dazu Veranlassung), indem er sagt: „Gut gemacht, Herr Wiemann!" Nicht zuletzt deshalb, weil sich sonst niemand geneigt sieht, ihn zu loben, erledigt Herr Wiemann das - ohne es bewußt wahrzunehmen - für sich selbst und zu seiner vollsten Zufriedenheit. Denn eigentlich zeichnet der Programmierer sich durch eine starke, gleichmäßige Selbstzufriedenheit aus. Zufrieden ist er mit sich selbst wie die Wurst in der Pelle, nur für gewöhnlich weit weniger mit der Welt, die ihm nichts wirklich recht machen kann.

Ein wenig anders als mit der direkten Rede von sich selbst durch den eigenen Namen verhält es sich mit Herrn Wiemanns gleichfalls häufiger Verwendung des großen, kollektiven „Wir". Einmal gibt es natürlich keine bessere Möglichkeit, als durch das „Wir" seine Verbundenheit mit der Firma deutlich zum Ausdruck zu bringen. „Wir", das sind alle, das große Ganze, die verschworene Gemeinschaft, das „Winning Team", und Herr Wiemann gehört natürlich dazu und ist mittendrin. Es gibt nicht den einzelnen Mitarbeiter, sondern das „Team", das zusammen das Unternehmen darstellt, keine Einzelkämpfer, sondern die Gruppe, die „gemeinsam stark" ist und vereint um das Wohl der Firma streitet.

Herr Wiemann hat es für sich ganz persönlich auf den Punkt gebracht: „Wes Brot ich ess`, des Lied ich sing!" Ja, es ist das altbekannte Lied. Erkennen Sie die Melodie? Durchaus ist selbst Herrn Wiemann klar, daß das „Winning Team" sektiererische Züge hat und all diejenigen, welche dazugehören wollen, dazu bereit und in der Lage sein müssen, ein tägliches Lob auf ihren Brotgeber zu singen. Einem Herrn dienen zu wollen ist Voraussetzung, um längerfristig bleiben zu dürfen und dabei nicht ganz unangenehm zu leben. „Wir" sitzen dabei eben alle in einem Boot.

So und nicht anders versteht Herr Wiemann „Unternehmenskultur".

Das „Wir" dient aber Herrn Wiemann auch zur Rechtfertigung und Deckung der „dunklen" Seiten seines Daseins in der Firma: So heißt es nicht: „Da wird der Herr Wiemann doch dem Herrn Potthoff mal einen Kaffee kochen", sondern: „Da wollen wir doch dem Herrn Potthoff mal einen Kaffee kochen." Mit dieser Formulierung glaubt Herr Wiemann, die Demütigung als Diener zurückzuweisen: „Wir" als übergeordnetes Ganzes werden dem Herrn Potthoff im Rahmen der Unternehmenskultur einen Kaffee kochen - nicht „der Herr Wiemann", weil er ein dummer Trottel ist. Es ist auch niemals „der Herr Wiemann", der einen von einem Kunden gesetzten Abgabetermin nicht einhalten kann. Nein, ganz und gar nicht! - „Wir" sind es, die folgendes zu diesem Termin „unmöglich schaffen können." Das wird „uns unmöglich sein." Dazu müssen das „Wir" und das

„Uns" nicht einmal die Firma verlassen: Selbst „Sau" oder dem „großen Chef" erzählt Herr Wiemann vom „Wir", um ihnen an seinem eigenen Versagen Beteiligung zu suggerieren. Wie viele seiner Anstrengungen leider meist vergeblich und ohne Erfolg, denn das Mitleid oder gar die Solidarität für nicht erbrachte Leistungen des Herrn Wiemann hält sich seitens der Geschäftsleitung in sehr engen Grenzen.

Abgesehen davon, daß ihm nicht gestattet wird, große Reden zu schwingen, sieht Herr Wiemann sich ebenfalls, was die freie Entfaltung seiner enormen „Kreativität" betrifft, die Flügel gestutzt, wenn nicht gar täglich von neuem während der Arbeitszeit ausgerissen. Die erfinderische Schaffensfreude, die er so gern an den Tag legen würde, ist nicht nur nicht gefragt, sondern wird von allen Seiten hemmungslos unterdrückt. Da Herr Wiemann sich mit seinen zahlreichen Begabungen für sträflich unterschätzt hält, versucht er zumindest sich selbst - wie möglichst allen, die bereit sind, dies zur Kenntnis zu nehmen - zu beweisen, welche ungeahnten und ungeförderten Talente in ihm schlummern: Zu diesem Zweck entwirft er zum Beispiel Arbeitszettel für die Kollegen, die deren Leistungsqualität nicht nur sichern, sondern zugleich archivierbar machen und somit allzeit abrufbereit dokumentieren sollen. Auf Freude oder Dankbarkeit stößt er damit nie, weil natürlich niemand daran interessiert ist, daß Arbeitsabläufe in der Firma nachvollzogen werden und damit sowohl die Fehlerquellen als auch der für das Mißlingen Verantwortliche ermittelt, durch die schriftliche Dokumentation hieb- und stichfest zugeordnet und zur Verantwortung gezogen werden können. Selbst seine noch so ausgefallene und einfallsreiche graphische Ausgestaltung erzeugt dabei nicht die Bewunderung, die er sich für seine Leistung ersehnt und glaubt verdient zu haben. Das Gegenteil ist der Fall. Statt in den Genuß von Achtung und Respekt zu kommen, handelt der Programmierer sich nichts als Rügen ein und schafft sich beständig mehr Feinde, als er ohnehin schon hat. Selbst der „kleine Chef", dem derartige Verbesserungsvorschläge zur Steigerung der Effizienz seiner Angestellten doch entgegenkommen müßten, hatte beim ersten von Herrn Wiemann stolz präsentierten schön gestalteten Arbeitszettel nichts weiter zu tun, als geringschätzig zu bemerken, daß „der Herr Programmierer" offensichtlich mit seiner eigentlichen Arbeit nicht ausgelastet sei, wobei Herrn Wiemanns zweiter Versuch, mit einem weiter optimierten Arbeitszettel Eindruck zu schinden, schließlich die rüde Frage provozierte: „Haben Sie sonst nichts zu tun?", am Ende sogar die drohende Bemerkung: „Dann müssen wir da wohl mal für Abhilfe sorgen und Ihnen ein bißchen richtige Arbeit beschaffen." Und endlich, kopfschüttelnd, während der „kleine Chef" bereits im Begriff war, Herrn Wiemanns Büro zu verlassen, ein ungläubiges, beleidigendes: „Wofür werden Sie hier bei uns eigentlich bezahlt?" Aus ebendiesem Grunde hat Herr Wiemann seine Verbesserungsvorschläge vorerst bis auf weiteres eingestellt. Wiederum ist er sehr enttäuscht, daß niemand die Bereicherung, die er der Firma bieten kann, erkennt und deshalb auch anzuerkennen nicht bereit und in der Lage zu sein scheint. Als sei die Optimierung der leider nur unvollständig vorhandenen Dokumentation in der Firma durch den von Herrn Wiemann entworfenen Arbeitszettel keine „richtige Arbeit"!

Aber wirklich endgültig entmutigen läßt sich Herr Wiemann in bezug auf seine guten Ideen niemals ganz, denn dazu ist er viel zu hartnäckig und penetrant. Wenn er doch einmal im Jahr einen längeren Urlaub in Anspruch nimmt, verzichtet er nicht darauf, selbst dann noch im Dienste der Firma aktiv und kreativ zu sein. Das ist er seiner positiven und offensiven Denke schuldig. Weil der Programmierer seinen Urlaub zumeist ohnehin daheim verbringt, wo er sich immer irgendwo in Haus und Garten nützlich machen kann, und damit gleichzeitig die Möglichkeit offenläßt, wenn wirklich mal „Not am Mann" sein sollte, jederzeit auf Abruf der Firma zur Verfügung stehen zu können und so doch vielleicht noch über Nacht dort zum Helden zu werden, hat er viel Zeit, in seinem Zimmer Radio zu hören. Nach bereits zwei Tagen Freizeit sehnt Herr Wiemann sich nach den immer gleichen, fest vorgegebenen Tagesabläufen des Arbeitslebens zurück und vermißt es, niemandes Knecht sein zu dürfen. Dies jedoch, ohne es sich selbst eingestehen zu wollen, denn natürlich hält er sich nach wie vor für einen großen Freigeist. Dadurch, daß er im Urlaub denselben Sender hört wie die Mehrzahl der „Damen" bei der Arbeit, fühlt er sich im Geiste mit der Firma verbunden und ist sicher, daß irgend jemand dort an ihn denkt. Für den kommenden Urlaub hat er sich bereits etwas ganz Feines ausgedacht: Zwei Fliegen wird er mit einer Klappe schlagen, indem er zum einen „seinen Damen" beweisen wird, daß der Herr Wiemann sie sogar während des wohlverdienten Urlaubs nicht vergißt - Stichwort „Unternehmenskultur" -, und der Geschäftsleitung wird er endgültig zeigen, was für ein kreativer Kopf er wirklich ist, indem er kostenlos und unkonventionell für sie wirbt! Der überaus pfiffige Wiemann wird nämlich beim Sender anrufen, um bei ebendiesem in seinem Namen eine witzige Grußadresse an die lieben Kolleginnen in der Firma, die gerade Radio hören, ausrichten zu lassen und gleichzeitig dadurch Gutes tun, daß eventuell durch diese einfallsreiche Werbung, bei der der Name der Firma laut und für alle hörbar über den Äther durch die ganze Stadt schallen soll, Wiemanns Brotgeber große Umsatzsteigerungen wird verbuchen können. Herr Wiemann, der ganz neue, unkonventionelle Wege für Werbung und Akquise einschlägt, in Vorreiterrolle Dinge tut, die andere bisher nicht einmal angedacht haben! So gefällt er sich! Er kann es gar nicht erwarten, daß der nächste Urlaub beginnt und er endlich zur Tat schreiten darf!

Immer wieder kommt es zu harten Rückschlägen im Wiemannschen Arbeitsleben. Die Euphorie, die ihn zu neuen Glanzleistungen anspornt, gönnt man dem Programmierer meist für nur sehr begrenzte Dauer.

Oft nämlich ist Herr Wiemann sensibel genug, wahrzunehmen, daß, wenn er wirklich mal das ersehnte Lob für eine gelungene Leistung erhält, selbst dies noch herablassend und beleidigend für ihn ausfällt. Das höchste, das ihm bis jetzt an Anerkennung zuteil geworden ist, war ein „Das ist aber lieb von Ihnen!" des „kleinen Chefs", und selbst das nur für des Angestellten freiwilliges Angebot, wie immer das angelieferte Kopierpapier zu stapeln. „Lieb von Ihnen!" Klingt so ein aufrichtiges Wort der Anerkennung für einen erwachsenen Mann im Arbeitsleben? Das mag selbst Herr Wiemann nicht glauben. Mit solch wohlwollender Herablassung loben Eltern ihre Kinder dafür, daß diese ihr Zimmer ordentlich aufgeräumt haben. Oder vermag sich irgend jemand vorzustellen, der „kleine Chef" würde sich beim Vorstandsvorsitzenden eines großen Kunden dafür, daß er der Firma einen Folgeauftrag in Aussicht stellt, mit einem „Das ist aber lieb von Ihnen!" bedanken? Wohl kaum! Deshalb muß Herr Wiemann die so formulierte Dankbarkeit wiederum als Verächtlichmachung seiner Person interpretieren, und auch bei jeder überheblich formulierten Bitte an ihn, die mit „Würden Sie wohl so lieb sein, . . .?" eingeleitet wird, reagiert Kollege Wiemanns sonst recht resistenter Körper mit einer Gänsehaut, und er muß sich auf die Lippen beißen, um nicht laut zu bemerken, daß er sowohl erwachsen als auch berufstätig ist.

Einmal im Jahr aber genießt Herr Wiemann ein besonderes Privileg, um das ihn dennoch keine der Schreibkräfte beneidet: Nach langanhaltendem Betteln und mühseligem Erklären vermeintlicher Notwendigkeit hat er der Geschäftsleitung die Zusage abgerungen, alljährlich zur internationalen Computermesse in einer anderen Stadt fahren zu dürfen. Dies alles, ohne dafür auch nur einen einzigen Tag Urlaub nehmen zu müssen. Dabei geht es selbstredend nicht darum, daß es Herrn Wiemann wichtig wäre, seinen Urlaub zu sparen (dem ist fürwahr nicht so, denn aus vermeintlicher Bescheidenheit nimmt er sich sogar für Arzttermine Urlaub, selbst Fieber hält einen treuen Mitarbeiter wie Herrn Wiemann nicht von seinem Schreibtisch fern, denn öffentlichkeitswirksam bietet sich so Gelegenheit, stündlich mit dem Thermometer im Mund zu überprüfen, ob die Temperatur wieder gestiegen ist, um dies allen märtyrerhaft mitzuteilen, und im letzten Jahr kam er nach seiner Operation am Hodensack mit größten Schmerzen beim Sitzen und Gehen und trotz Krankenscheins zur Arbeit), sondern wichtig ist vielmehr, daß der Tag Freistellung von der Arbeit sein ganzes Vorhaben wie eine Dienstreise aussehen läßt und so nach eigener Wahrnehmung seine Bedeutung in den Augen der Mitarbeiter erhöht. Weiter, als ihm einen Arbeitstag zu erlassen, geht das Entgegenkommen der Firma allerdings nicht. Die Fahrtkosten sowie die Kosten für die Eintrittskarte, die er zum Beweis dafür, daß er tatsächlich dort war und sich nicht auf Firmenkosten einen schönen Tag zu Hause gemacht hat, nachträglich „Sau" vorlegen muß, trägt Herr Wiemann allein. Die Firma stört Herrn Wiemanns kleiner Ausflug nicht, solange er sie nicht wirklich etwas kostet. Nicht zuletzt bringt der Programmierer von der Messe schließlich ein paar brauchbare Kataloge und Informationen mit, die dem Unternehmen Anstöße zur Verbesserung und effizienteren Handhabung oder Steuerung seines Datenverarbeitungssystems geben können, und außerdem gibt Herrn Wiemanns Tagesausflug dem „großen Chef" Gelegenheit, sich hin und wieder dessen zu rühmen, daß er den Mitarbeitern durchaus die Möglichkeit biete, ihr Wissen auf dem aktuellsten Stand der Technik zu halten. Das macht sich in der Öffentlichkeit und sogar bei der Konkurrenz gut, und daß es für die Firma nicht mit Kosten verbunden ist, ist natürlich das Beste daran. Da Herr Wiemann gewiß nicht sein Geld auf der Straße zu finden gewohnt ist, versucht er jedes Mal mit Erfolg, zur Computermesse ein ermäßigtes Eintrittsticket zu erlangen. Zu diesem Zweck ruft er vorher beim Veranstalter mit untertäniger, aber doch entschieden-geschäftlicher Stimme an, meldet sich mit dem Firmennamen und säuselt, sich als seinen eigenen „nachgeordneten" Mitarbeiter ausgebend: „Wir würden gern unseren Abteilungsleiter Informationstechnologie, unseren Herrn Wiemann, zu Ihrer Messe schicken. Gäbe es aufgrund des bekannten Namens unserer Firma wohl eine preisliche Ermäßigung für die Eintrittskarte?" Zumeist kommt Herr Wiemann so zum ersehnten Ziel. Nach solchen Anrufen fühlt er sich gleich immer viel besser als zuvor. In Gedanken kann er sich im nachhinein noch einige Stunden mit dem Telefongespräch beschäftigen und darüber phantasieren, wie er, Herr Wiemann, tatsächlich über ihm „nachgeordnete" Mitarbeiter verfügt und bestimmt. Wie herrlich wäre es, wenn er derart bedeutend wäre, daß er einen seiner zahlreichen „nachgeordneten" Mitarbeiter beim Messeveranstalter anrufen lassen könnte, der darum bitten müßte, daß man „unseren Herrn Wiemann" bitte pünktlich vom Flughafen abholen und doch dabei dann bitte darauf achten möge, daß sich in dem für ihn ausgerollten roten Teppich auch keine einzige Falte mehr befinde! Ach, wäre das schön! Nur allzu häufig versinkt Herr Wiemann in Tagträumen von seiner eigenen unvorstellbaren Größe und vergißt darüber die unerledigte Arbeit ebenso wie die endlos erlittenen Demütigungen. Wenn er über die ganzen erfundenen Wunderfunktionen nachdenkt, von denen er bei anderen Firmen schon erzählt hat, daß er sie innehat, gerät Herr Wiemann über sich selbst ins Schwärmen.

Überhaupt träumt der Programmierer davon, eines Tages durch irgendeinen glücklichen Zufall zum Helden zu werden. Der permanente Gedanke daran erleichtert und versüßt ihm sein manchmal schweres Leben. In seinen kühnen Träumen stellt er sich vor, wie er - durch ein bisher unvorhersehbares und unvorstellbares Geschehen, das er nicht weiter zu konkretisieren vermag - die Firma rettet und als Retter dieser vor dem Ruin, von allen bewundert, geliebt und geachtet wird. Daß der „große Chef" Herrn Wiemann persönlich vor allen Kollegen für seine große Tat, deren Natur ihm jetzt selbst, weil seine Phantasie dazu nicht genügt, noch unklar und verschwommen ist, lobt, belohnt und auszeichnet.

Oder Herr Wiemann wünscht sich, daß der Firma etwas undenkbar Gräßliches geschehen möge, daß sie vielleicht von außen bedroht würde und ein Krisenstab gegründet werden müßte und aus irgendwelchen Gründen, die er nicht näher benennen kann, der Programmierer Hans-Walter Wiemann zum Leiter des Krisenstabes ernannt würde. Oh, wie stolz Herr Wiemann sich das alles vorstellt, wie er von einer Minute zur anderen ungeahnte Bedeutung für die Firma erlangte und plötzlich seinem nichtstuerischen, ineffizienten Dasein dort dadurch Sinn eingehaucht würde, daß er Aktivitäten, für die er beachtet würde und für die man ihm Aufmerksamkeit schenken müßte, ungehemmt entwickeln dürfte. Wie er den Bildschirm seines Computers statt zum tagtäglichen Kartenspiel nutzen würde, um als Leiter des Krisenstabes verbrecherische Erpresserbriefe zum Wohle seiner Firma zu beantworten! Weil es aufgrund der marktwirtschaftlich nicht genügenden Bedeutung des Unternehmens unwahrscheinlich ist, daß Außenstehende ausgerechnet dieses um große Geldbeträge zu erpressen versuchen würden, hat Herr Wiemann schon so manches Mal in Gedanken selbst Erpresserbriefe formuliert, die er seiner Firma anonym schicken und dann - als Wiemann, der Firmenretter -, mal einschüchternd-drohend, mal diplomatisch-versöhnlerisch, immer jedoch taktisch klug und zur vollsten Zufriedenheit aller Beteiligten außer dem vermeintlichen Verbrecher, beantworten würde. Aus Angst vor Entlarvung würde er es selbstverständlich nie wagen, fingierte Erpresserbriefe zu verfassen und tatsächlich abzuschicken. Es wäre natürlich zu wunderbar, wenn wirklich mal ein echter ankäme und alles nach Wiemannschen Wünschen verlaufen würde. Aber da wird er wohl lange noch vergebens warten müssen.
Wenn es doch möglichst bald schon dazu käme, daß Herr Wiemann sich beweisen könnte!

Von Zeit zu Zeit geschieht es, daß Herr Wiemann, der aufgrund seiner Tätigkeit als Programmierer des Unternehmens im Adressenverteiler vieler Firmen, die Programme oder sonstigen Rechnerbedarf verkaufen, gespeichert ist, von den zahlreichen Konkurrenten auf dem umkämpften Computermarkt, die ihre zahllosen Produkte loswerden wollen, Werbung bekommt. Wann immer es ihm dann gelingt, sich beim „kleinen Chef" die Erlaubnis zu erbetteln, an einer Werbeveranstaltung, in der eine neue Software vorgestellt werden soll und die während der Arbeitszeit stattfindet, teilzunehmen, erzählt er den Kollegen, er besuche ein „Seminar". Auch dies soll den Eindruck erwecken, die Weiterbildung und Schulung des Herrn Wiemann sei der Firma etwas wert, und es bestehe seinerseits deswegen ernsthafte und berechtigte Aussicht auf eine Karriere. Leider bleibt meist nicht geheim, daß es sich stets bloß um kostenlose Werbeveranstaltungen handelt, denn schließlich öffnen die „Jungsekretärinnen" in der Zentrale, in der sechsten Etage, jede Post, bevor sie überhaupt in Herrn Wiemanns Hände gerät und sind immer nur allzugern bereit, die traurigen Tatsachen zu verbreiten, um den Kollegen Hohn und Spott, insbesondere seitens der „Damen", auszusetzen. Der „kleine Chef" sieht die Prahlerei des Herrn Wiemann ganz gelassen und meint gutmütig, daß es bei jeder Werbeveranstaltung, an der der Programmierer teilnehme, gewiß Kaffee und Brötchen kostenlos gebe, was dem kläglichen Kerl ruhig zu gönnen sei. Schließlich weiß der „kleine Chef" selbst am besten, daß Herr Wiemann in der Firma nie „Karriere" machen wird. Warum sollte er dann dem armen Esel den Spaß nicht gönnen?

Das eigentliche Problem, das sich aus den vermeintlichen „Seminaren", an welchen Herrn Wiemann teilzunehmen bisweilen gestattet wird, ergibt, ist, daß er danach stets mit größenwahnsinnigen Ideen in die Firma zurückkehrt. Würde ebendieses seinen Rücklauf bis zur Geschäftsleitung finden, dürfte der Programmierer sicher niemals wieder auch nur an der erbärmlichsten Werbeveranstaltung teilnehmen, aber selbst die Chefin des Berichtsdienstes ist gutmütig genug, die Star-Allüren des Kollegen Wiemann nicht an die Managementebene weiterzuleiten, weil sie manchmal fest an Effizienzsteigerung durch Mitarbeiter-motivation glaubt. Immer wenn Herr Wiemann nämlich von einer solchen Verkaufsveranstaltung zu seinem Büro-sessel zurückkkehrt, meint er, die „Tippsen", die eben nicht bedeutend genug waren, für eine solche „Schulung" von ihrer Arbeit freigestellt zu werden, belehren und unter-richten zu müssen. Wichtigtuerisch bittet er stets seine di-rekte Vorgesetzte - weiter wagt er nicht in der Hierarchie zu gehen -, das „Gelernte" in einer „Präsentation" (wie die Außendienstler, denen er so gern gliche, Präsentationen halten, mit Folien, die die „Erbsen" nach seinen Vorgaben erstellen müßten) darstellen zu dürfen, zur allgemeinen Verbesserung und Qualifizierung, zur Schulung und Wei-terbildung der „Damen". Direkt abgewiesen wird er mit seinen Vorschlägen nie, es wird aber davon auch nichts umgesetzt. In den Abendstunden, zu Hause, wenn Herr Wiemann von seiner „Karriere" träumt, bereitet er die „Schulungsunterlagen" vor, die seine Stellung in der Fir-ma, dadurch, daß er die „Tippsen" schult, seiner festen Überzeugung nach verbessern werden. Schließlich gibt er alles, was er sich ausgedacht und zu Papier gebracht hat, zwecks Prüfung und Genehmigung an seine Vorgesetzte weiter, bei der es dann in der Schreibtischschublade zu-nächst gut aufgehoben ist, bis es entweder im Schredder landet oder - sollte wirklich etwas damit anzufangen sein - tatsächlich von den „Damen" getippt und dann als Schu-lungs- und Verbesserungsvorschläge der Chefin selbst von ebendieser eines Tages vorgetragen wird. Ganz ohne Lob oder auch nur Erwähnung des Erstellers. Von diesem wird erwartet, daß er artig den Mund hält, was er brav befolgt, ohne daß es mahnend ausgesprochen werden müßte. Ohne sich dessen wirklich immer gewahr zu sein, weiß fast jeder im Unternehmen, wie der Hase läuft und wann Schweigen geboten ist. Zugegebenermaßen ist Herr Wiemann stets sehr enttäuscht, daß niemals ein wenig Ruhm für ihn ab-fällt. Dennoch verläßt ihn die Hoffnung auf eine Karriere in dieser Firma nicht. Glaube, Hoffnung und Zuversicht sind, was ihn lenkt und bestimmt. Herr Wiemann, kleiner

Leute Kind, hat trotz allem eine ordentliche Erziehung genossen.

Einmal hat Herr Wiemann tatsächlich an einer Schulung teilnehmen dürfen, die als solche bezeichnet war und der selbst seine Spötter und Feinde diesen Titel nicht abgesprochen hätten. Als es Vorschrift wurde, in Unternehmen unter den festangestellten Mitarbeitern Ersthelfer vorweisen zu können und es die Firma brennend drängte, diesen Anforderungen gerecht zu werden, suchte man händeringend nach Freiwilligen. Diese fanden sich zwar sehr schnell, bloß wurden, als man bekanntgab, daß die Ausbildungsveranstaltungen nicht während der Arbeitszeit, sondern am Wochenende stattfinden und weder mit Geld noch mit Zeitausgleich belohnt werden würden, von allen Seiten die spontanen Angebote zur Teilnahme umgehend wieder zurückgezogen. Wäre nicht der eifrige Herr Wiemann, der gern in seiner Freizeit an jeder „Fortbildung", sei es auch eine zum Ersthelfer, teilnehmen wollte, gewesen, hätte man jemanden dazu bestimmen müssen. Dies war einer der seltenen Anlässe, zu denen die Kollegen Herrn Wiemanns emsigen Einsatz erstmals zu schätzen wußten, blieb ihnen selbst dadurch doch eine unangenehme Aufgabe erspart. Als der Programmierer schließlich vom Ersthelfer-Lehrgang zurückkam, konnte er mit Stolz berichten (und weil außer ihm niemand dabeigewesen war, vermochte dies keiner nachzuprüfen, wenngleich zugegeben werden muß, daß es niemanden ernsthaft interesssiert hätte), die Ausbilder hätten seine besondere Begabung sofort erkannt und ihm deshalb angeboten, eine „Weiterbildung" zum Rettungssanitäter anzuschließen. Weil diese „Zusatzqualifikation" jedoch für die Firma nicht relevant ist, wird Herr Wiemann nicht Rettungssanitäter werden. Nachdem eine Woche seit Herrn Wiemanns Kursteilnahme vergangen war und jeder, der dessen Büro betrat, das unter Glas gelegte, an der Wand aufgehängte Zertifikat zum Ersthelfer hatte bewundern können, hielt der Programmierer, nun gleichzeitig Ersthelfer, es für notwendig, sich bei der „obersten Leitung" darüber zu beklagen, daß seine erfolgreiche Teilnahme am „Ersthelfer-Seminar" noch nicht per internem Rundschreiben an alle Mitarbeiter und Mitarbeiterinnen verkündet worden sei, um von seiner freiwillig zugunsten der Firma erworbenen Zusatzqualifikation zu berichten. Es versteht sich fast von selbst, daß „Sau" für diesen Wunsch nicht einmal ein höhnisches Lachen aufwenden mochte. Vielleicht wird sie beim nächsten Mal, wenn sie die Paßworte für die einzelnen Computer der Firma festlegt, Herrn Wiemann mit einem maliziösen Geschenk berücksichtigen, das auf seine Ersthelfer-Ausbildung Bezug nimmt. Dann wird sie ihn jedes Mal, wenn er seinen Rechner anschaltet, „HILFMIR" eintippen lassen oder ihm durch irgendeine andere lächerliche Wortschöpfung Zugriff auf seine Daten zu ermöglichen. Das wäre fürwahr genug Belohnung für seine freiwillige Leistung, würde er doch damit sein ihm erst vor kurzem von „Sau" zugewiesenes beleidigendes Paßwort „OPPORTUNIST" los.

Es gibt Tage, an denen sich Herr Potthoff auf Dienstreise befindet und Herrn Wiemann keinen Grund hat, zum Kaffeeservieren das eigene Büro zu verlassen, Tage, an denen niemand anruft oder ihn besuchen kommt, Tage, an denen sich für keinen die Notwendigkeit ergibt, den Büroflügel aufzusuchen, in welchem Herr Wiemann untergebracht ist, und wenn es sich dazu noch unglücklich ergibt, daß tatsächlich gar nichts zu tun ist, der Programmierer nacheinander alle seine Bekannten für ein privates Schwätzchen angerufen hat, so daß keiner zum dumm Vollquatschen mehr übrigbleibt, und ihm alle seine „kreativen" Ideen ausgegangen sind, beginnt er oft, sich einsam zu fühlen. Dann schlägt er die Zeit mit einem Kartenspiel tot, das auf seinem Computer - ebenso wie auf allen anderen auch - installiert ist. Während die „Damen" das Spiel auf einem farblich neutralen Bildschirm sehen und unauffällig spielen können, wirkt es diesmal gegen Herrn Wiemann, daß in seinem Computer eine Farbkarte steckt, die die Karten, die zum Legen nebeneinander angeordnet sind, bunt auf einem giftgrünen Hintergrund erscheinen läßt.

Immer wenn Herr Wiemann Karten spielt, spielt die Angst mit, bei diesem geistlosen Zeitvertreib erwischt zu werden. Und das ist natürlich das Letzte, wobei er sich ertappen lassen will: Dabei, wie eine dämliche Tippse, die erstens nichts zu tun hat und zweitens nichts mit sich anzufangen weiß, sich einen ganzen langweiligen Tag mit einem simplen Kartenlegespiel zu vertreiben. Herr Wiemann weiß, daß, will er „Karriere" machen, stets Arbeit und permanente Beschäftigung vorzutäuschen sind, selbst wenn zum Verrecken nichts zu tun anliegt. Solange aber Herr Wiemann vor seinem Computer sitzt und die dazugehörige Maus ab und an bewegt, wird ihm niemand unterstellen, daß er nicht ernsthaft arbeite. Jedes Mal wenn er jedoch hört, daß sich die Glastür zu seinem Büroflügel öffnet, läßt er das zerstreuende Spiel schnell und hektisch per Mausklick verschwinden. Dabei bildet sich Angstschweiß, Herr Wiemann fängt unwillkürlich an zu riechen, wie immer, wenn er sich anstrengt oder unter seelischem Streß steht. Es ist auch für ihn traurig, wenn er an manchen Tagen nichts anderes tut, als sich mit dem dummen Spiel zu beschäftigen. Die stupide Ausdauer, mit der er tagelang am Bildschirm Karten legt, beeindruckt Herrn Wiemann inzwischen selbst. Nur zu gern installierte er ein „anspruchsvolleres" Spiel als das firmeneigene für diese Tage der großen Einsamkeit. Aber dazu, das zu tun, hat er nicht den Mut.

Ein anderer häufiger Zeitvertreib ist das Studieren der Kontaktanzeigen in einer der kostenlosen Wochenzeitungen, die unten am Fahrstuhl liegen und von denen Herr Wiemann sich regelmäßig eine mit nach oben in sein Büro nimmt. Zumeist liest er die Blättchen bloß, eben weil sie umsonst sind und zum Mitnehmen einladend herumliegen, und oft bedeuten sie ihm nicht mehr als ein paar Minuten Kurzweil an einem langen Arbeitstag. Manchmal widerfährt es aber selbst Herrn Wiemann, daß er ernsthaft „traurig" ist, weil ihn die Meinung plagt, seine Freundin behandele ihn schlecht und wisse den Wert seiner Liebe nicht wirklich zu schätzen. An solchen Tagen dienen ihm die Kontaktanzeigen zum Testen seines „Marktwertes". Mit anderen Worten bedeutet dies, daß er eine ihm als besonders geglückt scheinende Anzeige durch intensives Suchen ermittelt und beschließt, darauf zu reagieren. Das natürlich *originell, witzig-spritzig-einfallsreich,* ganz so, *wie es ja seine Art ist.* Dazu gehören neben einem selbstgewissen Anschreiben auch gelungene Einfälle, wie zum Beispiel als Anlage ein auf einem Farbkopierer zum Poster vergrößertes Urlaubsphoto (Herr Wiemann, fettleibig, am Strand, mit Ausnahme einer knappen Badehose - die der Betrachter beinahe nur erahnen kann, weil der darüber hängende Bauch bloß noch einen Fetzen Stoff freigibt - unbekleidet), das nicht zuletzt aufgrund seiner Größe als Poster, der Gewitzte versteht diesen Scherz natürlich, ohne daß er erklärt werden muß, mit dem kolossal lustigen, doppeldeutigen Kommentar „Ich bin großartig!" versehen ist. Bei besonders „pikanten" Anzeigen, zum Beispiel, wenn eine Frau darin ihre Vorliebe für haarige Männerbrüste bekennt, läßt Herr Wiemann sich nicht lumpen und zieht in einer unbeobachteten Minute schnell das Hemd aus, legt den fettigen korpulenten Oberkörper auf das Photokopiergerät und fertigt so eine Kopie seiner behaarten Brust, die er der „Bewerbung" beilegt. Bislang hat er es mit seinen Briefaktionen nicht einmal dazu gebracht, eine Antwort zu erhalten - aber das ist insofern nicht von Belang, als seine Freundin schließlich doch immer wieder zu ihm zurückfindet. Schließlich wiegt der Spaß, den der Programmierer daran findet, während der Arbeitszeit „seinen Geist sprühen zu lassen" und „Liebesbriefe" zu entwerfen, die kleine Enttäuschung, daß sich trotz des betriebenen Aufwandes daraus nie ein „Date" ergibt, fast wieder auf. Außerdem ist zu dem Zeitpunkt, zu welchem realistisch mit einer Antwort gerechnet werden könnte, ohnehin zumeist mit der Freundin wieder alles im Lot, so daß Herr Wiemann, wenn er seinen Brief nicht ganz verdrängt, sich selbst vorspiegelt, er habe „es ja sowieso nicht ernst gemeint", und das Ganze sei nur aus gepflegter Langeweile und zum reinen Zeitvertreib geschehen.

Wenn Herr Wiemann wirklich „Streß mit seinem Schatz" hat, fährt er ganz gern mal in die Firma, um dort einen Samstag oder Sonntag im Büro zu verbringen. Ist die Stimmung gleich über mehrere Tage mies, bleibt er abends immer länger, weil es ihm davor graust, nach Hause zu fahren. Dort fiele ihm die Decke auf den Kopf, weil er nicht wüßte, wie er sich in schlechter Stimmung und ohne Gesellschaft beschäftigen sollte. Des weiteren sorgt der Programmierer sich, daß ihn dann das Laster einholt, und er vor Gram drei Flaschen Wein einsam vor dem Fernseher leeren wird, um sich dennoch am nächsten Morgen, mit Restalkohol im Blut, ans Steuer zu setzen und mit schwersten Kopfschmerzen einen nicht enden wollenden Bürotag auf seinen Bildschirm zu starren. Aber noch nie hat Herr Wiemann sich zu solchen Anlässen einen Tag Urlaub genommen, denn gern läßt er Kollegen an Liebesleid und Liebesfreud Anteil nehmen, und um Verständnis und Bestätigung heischend, daß er solch schlechte Behandlung nicht verdient habe, erzählt Kollege Wiemann gern ausführlich von den gerade aktuellen Problemen mit seiner Freundin, auf die in guten Zeiten mit „Schatz" und in melancholischen mit „meine Lebensabschnittsgefährtin" Bezug genommen wird. Wenn ihm „Unrecht getan" wurde, zieht Herr Wiemann es meist tatsächlich vor, seine Freizeit im Büro zu verbringen. Zum einen ist er sich über seine Suchtgefährdung im klaren, zum anderen weiß er mit sich allein nichts anzufangen, und daheim könnte er seine Zeit nicht besser als im Büro totschlagen. Außerdem soll seine Mutti nicht merken, wenn Unfriede herrscht und der Beziehungssegen mal wieder schief hängt. Auf der ganzen Linie will Herr Wiemann bei seinen Eltern, die es - im Gegensatz zu ihm selbst - „zu nichts gebracht haben", als erfolgreich gelten, und dazu gehört nicht nur seine berufliche „Karriere", sondern ebenso sehr eine harmonische Partnerschaft mit seiner Liebsten, die er um jeden Preis vortäuschen möchte. Verbringt er wirklich aufgrund einiger unschöner Dissonanzen mit der „Lebensabschnittsgefährtin" wieder auffällig viel Zeit im Büro, erzählt er seinen Eltern, er habe einen dringenden arbeitstechnischen Termin einzuhalten, wodurch er gleichzeitig der Familie seine immense Bedeutung für die Firma zu beweisen glaubt. Statt vor dem elterlichen oder auch eigenen Fernseher, sitzt dann Herr Wiemann ungemütlich an seinem Schreibtisch, bedauert sich, ruft auf Firmenkosten - denn am Wochenende ist selten jemand da, der ihn kontrollieren könnte - zahlreiche Bekannte nah und fern an, um diese von seinen Problemen zu unterrichten, spielt am Computer Solitär, trinkt ein bis zwei Kannen kostenlosen Kaffees, raucht und blickt „sinnierend" aus dem Fenster, sich grämend, wie langweilig und trostlos doch sein Leben sei. Im Sommer stellt er sich gemütlich rauchend auf den Balkon und ersehnt sich beim Blick auf den Parkplatz aufregende Zerstreuung. Das großartigste, was geschieht, ist aber höchstens ein sich im Auto unbeobachtet fühlendes knutschendes Pärchen, das er zwar stundenlang betrachten kann, was aber seinen eigenen Liebeskummer leider nur noch erhöht.

Nur Alkohol darf er nicht trinken, wenn er am Abend schließlich mit dem Auto nach Hause fahren möchte. Das ist gut, weil Herr Wiemann sich deshalb zusammenreißen muß. Es gelingt ihm aber nicht immer, und wenn er doch etwas getrunken hat, bleibt er manchmal über Nacht in der Firma, wobei er versucht, mit dem Kopf auf der Schreibtischplatte einzuschlafen, und wenn er am nächsten Morgen, einem Montag, ungewaschen, unrasiert und mit übel riechender, zerdrückter Kleidung die Kollegen begrüßt, kann er immerhin behaupten, er habe wieder die Nacht in der Firma verbracht, um zu arbeiten - „Nachtschicht! Nachtschicht! Nachtschicht!" heißt diese Version unseres fleißigen Märtyrers. Die Zeit, die er außerhalb der regulären Arbeitszeit in der Firma verweilt, schreibt er sich immer als Überstunden in einem komplizierten Zeiterfassungssystem auf, das er in tagelanger Arbeit für sich allein auf seinem Computer entworfen hat. Zwar interessiert sich niemand für die vermeintlichen Überstunden, aber Herr Wiemann fühlt sich gut dabei, wenn er am Ende des Monats wieder von sich behaupten kann, fünfzehn Stunden mehr als erforderlich in seinem Büro gesessen zu haben, und wenngleich es wirklich keiner hören will, kann er es doch täglich laut herausplappern und sich selbst damit glauben machen, besonders „fleißig" gewesen zu sein.

Alljährlich findet ein Betriebsausflug statt. Weil die Firma Kosten sparen will, wird den gesamten Tag gearbeitet, und erst am späten - immer Freitagnachmittag beziehungsweise frühen -abend, in jedem Fall allerdings nach regulärem Dienstschluß - geht`s los. Dafür dürfen dann aber auch Ehepartner, Lebensgefährten und selbst kleine Kinder, wenn jemand welche hat, mitgebracht werden. Der Ausflug gestaltet sich jedes Jahr gleich, nur wird, wie die Angestellten mäkelig behaupten, das Buffet von Jahr zu Jahr weniger opulent. Ein örtliches Ziel gibt es niemals: Es wird von der Firma ein Ausflugsdampfer gemietet, der vier Stunden auf dem Fluß herumfährt - einmal hinauf, einmal hinab - all dies, ohne irgendwo anzulegen. Das Ziel der „Nachgeordneten" ist, zum Schaden der Firma soviel zu essen und zu trinken wie eben möglich, gerade weil es für die Teilnehmer kostenlos ist. Der Freund der Schreibkraft Seiler kann sich gar nicht beruhigen darüber, daß diese Veranstaltung den Chef seiner Freundin wieder nicht richtig bluten lassen wird, denn er ist sicher, daß dieser all dies „von der Steuer absetzen kann". Nicht müde wird er, es auch dem letzten wieder und wieder laut zu erklären und dazu aufzufordern: „Leute, langt zu, euer Chef setzt das sowieso alles von der Steuer ab". Nachdem sie es oft genug gehört haben, sind die den unteren Kasten Zugehörigen ehrgeizig bestrebt, heute umsonst zu fressen und zu saufen, bis sie platzen. Frau Seilers Freund beginnt bereits bevor er irgend etwas getrunken hat, alle zu duzen. Einige versuchen, ihn diskret zu ignorieren. Er steht auf dem Standpunkt, daß „die da oben" schließlich nicht „mehr wert" seien als er. Als vor dem Essen Sekt angeboten wird, erkennt er sehr schnell, daß einige der Anwesenden sich wohl für „was Besseres" halten, denn manche genießen den Schaumwein. Jene, welche „diese Pißbrause schlürfen", meinten wohl, dies sei feines Benehmen, stellt Frau Seilers Begleiter fest. Obwohl es natürlich unmöglich sein könne, daß ihnen die „Pißbrause" wirklich schmeckt. Hierbei geht hauptsächlich darum, das Wort „Pißbrause" für den teuren Sekt so häufig wie möglich in den Mund zu nehmen, damit alle verstehen, daß Frau Seilers unbestechlicher Freund sich von solcherlei keinesfalls beeindrucken läßt. Lauthals pöbelt er den Kellner an, ob er überhaupt etwas anderes als diese „Pißbrause" servieren könne, am liebsten ein kühles Pils. Aber mal dalli, dalli, hopp, hopp. Er genießt es sehr, heute befehlen zu dürfen, weil er sonst immer nur gehorchen muß. Als er das Pils bekommt, ist sein Sekt vom Tisch geräumt, endlich kann er schlürfend kundtun, daß ein anständiges Pils doch noch immer etwas besseres sei als eine derartige „Pißbrause", und damit hat das Wort endlich ausgedient. Seiner Freundin ist dieses Verhalten ebensowenig peinlich wie die weiteren spaßigen Bemerkungen, die er von sich gibt. Erstens hat längst nicht jede überhaupt einen Freund mitbringen können, woraus sich schließen läßt, daß sich nicht jede in einer so glücklichen Lage wie Frau Seiler befindet, einen zu haben. Zweitens teilt Frau Seiler in diesem Falle genau die Meinung ihres Begleiters, und daß der den „Pißbrausetrinkern" mal sagt, was er von ihnen hält, findet sie ganz in Ordnung. Sie selber täte es ja auch allzugern, aber sie traut sich nicht, denn schließlich muß sie am Montag wieder in der Firma arbeiten. Als ihr Lebensgefährte nach dem zehnten Bier stolz aus unbekannter Quelle zitiert: „Meine Frau kannste haben, hat der gesagt, meinen Hund vielleicht, aber von meiner Harley laß` die Finger weg, das rat` ich dir", ist sie, nun selbst von den Scherzen ihres Freundes betroffen, der Ansicht, dieser habe den Bogen überspannt. Nun wirkt sie beleidigt. Dies eskaliert, als der Lebensgefährte ihre Freundin und Kollegin, Frau Siel, zu küssen beginnt, „ganz freundschaftlich", wie beide einig behaupten,

146

„wer wird denn gleich beleidigt sein?" Frau Seiler bricht in
Tränen aus und kann nicht einmal fort, weil das Schiff
noch zwei Stunden unterwegs sein wird. So schließt sie
sich in der Toilette ein und weigert sich, trotz tröstender
Worte der ihr wohlgesonnenen mitleidigen Kolleginnen,
für den Rest des Ausflugs herauszukommen. Die im Unternehmensorganigramm höher Angeordneten, welche die
Szene aus dem Augenwinkel hämisch beobachtet haben,
finden bloß alle Vorurteile bezüglich der „Damen" bestätigt und mokieren sich dezent.
Auch Herr Wiemann fehlt bei der Bootsfahrt nicht und hat
als Begleitung seine Freundin mitgebracht. Um heute besonders bedeutend auszusehen und sich - zumindest äu-
ßerlich - von den Mehrverdienenden nicht zu unterscheiden, trägt er einen Anzug mit Weste, ein blütenweißes
Hemd dazu, von der Mutti frisch gebügelt. Seine Freundin,
die als Sekretärin arbeitet, hat sich zum Anlaß des Ausflu-
ges mit des Liebsten Arbeitgeber extra einen halben Ur-
laubstag genommen. Herr Wiemann selbst hat sie darum
gebeten. Doppelt so schnell wie sonst arbeitet er an besag-
tem Tag, um sich ein paar Minuten freizumachen und seine
Freundin vom Bahnhof abzuholen, eine gute halbe Stunde
bevor das Schiff ablegen soll, damit ein wenig Zeit bleibt,
ihr sein schönes Büro zu zeigen. Das schöne Büro und
heute der besonders schön angezogene Herr Wiemann dazu, das soll ihr imponieren! Zuvor hat er sich vergewissert,
daß zu dem Zeitpunkt, zu welchem er der Freundin sein
Büro und seinen Computer zeigen möchte, sich in den an-
grenzenden Räumen niemand mehr befinden wird, der
durch irgendeine dumme Bemerkung den Eindruck des hohen Ansehens, das Herr Wiemann im Unternehmen zu genießen vorgibt, schmälern könnte. Herr Potthoff, der den
Programmierer immer durch das Begehren nach frischem
Kaffee tyrannisiert, ist an dem Tag noch nicht gesehen
worden, er wird nicht einmal erwartet, da er dienstlich unterwegs sein soll und außerdem an Betriebsausflügen niemals teilnimmt. Damit steht also Herrn Wiemann frei, vor
seiner Freundin mit seiner Wichtigkeit zu prahlen und ihr

über seine eigene Bedeutung für die Firma das Blaue vom Himmel herunterzulügen. Es läuft alles sehr gut an, die Freundin ist von der modernen neuen Inneneinrichtung der Firma sehr beeindruckt, sie genießt die wunderbare Aussicht vom Büro auf den Fluß, beneidet und bewundert seufzend den Freund, der für das Unternehmen so unersetzlich ist und sich Hoffnung auf eine Karriere machen kann. Da darf sie sehen, wie Herr Wiemann den kleinen Kaktus, den sie ihm einmal geschenkt hat, liebevoll pflegt und für alle sichtbar auf seinem Schreibtisch plaziert hat. Ein Mitarbeiter der Gärtnerfirma, die die Hydropflanzen des Büros im Zweiwochentakt pflegt - es ist inzwischen die dritte in zwei Monaten, weil die Pflanzenpflege bislang nicht zur Zufriedenheit des „großen Chefs" ausgefallen ist -, hat auf Herrn Wiemanns Frage diesem Auskunft geben können, daß der Kaktus voraussichtlich in achtzehn Jahren zum ersten Mal blühen werde. Herrn Wiemanns Freundin ist gerührt, weil sie selbst sich, ohne es zunächst zu ahnen, so mit diesem Kaktus ein immerwährendes Andenken bei Herrn Wiemann gesetzt hat. Herr Wiemann ist gleichfalls sehr bewegt und stolz, weil er sich vorstellt, wie er in achtzehn Jahren noch im selben Büro derselben Firma treue Dienste leisten wird. Er ist zuversichtlich, daß der Kaktus für ihn in achtzehn Jahren an seinem Arbeitsplatz blühen wird.

Während seiner kleinen Führung nutzt Herr Wiemann die Gelegenheit, seiner Liebsten die Küche zu zeigen, jedoch nicht als Stätte seines Schaffens im Dienste von Herrn Potthoffs Kaffeedurst, sondern lediglich als Standort der „Beziehungstasse." Das Liebespaar besitzt nämlich jeweils die gleiche Tasse mit einem Blümchenmuster, die die Freundin zum Zeichen ihrer beider Verbundenheit gekauft hat. So hat jeder an seinem Arbeitsplatz die „Beziehungstasse" stehen, mit der Gewißheit, daß den anderen ebendort eine identische Tasse erfreut, die ihn den ganzen Tag beim Kaffeetrinken an den jeweils anderen, der zur gleichen Zeit aus der „Beziehungstasse" trinkt, denken läßt. Die Geschichte seiner „Beziehungstasse" hat Herr Wiemann allen potentiellen Kaffeetrinkern erzählt. Aus Herrn Wiemanns „Beziehungstasse" darf nämlich niemand trinken als Herr Wiemann selbst. Da versteht er keinen Spaß, und das hat sogar Herr Potthoff zu akzeptieren, will er nicht zum wiederholten Male bei Verstoß gegen die Regel die Geschichte von Sinn und Zweck der „Beziehungstasse" über sich ergehen lassen - und um das zu vermeiden, hat sogar Herr Potthoff sich nach einigen Zuwiderhandlungen gemerkt, nicht mehr aus der Tasse des Herrn Wiemann zu trinken. Ja, und des weiteren, scherzt Herr Wiemann angestrengt doppeldeutig, sei diese Küche, in der sie sich soeben befänden, eben der Ort, an dem er, nicht immer, aber immer öfter, „sein eigenes Süppchen koche". Jeweils zur Mittagszeit „zelebriert" Herr Wiemann hier das Essen, was ein eigens zu diesem Zwecke von zu Hause mitgebrachter Kochtopf und eine Suppenschüssel verraten und beweisen. Beim Großhandelseinkauf erwirbt er stets zehn Dosensuppen verschiedener Geschmacksrichtungen zum Mengenrabatt, die ihn voraussichtlich - bei zehn Arbeitstagen und ohne Krankheitsausfall - mittags genau bis zum nächsten Einkauf mit Frau Walter stärken werden. Regelmäßig zur Mittagspause zieht aufgrund der Wiemannschen Kocherei ein starker, unprofessioneller, wahrhaftig unternehmenskulturfeindlicher Essensgeruch durch die Etage, der von seiten der „Damen" Beschwerden und Nörgeleien erzeugt, von seiten des Herrn Potthoff und weiterer Besserverdienender nichts weiter als Hohn, Spott und Verachtung erntet ob soviel kleinbürgerlicher Häuslichkeit. Immerhin schindet Herrn Wiemanns Bemerkung, er koche „sein eigenes Süppchen" bei der Freundin Eindruck. Er ist doch ein unabhängiger freier Geist, kleiner Programmierer hin oder her. Die Freundin hält Herrn Wiemann mal wieder für einen tollen Mann.

Das Glück wird jäh gestört, als plötzlich, wie aus dem Nichts und völlig unerwartet, rotgesichtig und ohne zu klopfen, Herr Potthoff ins Büro platzt und Herrn Wiemann ungeduldig befiehlt, er solle sich mal schnell in der Chefetage auf die Suche nach einem Korkenzieher machen, er,

Herr Potthoff, habe noch ein paar Akten in seinem Büro zu suchen und wünsche, da dies längere Zeit in Anspruch nehmen werde, mit einem Kollegen und dessen Frau eine Flasche Wein ebendort zu trinken. Bloßgestellt vor seiner Freundin, die seine Bedeutung nun realistischer einzuschätzen lernt, macht Herr Wiemann sich in gekränkter Haltung auf den Weg in die Chefetage, wo ihm zunächst von „Sau" der Korkenzieher verweigert wird, weil Herr Wiemann nicht berechtigt ist, während der Arbeitszeit unbeaufsichtigt Alkohol zu trinken. Was den „Großen" liebe Gewohnheit, ist natürlich den „Kleinen" bei Gefahr des „Köpferollens" strengstens untersagt. Erst nach längeren demütigenden Erklärungen Herrn Wiemanns und der telefonischen Vergewisserung darüber, daß der Korkenzieher tatsächlich für den Prokuristen Potthoff bestimmt ist, bei diesem selbst, erklärt die Chefsekretärin sich bereit, den Gegenstand dem „Boten" auszuleihen ("in fünf Minuten bringen Sie den aber zurück, verstanden?"). Verbittert, aber dennoch froh, daß seine Freundin wenigstens nicht Zeugin des letzten Teils mit „Sau" geworden ist, erledigt Herr Wiemann seine Aufgabe. Wie gern wäre er wer!

Als er endlich ins Boot steigt, ist er schon wieder frohen Mutes. Die gute Stimmung indes kippt sehr schnell wieder, als Herr Wiemann feststellen muß, daß sich seine Platzkarte sowie die seiner Freundin am Tisch der Schreibkräfte befinden. Mit anderen Worten: Daß man ihn bei den „Dummen" untergebracht hat, mit denen er offenbar auf dieselbe Stufe gestellt werden soll. Im Unterdeck und nicht oben, wo die Geschäftsleitung, ein paar angesehene Außendienstler und die persönlich geladenen Rotary-Club-Freunde des „großen Chefs" samt perlenbehängter Ehefrauen plaziert sind! Sofort beschließt Herr Wiemann, sich dadurch zum Herrn der Lage zu machen, daß er versuchen wird, sich als Chef aufzuspielen. Schließlich ist er heute wie ein Chef angezogen, und außerdem hat er bereits mit einem schnellen Blick feststellen müssen, daß die eigentliche Chefin des Berichtsdienstes aus ihm unerklärlichen Gründen in der Nähe der Geschäftsleitung sitzen darf. So wird er heute abend ihre Rolle übernehmen. Ja, er wird vor seiner Freundin bei den dummen Erbsen den Meister herauskehren! Mutig versucht er, sich mit ein paar markigen Sprüchen wichtigzutun. Zu seinem Zorn läßt man ihn auflaufen, indem man ihn kollektiv ignoriert. Nur Frau Siel wagt es, ihm zusätzlich noch frech über den Mund zu fahren, indem sie sagt, er solle sich mal nicht aufspielen, als habe er überhaupt etwas zu melden. Beschämt darüber, daß selbst die Dümmsten erkennen, was sein Anliegen ist, zieht Herr Wiemann es vor zu schweigen. Frau Thüner, seine einzige Vertraute, mit der gleichfalls keine der Kolleginnen ohne zwingende Notwendigkeit spricht, sitzt mit ihrem Bundeswehrkoch verliebt zusammen und würdigt Herrn Wiemann keines Blickes, weil vielleicht doch gerade vom Heiraten gesprochen wird. Herr Wiemann stellt mit einem schüchternen Seitenblick fest, daß seine eigene Freundin von ihm enttäuscht zu sein scheint. Seine Stimmung bessert sich erst wieder, als die allgemeine Aufmerksamkeit darauf gelenkt wird, daß die Geschäftsleitung hinter einem Mikrophon das Wort ergreift. Verkündet wird vom „kleinen Chef", daß man sich Gedanken gemacht und nach längerem Überlegen beschlossen habe, daß auch die „kleinen Leute", die im Innendienst Aufgaben wahrnähmen, die sonst niemand wirklich würdige, für ihre Leistungen einmal belohnt werden sollten. So sei man zu dem Entschluß gekommen, einmal im Jahr kleine Gaben an den Berichtsdienst zu verteilen. Jetzt wird es heiter, die Spannung steigt, und selbst die „Damen", die sonst immer am meisten auf die Geschäftsleitung schimpfen, sind ein wenig gerührt, daß ihre Arbeit öffentlich mit Geschenken aufgewertet werden soll. Es war „Saus" zynische Idee, den „Damen", ihrem Intellekt entsprechend, Plüschtiere zu schenken. Begeistert wurde der Vorschlag vom „kleinen Chef", dem „Schmecklecker", aufgenommen, und dieser war es, der sich in weinseliger Runde mit zwei Kollegen Gedanken zu den lustigen Sprüchen, mit denen die Tierchen individuell verteilt werden sollten, machte. In seiner Rolle als „Unterhalter und Showmaster" fühlt er sich wohl: Unter tosendem Gestampfe werden zunächst die „Damen vom Empfang" nach vorn gebeten, die jeweils ein Plüschhündchen erhalten, weil sie wie „scharfe Hunde" an der Rezeption sitzen und niemand, den jener nicht zu sehen wünscht, zum „großen Chef" hineinlassen. Lautes Lachen. Tobender Beifall. Endlich mal eine Idee der Geschäftsleitung, die Anklang findet. Mit soviel Erfolg hätte selbst der „kleine Chef" in seinen kühnsten Träumen nicht gerechnet. So gut kommt er selten an, und diese banale Form der Massenbelustigung fällt ihm leicht wie nie. Er fühlt sich heute wirklich wohl. Schreibkraft Siel, der der Ruf vorauseilt, nicht besonders umgänglich zu sein, erhält einen Igel, da sie sich stets „ein bißchen stachelig" verhalte, was auch immer das sei, nach ein paar Gläsern Wein legt der „kleine Chef" nicht mehr allzuviel Wert auf Eloquenz. Sie freut sich trotzdem. Frau Weber bekommt für besonderen Fleiß ein Plüscheichhörnchen. Frau Wartenberg sei mittlerweile geduldiger und gelassener als früher und habe sich eine dicke Haut zugelegt - einen Moment lang überlegt sie, ob sie die Bemerkung mit der „dicken" Haut als doppeldeutige Anspielung betrachten und beleidigt sein soll, entscheidet sich aber dagegen -, dafür bekommt sie einen Elefanten. Frau Siebert verliert angeblich nie den Überblick, und deshalb schenkt man ihr eine Giraffe mit langem Hals. Frau Martin erhält eine Schildkröte, weil sie sich nie aus der Ruhe bringen läßt. Selbst die Halbtagskraft, Frau Hermann, die heute mit Ehemann an der fröhlichen Feier teilnimmt, hat man mitberücksichtigt: Ihr wird - zur großen Freude aller - ein Hamster geschenkt, mit der euphemistischen Begründung, daß sie immer „besonders brav" sei. Frau Gerber, die relativ neu in der Firma ist und beim letzten Betriebsausflug noch nicht dabei war, gilt aus diesem Grunde den Schenkenden als „exotisch" und wird folglich mit einem Tapir bedacht. Als sie sich darüber wundert, daß der Tapir gar keinen Schwanz habe, kann dieses Phänomen zwar keiner erklären, aber dafür hat Frau Seilers Freund - Frau Seiler selbst läßt sich nicht einmal mehr mit einem Geschenk aus der Toilette hervorholen - Gelegenheit, mit

Genugtuung laut festzustellen, daß er, unter diesem Gesichtspunkt betrachtet, froh sei, kein Tapir zu sein. Und so weiter. Und so weiter. Die Sprüche sind nicht besonders originell, die Behauptungen treffen größtenteils nicht einmal auf die Beschenkten zu, aber schließlich muß zu jedem Plüschtier etwas gesagt werden. Jede freut sich über ihr possierliches Geschenk, läuft nach vorn zum Mikrophon, wo der „kleine Chef" steht und es strahlend überreicht, als verschenke er großzügige Schecks. Heute ist man guter Dinge, schüttelt ihm sogar zum Dank lächelnd die Hand, obwohl man am Montag wieder wünschen wird, er stürbe an der Managerkrankheit.

Und dann, oh, hätte er es geahnt, wäre er nie erschienen, und erst recht nicht in Begleitung seiner Freundin: Herr Wiemann, der sich zunehmend entspannt, über die lustigen Sprüche laut und opportunistisch lacht und seine bisherigen Blamagen fast vergessen hat, wird unter großem Beifall nach vorn gerufen. Ihm wird ein Esel überreicht, der, so sagt der „kleine Chef", leider kein Dukatenesel, sondern bloß ein Diskettenesel sei. Unter wildem, unkontrolliertem Gelächter, lautem Beifall und Füßetrampeln geht Herr Wiemann, höflich grinsend, jedoch schamrot, seinen Esel tragend zurück zu seinem Platz.

Ein Esel!

Damit, daß er überhaupt als den unteren Kasten zugehörig definiert und mit einem Geschenk bedacht werden würde, hätte er nie gerechnet. Und dann ein Esel! Das bedarf keiner weiteren Erklärung. Auch Herrn Wiemanns Freundin fällt dazu nichts mehr ein. Jetzt schämt sie sich mit ihm.

Herr Wiemann kann sich an diesem Abend nur noch volllaufen lassen.

Es bleibt abschließend zu sagen, daß nicht alle Zeit oder auch Lust hatten, am Betriebsausflug teilzunehmen. Die Teilnahme ist nicht verpflichtend, gehört aber selbstredend zur „Unternehmenskultur". Frau Rademann, welche, weil sie dem „kleinen Chef" immer noch zürnt, die Veranstaltung durch Nichtteilnahme boykottiert hat, wird dies am Montag noch heftig bedauern und wünschen, sie hätte es nie getan: Zur Strafe nämlich wird sie das Plüschtier, das man für sie besorgt hatte, nicht bekommen. Das alles hat „Sau" klug kalkuliert.

Begeistert von der einfallsreichen Plüschtieridee haben sich unmittelbar nach dem Betriebsausflug zwei „Jungsekretärinnen" einfallen lassen, daß man hinsichtlich der noch anstehenden Weihnachtsfeier zum Jahresende seinerseits die Geschäftsleitung und die Außendienstmitarbeiter mal mit Geschenken beglücken könnte, nicht unbedingt deshalb, weil man sie so mag, sondern vielmehr, um dadurch, daß man nicht bloß „nimmt", sondern auch „gibt", mal gleichberechtigt zu erscheinen, und nicht zuletzt deswegen, weil man selber sich so Gelegenheit schafft, durch lustige Verslein, die beim Überreichen der geplanten Geschenke vorgelesen werden sollen, indirekt seine sonst unerwünschte und zurückgehaltene „Meinung" zu sagen. Die „Jungsekretärin" Walter, als Urheberin der guten Idee, setzt sofort alle Kolleginnen des Innendienstes einschließlich Herrn Wiemanns unter Druck, indem sie mit überzeugenden Argumenten den Vorschlag unterbreitet und um Spenden bittet. Obwohl insbesondere die „Damen" murren, weil sie sicher „nichts zu verschenken" haben, wagt keine, sich dem kollektiven Zwang zu widersetzen, indem sie sich weigert mitzumachen. Zudem interessiert sich niemand dafür, einen anderen Vorschlag als den der Initiatorin zur Verwendung der „Spendengelder" zu machen: Nämlich jedem zu Beschenkenden ein Taschenbuch über sein Sternzeichen, das anhand der allgemein bekannten „Geburtstagsliste" von den Hobbyastrologinnen leicht ermittelt werden kann, zu kaufen. Der einzige, dem die Aussicht auf die Weihnachtsfeier jetzt schon ebenso wie die bis dahin noch verbleibenden Monate Magenschmerzen verursacht, ist Herr Wiemann. Die schwere Sorge betrifft durchaus nicht den Geldbeitrag, den er dazu leisten soll, sondern es geht vielmehr darum, daß jeder der Spendenden einen der Vierzeiler, die zwei „Jungsekretärinnen" bereits jetzt mit Eifer dichten, beim Geschenkeüberreichen aufsagen soll. Einerseits fehlt Herrn Wiemann natürlich der Mut, ganz einfach als einziger nicht mitzumachen und dadurch zum Außenseiter und „Spaßverderber" zu werden. Andererseits verursacht ihm der Gedanke, mit irgendeinem albernen Spruch, den auch er aufsagen sollte, die Geschäftsleitung dadurch, daß sie ins Lächerliche gezogen würde, zu verärgern und so seine „Karriere" unverzeihlich aufs Spiel zu setzen, schon jetzt schlaflose Nächte. Ernsthaft erwägt Herr Wiemann, sich diesmal der „Unternehmenskultur" zu entziehen, indem er sich krankschreiben läßt und nicht an der Weihnachtsfeier teilnimmt.

Sonst aber übertreibt Herr Wiemann manchmal sein Engagement für die Firma. Als feststeht, daß aus Gründen der wachsenden innendienstlichen Bedeutung des Herrn Potthoff - er wird nämlich demnächst des öfteren mal Kunden in seinem Büro empfangen müssen - dieser ein repräsentativeres, das heißt, ein größeres Arbeitszimmer begehrt, schlägt „Sau" als Lösung einen sogenannten „Ringtausch" vor: Herr Potthoff zieht in den Raum, der zur Zeit die kleine betriebseigene Bibliothek beherbergt, weil das Zimmer von allen dreien, die am Umzug beteiligt werden, das größte ist und über die meisten Fenster verfügt. Herr Wiemann tauscht sein Büro gegen jenes, welches im Moment noch das des Herrn Potthoff ist und welches neben der Bibliothek liegt, weil ihm dies ermöglicht, in der Nähe seines Meisters zu sein und dieser aufgrunddessen nicht über den Gang zu rufen braucht, wenn er nach Bedienung verlangt. In Herrn Wiemanns gegenwärtiges Büro wird die Büchersammlung gepackt, die Tische, die man ursprünglich dort für die Nutzer aufgestellt hatte, werden ersatzlos entfernt: Man wird sie entbehren können, denn schließlich muß niemand in der Bibliothek selbst lesen, weil jeder die Bücher ausleihen kann. Natürlich ist es erforderlich, daß selbst bei solch einem kleineren Umzug ein größerer Aufwand betrieben wird, und um den Arbeitsausfall so gering wie möglich zu halten, hat man ein paar Möbelpacker bestellt. Auf daß die Firma Kosten spare, räumt Herr

155

Wiemann am Tag vor dem offiziellen Umzugstermin sein Büro allein aus und wieder ein. Mit Hilfe des Rentners, den das Unternehmen stundenweise für gelegentlich anfallende handwerkliche Tätigkeiten beschäftigt, richtet er ebenfalls die Bibliothek und in dessen Abwesenheit Herrn Potthoffs neuen Prachtraum ein. Den Teppich schön gesaugt, die Regale sorgfältig staubfrei gewischt, bevor er die Ordner wieder hineinstellt, verbringt Herr Wiemann einen ganzen Tag mit dem Umzug, so daß er leider mal wieder nicht zum Arbeiten kommt. Weil er es versäumt hat, „Sau" über seine Fleißarbeit zu informieren (wahrscheinlich ist, daß er selbst es nicht vergessen hat, von seiner freiwilligen Leistung zu erzählen, sondern „Sau" es sich lediglich nicht gemerkt hat - aber *das* sollte mal einer zu behaupten wagen!), kommen die Möbelpacker zum verabredeten Termin, ganz wie bestellt, und wollen, da man ihnen schließlich nicht abgesagt hat, auch auf ihr vereinbartes pauschales Honorar nicht verzichten. So muß die Firma für eine Leistung zahlen, die sie nicht einmal in Anspruch genommen hat - und das macht „Sau" so böse, daß sie eine Zeitlang ernsthaft erwägt, ob man Herrn Wiemann nicht vollzeitig dem Arbeitsmarkt zur Verfügung stellen sollte . . .

Regelmäßig wird im Berichtsdienst untereinander jeweils ein geringer Betrag gesammelt, um Geburtstagskindern im engeren Kollegenkreis auf der vierten Etage durch eine kleine Aufmerksamkeit eine Freude zu machen. Dies beschränkt sich auf die Innendienstler, wobei Frau Thüner selbstredend ausgeschlossen ist und nichts geschenkt bekommt. Die „Dame" Thüner hat sich in der langen Zeit des Gemiedenwerdens längst mit ihrer Lage abgefunden und trägt den Kopf hoch und stolz, weil sie erstens sowieso unbestrittenerweise von allen die Schönste und zweitens inzwischen überzeugt davon ist, noch nie mit diesen Idiotinnen Kontakt gesucht zu haben. So trägt sie täglich eine chronisch miese Laune zur Schau, die selbst neu eingestellte, unvoreingenommene Mitarbeiter warnen würde, je ein Wort an sie zu richten. Den Brauch des Schenkens, an welchem Frau Thüner nicht beteiligt wird, und der längst zur unangenehmen Pflichtübung geworden ist, weil jedes Mal eine Unwillige ausgesucht werden muß, die die lästige Aufgabe hat, das Geschenk zu kaufen und zu verpacken, hat Frau Wartenberg sich ausgedacht. Obwohl es niemals Frau Wartenberg ist, die das Geschenk besorgt, weil diese solch langweilige Sachen lieber delegiert, wagt niemand, mit der zwanghaften Tradition des Schenkens, die die Beschenkte gleichzeitig dazu verpflichtet, sich durch Kuchen oder Gebäck bei den Kolleginnen für die Gabe erkenntlich zu zeigen, zu brechen, weil es eben Frau Wartenbergs Idee war, diese Sitte überhaupt einzuführen, und keine Frau Wartenbergs gute Vorschläge in Frage zu stellen hat, wenn sie es sich nicht mit allen verscherzen will.

Herrn Wiemann schließt man ein, allein schon deshalb, weil niemand auf die Vorfreude, die aufkommt, wenn man gemeinsam in der Mittagspause zusammensitzt und überlegt, was man ihm schenken könnte, um sich am gröbsten über ihn lustigzumachen, verzichten möchte. Er selbst freut sich sehr darüber, mal „richtig dazuzugehören." Auch dieses Jahr kommen wieder zahlreiche Vorschläge zusammen, die zum Teil abgrundtief böse und verletzend sind, zum Teil einfach nur primitiv. Frau Seiler hat die Idee, Herrn Wiemann einen Lachsack zu schenken, der dann dafür zuständig wäre, den ganzen Tag über die niveaulosen Späßchen seines Besitzers zu lachen - ganz einfach, weil das sonst keiner tut. Frau Weber ist diesmal noch radikaler und hält es für treffender, Herrn Wiemann mit einem Maulkorb zu erfreuen, der ihn symbolisch dazu auffordern soll, seinen Redefluß zu unterbrechen. Eine so deutliche Anspielung sollte selbst der verstehen. Frau Wartenberg, die sich weiterhin mit dem Abnehmen beschäftigt und überzeugt davon ist, daß Herr Wiemann dies wesentlich nötiger hat als sie, ist der Ansicht, daß man dem mal ein Röhrchen Diätpillen schenken sollte. „Aber bitte von der Sorte, an der kürzlich noch ein paar Leute gestorben sind!", wirft Frau Siel ein, selbst am lautesten über den eigenen Witz lachend, und schließlich dem Ganzen die Krone aufsetzend, indem ihr einfällt, man sollte Herrn Wiemann mit einem handgemalten Schild mit dem Satz „Ich bin Scheiße" bedenken, das er dann, weil es eine Gabe der Kolleginnen wäre, immer auf seinem Schreibtisch stehen lassen müßte. Der Vorschlag findet aber leider gar keinen Anklang, und Frau Siel muß warten, bis ihr die nächste gute Idee kommt. Eine Weile ist sie deshalb etwas eingeschnappt. Endlich überlegen die „Damen", ob Herr Wiemann eigentlich ein Hobby habe, über das man sich lustigmachen könnte, aber dazu kennt ihn keine gut genug, und wer weiß, behäbiger Langeweiler, der er ist, hat der wahrscheinlich nicht einmal ein Hobby. „Außer Fressen!", meldet Frau Siel sich wiederum zu Wort. Aber eine Zuckertorte will ihm dann doch niemand gönnen. Zurückhaltend stellt Frau Martin fest, daß Herr Wiemann doch offensichtlich Vergnügen daran finde, Herrn Potthoff zu bedienen, so daß man ihm ja eine Schürze kaufen könnte. Dies sei eine gute Idee, muß sogar die sich für besonders einfallsreich haltende Frau Siel zugeben, um aber dennoch das letzte Wort zu haben, schlägt sie vor, man könnte Herrn Wiemann statt einer Schürze ebensogut einen Hauskittel schenken. So bleiben diese beiden Geschenkideen in der engeren Wahl. Frau Wartenberg findet, daß man dem Programmierer eine Schürze kaufen sollte, die wie ein Röckchen aussieht, damit er, zum Vergnügen aller, derart bekleidet Herrn Potthoff den Kaffee servieren könnte. Alle sind - und das wohl nicht zu Unrecht - überzeugt davon, daß Herr Wiemann, allein schon, um zu beweisen, daß er nicht beleidigt wäre, die Schürze zumindest ein paarmal tragen würde, obwohl ihn ein solches Geschenk in tiefster Seele kränken würde.

Der Hauskittel sollte prinzipiell dieselbe Funktion wie die Schürze erfüllen, nämlich die, Herrn Wiemann öffentlich in die Position des Dieners zu drängen. Nur daß der Hauskittel („mit bunten Blümchen!" - „nein, in schweinchenrosa und zwei Nummern zu klein, damit er aussieht wie die Wurst in der Pelle!" - „ganz eng ja, aber mit Blümchen!" -

die „Damen" übertreffen sich gegenseitig mit gutgelaunten Vorschlägen) gewissermaßen eine Universalfunktion hätte, während sich die Schürze lediglich auf Herrn Wiemanns Küchendienst beschränken würde. Zusatzaufgaben, die der Hauskittel, im Geschäft „Hauskleid" genannt, einschließen würde, als da wären das Ordner- und Hefterholen aus dem Keller, Weinkartons in die Chefetage schleppen, Kopierpapier stapeln, Päckchen tragen und zur Post bringen und so weiter, wären mit diesem schönen Geschenk ein für allemal korrekt zugeordnet. Trotzdem entscheiden die „Damen" sich gegen das Universalkleidungsstück und für die Schürze, weil die Mehrheit der Ansicht ist, Herrn Wiemann auf diese Weise am deutlichsten und eindrucksvollsten der Lächerlichkeit preiszugeben.

Am Ende zeigt sich leider - wie so häufig - daß niemand sich für die Beschaffung der Gabe zuständig fühlt, so daß am Tag vor Herrn Wiemanns Geburtstag immer noch keine Schürze besorgt worden ist. Am liebsten würden die „Damen" ja nun ganz darauf verzichten, ihm etwas zu schenken, aber das ist leider nicht möglich, da Herr Wiemann sich bislang finanziell an allen anderen Geburtstagsgeschenken beteiligt hat. Deshalb sehen sie sich genötigt, ihrer Verpflichtung nachzukommen, und Frau Wartenberg fährt mit Frau Siel in der Mittagspause tatsächlich zum nächsten Supermarkt, um neben den eigenen Einkäufen für Herrn Wiemann lieblos eine Plastiktüte, voll mit Süßigkeiten, zusammenzustellen („Für einen Tag wird`s schon reichen", bemerkt Frau Siel). Geschenk ist Geschenk, und der soll froh sein, daß er überhaupt etwas bekommt.

An seinem „Ehrentage" pflegt Herr Wiemann natürlich sowieso nie in der Firma zu sein. Da ist es gute Tradition, Urlaub zu nehmen, mit der Familie zu feiern, sich reichlich beschenken und von Mutti mit leckeren Kuchen und Torten verwöhnen zu lassen. Am darauffolgenden Tag erscheint er wieder bei der Arbeit, gutgelaunt, weil er Anlaß hat, sich selbstdarzustellen und sich im Mittelpunkt der

Aufmerksamkeit aller zu plazieren: Herr Wiemann ist nämlich ausgestattet mit drei großen Sahnetorten, die seine schwerbehinderte Mutter noch am Vortag mit viel Mühe gebacken hat. Dazu bringt er rosa Papptellerchen und Servietten mit sowie Mutters eigene silberne Kuchengabeln, von denen sie sich - selbst leihweise - nur schwer hat trennen können. Es ist nicht so, daß es in der Firma kein Besteck und Geschirr gäbe, aber Herr Wiemann mag es doch, wenn es „ein bißchen nett" ist, und außerdem bietet ihm die eigene Ausrüstung Gelegenheit, Teile davon jeder einzelnen „Dame" mit Empfehlungen für die Torten, die er bei den Schreibkräften in der Küche zur Selbstbedienung hingestellt hat, zu überreichen. Immerhin hat er sich auf die vierte Etage beschränkt und sich nicht angemaßt zu glauben, von den wirklich Wichtigen würde jemand seinen Geburtstag zur Kenntnis nehmen wollen dadurch, daß er sich ein Stück von Herrn Wiemanns Kuchen aufdrängen läßt. Herrn Wiemann ist ganz festlich zumute, denn er „kredenzt" ja so gern. Und nicht zuletzt hat er wieder alle ausgestochen mit seiner überwältigenden Tortenaktion, denn die meisten „Damen" bringen anläßlich ihrer Geburtstage entweder gar nichts oder bestenfalls einen abgepackten Kuchen aus dem Supermarkt für die gesamte Etage mit, und noch wochenlang, dessen ist er sich sicher, wird man von seinem kleinen Fest reden. Die Rezepte für die schönen Sahnetorten wird er morgen unaufgefordert für alle kopieren und eigeninitiativ verteilen. Daß er von den „Damen" wiederum als „unmännlich" verachtet werden und man hinter vorgehaltener Hand sogar laut über ihn lachen wird, wird er wiederum nicht merken. Über das Präsent, sei es auch nur ein Sack mit Süßigkeiten, ist er ebenso gerührt wie erfreut. Das ist „Unternehmenskultur", wie er sie sich vorstellt! Die Enttäuschung holt ihn erst wieder ein, als er auf der Glückwunschkarte den Namen Frau Thüners nicht vorfindet und auf Anfrage bei dieser erfahren muß, daß man sie nicht gefragt und sie sich deshalb aus Unkenntnis an dem Geschenk nicht beteiligt hat. Um genau zu sein, habe sie nicht einmal von Herrn Wiemanns

Geburtstag gewußt. Darüber ist dieser nicht minder erbost als Frau Thüner selbst - was die anderen Querulantinnen sich einbilden, so das Betriebsklima zu vergiften! Das schlägt dem Faß den Boden aus! Herr Wiemann geht es sofort der Chefin des Berichtsdienstes petzen, damit sie Maßnahmen ergreife. Besonders traurig findet er, daß diese selbst die Glückwunschkarte sogar unterschrieben hat, und zwar angeblich ohne zu merken, daß der Name „Thüner" fehlte. So etwas soll eine Führungskraft sein! Die kann ja nicht einmal garantieren, daß Friede unter diesen „Erbsen" herrscht! Wenn Herr Wiemann Chef wäre . . . Aber daß das der Firma viel mehr nützen würde, hat diese bislang nicht einsehen wollen. Nun gut, heute will Herr Wiemann sich darüber nicht grämen, denn er ist schön beschenkt worden. Alle mögen und schätzen ihn. Die Glückwunschkarte wird er nach Hause mitnehmen und dort in dem Zimmer, das er als sein „Büro" bezeichnet und in welchem er ganz allein „Chef" sein darf, aufhängen, damit jeder sie wird bewundern können. Die Tüte mit Süßigkeiten - als „lustige Anspielung" hat man ihm besonders viel „Mausespeck" gekauft - behält er bei der Arbeit, wo er sie verzehren wird. Dann ruft er bei seiner Freundin im Büro an, um dieser zu erzählen, er habe einen großen Frühstückskorb mit allerlei erlesenen Köstlichkeiten von den „Mädchen" bekommen. Das sei aber eine nette Überraschung gewesen. Die Tatsache, daß es eine Abmachung ist, daß jeder - von einer Ausnahme abgesehen - ein Geschenk bekommt und sich dafür an den Geschenken für alle anderen beteiligt, verschweigt er. Ja, so eine spontane Idee der „Damen", da habe er sich gefreut. Schade, daß seine Freundin den schönen Korb nicht sehen könne, alles liebevoll ausgesucht und arrangiert, aber leider so viel, daß er das alles gar nicht nach Hause mitbringen wolle und deshalb bei der Arbeit behalten werde. Na, da dürfe er aber in den nächsten paar Monaten ein paar feine Sachen essen und dazu den Champagner, der auch in dem Körbchen liege, trinken. Da hätten die „Kleinen" sich aber in Unkosten gestürzt. Hätte er gar nicht erwartet und wäre in dem Umfang wirklich nicht nötig gewesen. Herrn Wiemanns Freundin ist wieder beeindruckt. Vielleicht wird „Schatz" doch noch Karriere machen. Herr Wiemann ist zufrieden. Heute ist ein guter Tag.

Über Ereignisse, die die Firma betreffen, werden die Mitarbeiter durch interne Rundschreiben, welche durch den „großen" oder den „kleinen Chef", bei unbedeutenderen Anlässen, zum Beispiel als Einladung zu einer Geburtstagsfeier, auch im Auftrag von „Sau" geschrieben und in Umlauf gebracht werden, auf dem laufenden gehalten. Diese Rundschreiben haben das Ziel, nicht nur informierend, sondern gegebenenfalls sogar motivierend zu wirken. Jeder erhält eine Kopie davon, selbst die Unbedeutendsten. Man möchte den Angestellten das Gefühl vermitteln, sie seien auf irgendeine Weise am Unternehmensgeschehen beteiligt, und wenngleich sie keine Entscheidungen fällen dürfen, es doch zumindest wert, über die, die von höherer Stelle getroffen werden, informiert zu werden. Das nennt der „große Chef" gern „Effizienzsteigerung durch Mitarbeitermotivation", er selbst betrachtet dies als Teil seiner „Unternehmenskultur". Zu diesem Zweck lädt er gelegentlich sogar ausgewählte Mitarbeiter aus den höheren Rängen zu kleinen Parties zu sich nach Hause ein, damit sie in der Firma davon anderntags berichten können. Das alles ist „gelebtes Management", damit kann man sich der „positiven Menschenführung" rühmen. Die Rundschreiben, um auf diese wieder zurückzukommen, enthalten vornehmlich Erfolgsmeldungen über die Firma oder teilen Veränderungen in dieser mit. So zum Beispiel werden alle darüber informiert, wenn man eine neue Arbeitskraft eingestellt hat oder sich „bedauerlicherweise" von einem Mitarbeiter „hat trennen müssen", was mit anderen Worten heißt, daß man wieder jemanden hinausgeworfen hat. Die Gründe dafür bleiben allerdings stets geheim, so daß sich darüber immer nur Gerüchte bilden. Gleichfalls werden wenig verhüllte Drohungen vorzugsweise über Rundschreiben ausgesprochen und vervielfältigt: Hat zum Beispiel einer der Angestellten nach einem langen Arbeitstag im Hochsommer mal vergessen, die Balkontür zu schließen, so daß diese folglich über Nacht offenstand, erleidet der „große Chef" einen hilflosen Zornesanfall und verwandelt sich auf der vor ihm erzitternden Chefetage in einen tobenden Teufel, der nichts weiter als den dringenden Wunsch verspürt, „den Täter zu fassen" und sofort unehrenhaft fristlos zu entlassen. Da der Schuldige nicht zu ermitteln und es nachträglich nicht nachvollziehbar ist, wer als letzter das Gebäude verließ und alle Türen hätte schließen müssen, wird sofort von „Sau" ein Schreiben an alle Mitarbeiter entworfen, in welchem gefordert wird, daß der Täter sich melde und, sollte man seiner habhaft werden, man sich genötigt sehe, ihm „das Vertrauen zu entziehen". Kaum deutlicher könnten diese Hinweise sein, und es muß offen gestanden werden, daß diese Art Schreiben bislang keinen Schuldigen dazu motiviert hat, sich zu stellen. Dennoch werden sie immer wieder verfaßt, bei besonderer Bedeutung - über die Bedeutung entscheidet allein der „große Chef" - mit einer Nummer versehen, die sie zur „Anweisung" erheben, und dann, für jeden zugänglich, im Unternehmenshandbuch abgeheftet. Zumeist sind die Rundschreiben harmloser Natur und kündigen lediglich hausinterne Feierlichkeiten der Bezieher der höheren Gehälter an, zu denen jedoch alle eingeladen sind. Anlaß dazu sind oft die Geburtstage „der da oben". Die sich daraus ergebenden Stehparties finden normalerweise pünktlich zu Mittag statt, damit man, sollten ein paar Schreibkräfte kommen, ohne großen Aufwand feststellen kann, ob diese eine halbe Stunde später wieder fort sind und ihre Mittagspause nicht überziehen, und dauern „für die da oben" so lange, bis die letzte Flasche Wein leergetrunken ist. Wein fließt reichlich und wird von der Geschäftsleitung bezahlt, weil diese Veranstaltungen zur „Unternehmenskultur", die gepflegt werden muß, gehören. Eigentlich sind sie nichts weiter als ein Vorwand für die Besserverdienenden, sich zu einem gemeinsamen Plausch zu treffen, auf Firmenkosten ungeniert gesellig Alkohol zu trinken und belegte Brötchen zu essen. Die Einladung zu den fröhlichen Runden erfolgt für gewöhnlich ungefähr zwei Wochen im voraus, damit die Außendienstler sich terminlich darauf einrichten können und sie nicht verpassen.

Da wird gescherzt und gespaßt und über die Lustigkeiten „dessen" lauthals und opportunistisch gelacht, dem man sich immer erträumt mit einem Korkenzieher die Augen herauszuziehen, und „derjenige" ist eigentlich jeder, denn wenngleich man äußerste Herzlichkeit zeigt, ist doch allen klar, daß es in der Firma keine Kollegen, sondern nur Konkurrenten gibt. Dieses zur Schau getragene Verhalten erstreckt sich über alle Kasten und ist für jeden verbindlich: Es gibt keinen, der nicht mitspielt. Ein Gesellschafts"spiel" aber ist es allemal, und zwar ein solches, bei welchem die größten Heuchler gewinnen. Wenn der Herr zum Feste lädt, ist es angesagt, guter Dinge zu sein oder dies zumindest vorzutäuschen, denn Spielverderber sind nicht erwünscht, und Totalverweigerer tun besser daran, den Veranstaltungen ganz fernzubleiben. Bei bewiesenem Trinkvermögen und einer spaßigen Bemerkung im richtigen Moment können sich schließlich Karrieren entscheiden. Wer sich selbst wirkliche Witzigkeit nicht zutraut, bemüht sich bei den Versammlungen wenigstens um ein permanentes Grinsen, das Begeisterung und Entzücktsein über die vermeintlich sprühend geistreichen Späße der Kollegen, die sich in den Vordergrund spielen, vortäuschen soll. Besonders glaubwürdig bewundernd zeigt sich Herrn Wiemanns wie an beiden Mundwinkeln festgenähtes Grinsen, mit dem er seine positive Gesinnung beweist, indem er es pünktlich und speichelleckerisch zur Veranstaltung aufsetzt, um es, sobald er sich wieder in sein Büro zurückgezogen hat, sogleich wieder abzuwischen.
All das ist „Unternehmenskultur."

Obwohl die „Damen" ebenfalls eingeladen werden, legt man auf ihre Anwesenheit nicht unbedingt Wert. Erscheinen doch welche, haben diese lediglich Statistenfunktionen in dem Erfolgsstück vom „Winning Team". Ein gesamtes Zimmer der Schreibkräfte boykottiert die Veranstaltungen traditionsgemäß hartnäckig durch Nichterscheinen. Diesen „Damen" werden nachher immer die übriggebliebenen Brötchenhälften heruntergetragen, welche sie dann erstaunlicherweise nicht konsequent verschmähen, sondern zum Teil sogar noch einpacken und mit nach Hause nehmen. Einige der „Damen" gehen aber dennoch, weil sich so die Gelegenheit bietet, wenn auch im Interesse des Firmengeistes, für einige Zeit dem Arbeitsplatz fernzubleiben und gleichzeitig beim Weintrinken die „Jungsekretärinnen" aus der Chefetage zu treffen, um mit diesen Neuigkeiten auszutauschen oder den allgemein erkannten und anerkannten Körpergeruch von Frau Siel zu diskutieren, welche zu den Teamgeist-Boykottierenden gehört und deshalb nicht anwesend ist. Dabei hatten die Organisatorinnen, zwei „Jungsekretärinnen", extra bei der Lotterie anläßlich der letzten Weihnachtsfeier, zu der in jenem Jahr das Verlosen von Geschenken aus der Parfümerie gehörte, darauf geachtet, daß Frau Siel das Deodorant bekam. Welches, da ihr Körpergeruch, wie man einstimmig feststellt, auch in den letzten Monaten nicht abgenommen hat, von ihr eindeutig nicht benutzt wird. Immerhin gilt es nicht als letztgültig gesichert, daß, wenn Frau Siel tatsächlich das ihr zugedachte Körperpflegemittel benutzte, dieses ihren unangenehmen Geruch wirklich beseitigen würde. Es besteht nämlich der nicht unbegründete Verdacht, daß sie am Samstag in ihrer Kleidung saufen geht, am Sonntag darin schläft, um am Montag - immer noch in derselben Montur - wieder zur Arbeit zu kommen. Vom übelriechenden Schweiß der Kollegin Siel kommen die „Damen" schnell über den Mundgeruch des Herrn Wiemann, den, kaum ist er zur Sprache gebracht worden, jede der am Gespräch Beteiligten längst bemerkt haben will, zur unleugbaren Alkoholfahne des „kleinen Chefs", der einen allein dadurch, daß er neben einem stehe und Anweisungen gebe, mit seinen alkoholischen Ausdünstungen bereits betrunken machen könne. Frau Martin regt endlich an, das Thema zu wechseln, weil sie bereits wieder beginnt sich zu ekeln, und wenn sie sich ekelt, entwickeln sich bei ihr in kürzester Zeit Herpesbläschen um den Mund herum.

Das besondere Verhältnis einiger Mitarbeiter des Unternehmens zum Alkohol - einschließlich des „großen" und des „kleinen Chefs" - ist ein mehr als offenes Geheimnis. Alkohol zu genießen - und dies bevorzugt während der Arbeitszeit, sei es in feierlicher Runde, um einen neuen Auftrag zu begießen, sei es in der anstrengenden Projektbesprechung oder auch allein im Büro, wenn man noch zu fortgeschrittener Stunde im Dienste der Firma wirkt - gehört zum Firmenstil und wäre aus dem Unternehmen nicht mehr fortzudenken. König Alkohol, der Freund, vielleicht der treueste, ist immer dabei. Es gibt Kollegen, die ihm die Fahrerlaubnis opferten und jedes Mal nun neidisch beim Trinken von denen beobachtet werden, die sich nicht wirklich zum Großen Tröster bekennen, weil sie zugunsten ihres Führerscheins ihm nicht ernsthaft zuzusprechen wagen. Es erklärt sich von selbst, daß der Alkoholkonsum während der Arbeitszeit den unteren Kasten nicht oder nur unter Aufsicht, zum Beispiel in der halbstündigen Mittagspause, wenn sie zu einer internen Feier eingeladen sind, gestattet ist, während der „große Chef" erkannt zu haben meint, daß das Trinken der Arbeitsmoral der Besserverdienenden dienlich sei und bei ihnen Motivation und damit Produktivität und Einsatz fördere. Der Herr und Meister geht seinen Jüngern selbst mit gutem Beispiel voran und gerät, hat er ein paar Gläser guten Rebensafts genossen, erst recht in Eifer, zu später Stunde noch ein paar Bänder in seinem Diktiergerät zu besprechen, da ihm dann zum Schreiben die Hände schon zu sehr zittern.

Insbesondere die verhältnismäßig frisch eingestellten Jungdynamiker in der Firma, die noch „was werden wollen" und deshalb erst beweisen müssen, daß sie „Unternehmenskultur" und all die vielen anderen bedeutenden Dinge wirklich verstanden haben, eifern ihm auch in dieser Hinsicht nach und suchen aus wichtigtuerischer Imagepflege zum Teil in ihrer Freizeit gutbesuchte Gaststätten eigens dafür auf, um in der Öffentlichkeit, vom Publikum

als „Geschäftsmann, der eine Sekretärin hat" bewundert und gleichzeitig den Schreibkräften die Rundherumgeräusche der Kneipenatmosphäre nicht vorenthaltend, Streß, den man „in der großen weiten Welt da draußen" überlegen im Griff hat, zu demonstrieren, indem sie ihre unzusammenhängenden Satzfetzen dort aufs Band quatschen. Für den Fall, daß eine der „Damen" es nicht bemerken sollte, daß die Kneipe der Arbeitsplatz war, vergessen gerade die Jungen nicht, beiläufig und vermeintlich entschuldigend zu erwähnen, so vielbeschäftigt gewesen zu sein, daß sie das Band in der Kneipe - eben zwischendurch in einer kleinen Ruhepause zwischen zwei bedeutenden Terminen - diktiert hätten. Der Streß, der Streß, ja, so ist das, wenn man jung und erfolgreich ist. Aber zu verstehen, was soviel Streß ist, gehe natürlich über die Fassungskraft solch eines Tippmädels hinaus, das ungefähr im selben Alter ist wie der Jungdynamiker, aber ja im kuscheligen Büro sitzen darf und von „wirklicher Arbeit" gar nichts mitbekomme: „Sie können sich gar nicht vorstellen, was wir `da draußen` immer für einen Streß haben", vertraut allzugern zum Weitererzählen ein Außendienstler, der vor gerade zwei Monaten die Universität verlassen und nun mit Ende Zwanzig seinen ersten Job hat, Frau Martin an. „Sie wissen gar nicht, wie gut es Ihnen hier drinnen im Büro geht!", bemerkt er kokett und dabei einen kleinen Flirt vortäuschend, damit die Kleine sich durch die herablassende Gutmütigkeit ein bißchen geschmeichelt fühlen kann. Begreifen müssen die „Mädchen" sowas zum Glück nicht, das erwartet keiner von ihnen, wichtig ist allein, daß man darauf zählen kann, daß sie es herumtratschen, daß der Jungaußendienstler XYZ zum Beispiel im Dienste der Firma so sehr beschäftigt war, daß er bloß in der Kneipe Zeit fand, seine Bänder mit bedeutenden Texten zu besprechen.
Die Leidtragenden sind wiederum die Schreibkräfte, denn diese sind damit vor die schier unlösbare Aufgabe gestellt, aus dem oft unzusammenhängenden Gefasel einen Text zu erstellen, der nach Möglichkeit einen Sinn ergeben soll. Diese Schwierigkeit ist ebenso unüberwindlich wie die,

aus des „großen Chefs" unleserlichen Manuskripten einen Artikel oder Bericht zu zaubern. Für gewöhnlich ergeben die ehrgeizig im nicht mehr ganz nüchternen Zustand besprochenen Bänder des obersten Chefs selbst bei größter Gutwilligkeit keinen Sinnzusammenhang. Daß der „große Chef" sich nicht mehr ganz unter Kontrolle hatte, hört man am Lallen. Da selbstverständlich nicht ist, was nicht sein darf, wird auch hier bestenfalls bei den „Damen" untereinander darüber gesprochen, daß „der wohl schon wieder besoffen" gewesen und daß dies schreiben zu müssen „wirklich eine Zumutung" sei. Laut geklagt werden darf aber nicht, denn „so etwas" über den Brotgeber der ganzen Firma will niemand hören. Die „Damen" erledigen - schließlich werden sie dafür bezahlt - ihre Arbeit, indem sie die Satzbruchstücke genau so herunterschreiben, wie sie zusammenhanglos diktiert wurden. Das Ergebnis versetzt jedoch den „großen Chef", wenn er es endlich in der Hand hält und liest - wozu er selbstverständlich seine Bänder nicht abhört - häufig in den allergrößten Zorn, weil es ihm, so glaubt er, doch wieder nur die absolute Dumpfheit und Unfähigkeit der bei ihm beschäftigten „Tippsen" bestätigt. Er beklagt sich über unzureichende Leistungen bei der Chefin des Berichtsdienstes, welche sich regelmäßig dafür entschuldigt, obwohl sie es eigentlich besser weiß, und außerdem wird er sich dies bis zur nächsten von diesen unqualifizierten Kräften erwarteten Gehaltserhöhung merken.

Nur manchmal kommen in der Belegschaft Zweifel daran auf, wo denn nur die Grenze zwischen „noch zu begreifen" und „über das Fassungsvermögen des gemeinen Mitarbeiters hinausgehend" verlaufen soll. So machte doch ausgerechnet Frau Hermann erst kürzlich eine für sie erschreckende Entdeckung: Ihr Weg zur Damentoilette erforderte, daß sie an der kleinen Küche vorbeiging, die man neben dem Büro des „großen Chefs" exklusiv für dessen Espressomaschine und das Geschirr, mit welchem seine Gäste bewirtet werden, eingerichtet hat. Durch den Spalt, den die nur angelehnte Tür offenließ, erspähte sie zu ihrem Entsetzen den „großen Chef" höchstselbst, kläglich in seinem guten Anzug, mit dem Rücken an die Spülmaschine angelehnt, auf dem Fußboden sitzend. Frau Hermann, sofort besorgt, der Herr sei unpäßlich oder habe gar einen schweren Schwächeanfall erlitten, sekundär als nachgeordnete Mitarbeiterin, primär als „Hamster" zu schüchtern und ängstlich, den Vorgesetzten direkt anzusprechen, eilte sofort zu „Sau", um dieser aufgeregt von dem Vorfall zu berichten - nur um barsch abgewiesen zu werden, und zwar mit dem drohenden Hinweis, das Gesehene besser für sich zu behalten! Dafür, daß Frau Hermann sich diese Anweisung zu Herzen nehmen wird, würde sogar „Sau" die Hand ins Feuer legen. „Sau" selbst sind diese kleinen Ausfälle des „großen Chefs" als engster und langjährigster Mitarbeiterin nichts als Alltag. Frau Hermann hingegen wird mit dem bestürzenden Verdacht, daß es sich bei diesem Geschehen, dessen unfreiwillige Zeugin sie wurde, um eine Gewohnheit des höchsten Vorgesetzten - bedingt durch seine wohl nun nicht mehr leugbare Alkoholkrankheit - handelt, weiter in der Firma arbeiten müssen, ohne sich irgend jemandem anvertrauen zu dürfen. Und der arme „Hamster" leidet sehr darunter, so ungewollt und dazu vollkommen ohne eigenes Verschulden zur Trägerin schrecklichster Firmengeheimnisse geworden zu sein.

Das Trinken von Alkohol in den oberen Kasten gehört ebenso zur Tradition und Kultur des Unternehmens wie die folgende Anekdote, die vom „großen Chef" - zur Illustration der von den Mitarbeitern erwarteten Haltungs- und Handlungsmaxime - bei jeder festlichen Gelegenheit immer wieder gern im großen Kreis erzählt wird: „Drei Bauarbeiter, die alle dieselbe Arbeit ausführen, sind an der Errichtung eines Gebäudes beteiligt. Nach seiner Tätigkeit befragt, antwortet der erste: Ich verdiene hier mein Geld! Auf dieselbe Frage erklärt der zweite: Ich klopfe Steine. Als man den dritten Bauarbeiter darum bittet, sein Tun zu beschreiben, sagt dieser: Ich wirke mit an der Errichtung eines Domes." Die Moral von der Geschicht`, die zur Erbauung aller, insbesondere immer wieder bei Jubiläen oder anderen Festlichkeiten, zum besten gegeben wird, und welche inzwischen selbst der unaufmerksamste und gleichgültigste Mitarbeiter fehlerlos nacherzählen könnte, ist, daß alle zum „Winning Team" Gehörenden das Gefühl verinnerlichen sollen, sie hätten tatsächlich Anteil an etwas Erhabenem.

Da die Firma nicht über eine Kantine verfügt, sind die Mitarbeiter mit schmalem Geldbeutel gezwungen, sich ihr Pausenbrot mitzubringen, in der kleinen Küche zuzubereiten oder, selten, auch mal eine Pizza oder Nudeln beim Bringservice zu bestellen. Die in den höheren Hierarchieebenen Angesiedelten, die über die Dauer ihrer Mittagspause frei verfügen können, gehen häufig in einem nahegelegenen Restaurant speisen, welches sie ihre „Stamm-Pizzeria" nennen. Wen der „große Chef", der Herr höchstselbst, „gern hat", dem erlaubt er, ihm in der Mittagspause an seinem Tisch Gesellschaft zu leisten. Eine kleine, sich ständig ändernde Gruppe von Erlesenen darf mit dem „großen Chef" essen gehen, das ist Teil der „Unternehmenskultur", und daß der „große Chef" sich die bereitwillig etwas kosten läßt, indem er die Mitarbeiter einlädt und alles bezahlt, versteht sich von selbst. Wenn Herr Wiemann im Haus herumschleicht und sieht, wie sich die Herrschaften um 13 Uhr verabschieden, um „zu Tisch" zu gehen, wobei mit Sicherheit davon ausgegangen werden kann, daß sie vor 15 Uhr nicht zurückkehren werden, gibt dies dem Programmierer stets einen eifersüchtigen Stich ins Herz: Nur mit großer Überwindung gelingt es ihm dann, den einzelnen Fortgehenden ein lautes und forsches „Mahlzeit!" nachzurufen, das so schneidig ist, daß jeder, der es hört, sofort erkennen soll, daß es Herrn Wiemann gar nicht „betroffen" macht, daß er nicht eingeladen ist und - wie jeden Tag - wieder allein in seinem Büro mit seiner Tüte Chips oder der 300-Gramm-Tafel Schokolade wird vorliebnehmen müssen. Zu allem Überfluß wird sein aufgewecktes „Mahlzeit!" weder erwidert noch wohlwollend zur Kenntnis genommen. Unternehmensphilosophie ist nämlich, daß man ein junges, dynamisches Team sein möchte - da hat ein verstaubtes, behördenbehaftetes, biederes „Mahlzeit" gefälligst nichts zu suchen. Wieder einmal macht sich Herr Wiemann keine Freunde.

Einige Herren der oberen Gehaltsklassen haben per Rundschreiben initiiert, daß in unregelmäßigen Abständen (immer dann, wenn es einem von ihnen einfällt und daraufhin per Rundschreiben angekündigt wird) Fußballspiele der Firmenangehörigen gegeneinander stattfinden. Dies geschieht auf dem örtlichen Sportplatz und findet anschließend beim „großen Chef" zu Hause bei Wein und Brot seinen feierlichen Ausklang. Stets ist es ein loses Zusammenkommen, aber es finden sich doch immer genügend Teilnehmer, um zwei Mannschaften zu bilden. Herr Wiemann ist der einzige, der mit religiösem Eifer jedes Mal dabei ist, weil er glaubt, durch den privaten Kontakt zu den Wichtigeren im Unternehmen seine geplante „Karriere" dort zu fördern. Schließlich ist auch Herr Wiemann einer der wenigen, die die „Unternehmenskultur" insofern genug verinnerlicht haben, als sie - trotz ihres niedrigen Standes in der Firma - einen gewissen Stolz darauf empfinden, daß sie dort arbeiten dürfen. Dieser Stolz hat Herrn Wiemann soweit absorbiert, daß er heimlich Kugelschreiber mit dem eingravierten Namen und Logo seines Arbeitgebers, die an sich als Kundengeschenke gedacht sind, welche die Außendienstler bei eben jenen unauffällig liegenlassen sollen, stiehlt, um sie selbstbewußt in seinem Bekanntenkreis zu verteilen. Bedauerlicherweise nämlich wird ihm - mangels Bedeutung und externer Termine - im Gegensatz zu Außendienstlern und anderen „Bedeutenden" keine Visitenkarte mit Firmenlogo gedruckt, die er an alle verteilen könnte. An den „mitarbeitermotivierenden" Veranstaltungen nimmt er hauptsächlich deshalb teil, weil sie ihm Gelegenheit geben, danach Gast im privaten Heim des „großen Chefs" zu sein und später im Büro von diesem Ereignis denen, die nicht dabei waren, so erzählen zu können, als sei er dort besonders bevorzugt behandelt worden. Weil Herr Wiemann sich aufgrund seiner Leibesfülle nicht schnell bewegen kann, steht er bei jedem Spiel im Tor, wo er kläglich versucht, die Bälle zu fangen. Manchmal hat er Glück, und ein Spieler trifft nicht ins Tor, sondern auf den nahezu raumfüllenden Herrn Wiemann selbst, so daß der Ball wieder abprallt. Für's Bällefangen aber ist Herr Wiemann viel zu langsam, und wie so oft in seinem Leben, ist auch hier wieder sein Motto: Dabeisein ist alles.

Obwohl keiner sie hat ausschließen wollen - im Gegenteil: die Herren würden sich freuen, wenn welche dabeiwären, da sie der Ansicht sind, daß es dann sicher „was zu lachen" gäbe -, nehmen an diesen abendlichen Sportveranstaltungen niemals Frauen teil. Weder die wenigen, die ein biß-chen besser verdienen, noch die zahlreichen geringverdienenden, obgleich doch gerade die „Damen" des Schreibbü-ros fast alle überdurchschnittlich sportlich sind. Sich dar-über im klaren, ist nun einem der Herren eingefallen, ein Fußballspiel ausdrücklich mit „Damen" zu organisieren, was selbstredend bei den anderen Herren auf große Zu-stimmung stößt, weil diese es sich als sehr amüsant vor-stellen, den „Dummen" zu beweisen, daß sie ihnen nicht bloß intellektuell, sondern gleichfalls körperlich haushoch überlegen sind. Zur allgemeinen Enttäuschung der Herren findet sich jedoch nicht eine einzige Frau dazu bereit, auf den Vorschlag einzugehen. Erstens, weil keine Lust hat, ihre Freizeit der „Unternehmenskultur" zu opfern und zweitens, weil allen, sogar Frau Rademann, klar ist, daß sie nur Ziel des Spottes derer sein sollen, für die sie täglich ar-beiten. Darauf kann jede verzichten. Lediglich Frau Thüner macht sich wieder zur Verräterin, indem sie verspricht, daß sie, wenn sie schon nicht mitzuspielen beabsichtigt, beim nächsten Fußballspiel der Herren als Zuschauerin dabei sein wird. „Groupie" und „dumme Schlampe" sagt der Rest der „Damen" über sie. Jetzt hat sie wieder einen neu-en Grund geliefert, aus dem man sie aufrichtig hassen kann.

Nach außen, auch das ist Teil der „Unternehmenskultur", gibt die Firma sich gern großzügig und philanthrophisch, weil der „große Chef" es so will. Dies beginnt damit, daß man in Briefen, in denen man von den Angestellten, deren Dienste dem Kunden angeboten werden, in warmen Tönen als von „unserem" Herrn X oder „unserer" Frau Y spricht und selbstverständlich nicht vergißt, sobald der eingesetzte Außendienstler sich mit dem Kunden bekanntgemacht hat, einen Dankesbrief zu senden, mit welchem man sich wohlerzogen für die „freundliche Aufnahme unseres Herrn X/unserer Frau Y in Ihrem Hause" bedankt. Hierdurch wird dargestellt, was „man" in der heutigen Wirtschaft, „in diesen harten, wettbewerbsorientierten Zeiten" gar nicht mehr unbedingt erwartet hätte: Die Mitarbeiter dieser Firma sind alle Menschen, Individuen, und dort wie in einer großen Familie sicher aufgehoben. Sie werden nicht bloß als Arbeitsmaschinen betrachtet, die zu funktionieren haben. Gute Manieren sind eben wichtig und erwecken beim Kunden nicht nur den Eindruck von Seriosität, sondern täuschen gleichfalls eine Menschlichkeit vor, welche zwar in der Firma völlig fehlt, aber nach außen ohne jeden Aufwand zu vermitteln ist - schließlich geschieht es ja nur brieflich, und es wird kein echter Beweis dafür verlangt. Damit wird das Gefühl erzeugt, man sorge sich um das Wohl der eigenen Mitarbeiter, und wer das tut, der führt gewiß eine „anständige" Firma und wird selbst den Kunden nicht „über den Tisch ziehen".

Der „große Chef" legt starken Wert darauf, sich und sein Unternehmen der Presse ebenso wie der Außenwelt als kultivierten Kunstfreund und -förderer zu zeigen. Der Künstler, den er medienwirksam unterstützt, ist eigentlich der Ex-Mann seiner Frau, eine peinliche Jugendliebe, die Ehe hielt tatsächlich bloß ein Jahr, alles recht unangenehm und schließlich schon sehr lange her. Die ebenfalls beruflich erfolgreiche Ehefrau des „großen Chefs" müßte, wenn der Elende nicht von Zeit zu Zeit durch die Firma - steuerlich absetzbar - gesponsert würde, ohnehin einen Anteil zum Lebensunterhalt des hauptsächlich arbeits- und brotlos lebenden Künstlers zahlen. So schlägt man zwei Fliegen mit einer Klappe. Glücklicherweise trägt der Künstler einen anderen Namen als der „große Chef", und so kann die Verwandtschaft ein kleines, häßliches Geheimnis bleiben. In jedem Büro des Unternehmens hängt mindestens ein Gemälde des Hauskünstlers. An sich interessiert der „große Chef" sich nicht besonders für Kunst, und deshalb ist seine praktische Wahl mit Hinblick darauf gleichgültig auf den geschiedenen Mann seiner Frau gefallen, der, seiner Ansicht nach, „so gut oder schlecht wie jeder andere" ist. In unregelmäßigen Abständen werden - vermeintlich zu des Künstlers Ehren - Ausstellungen in der Firma mit vorangehenden Vernissagen veranstaltet, zu denen Gäste, welche man gern als zukünftige Kunden begrüßen würde, ebenso wie die örtliche Presse eingeladen werden. Ein feiner Herr ist der „große Chef"! Soviel zu tun, so wenig Zeit und doch noch Interesse für die schönen, müßigen Dinge des Lebens, Mitleid und Verständnis, ausartend in Großzügigkeit gegenüber den weniger materiell Begünstigten! Mit solch edlen Menschen macht man gern Geschäfte. Das weiß der „große Chef" sehr genau, und für ihn zahlt sich dieses Wissen immer wieder in stattlichen Summen Geldes aus.

Gute Werke tut die Firma das ganze Jahr, indem sie ihr Toilettenpapier in der Behindertenwerkstatt bestellt, statt es durch Frau Walter und Herrn Wiemann im Großhandel besorgen zu lassen. Bemüht man sich so, den Angestellten seine soziale Verantwortung zu beweisen, sind die eigentlichen Gründe dafür doch rein praktischer Natur: Das Toilettenpapier wird nämlich nicht nur in der Behindertenwerkstatt produziert, sondern von dieser auch angeliefert. Das macht die ganze Sache sehr angenehm, weil man, wenn dies nicht so wäre, bei der großen Menge Toilettenpapier, die von über sechzig Leuten in der Firma verbraucht wird, vermutlich die Kollegen Wiemann und Walter während der Arbeitszeit noch öfter in den Großhandel schicken müßte, als dies ohnehin bereits notwendig ist.

Und davon einmal abgesehen, wäre es natürlich unglaublich peinlich und dem Ansehen des Unternehmens abträglich, wenn Mitarbeiter des eigenen Hauses regelmäßig größte Mengen Toilettenpapier aus dem Firmenwagen auspacken und durch das Gebäude tragen würden.

Darüber hinaus setzt die Firma jedes Jahr zur Weihnachtszeit ihre philantrophische Maske auf, zum Fest der Liebe, wenn wieder Geben seliger sein soll denn Nehmen. Die Großzügigkeit erstreckt sich, vom vertraglich zugesicherten Weihnachtsgeld und einer jahresendlichen Feier abgesehen, nicht auf die Mitarbeiter und hält sich, genauer betrachtet, in recht engen Grenzen. Jedes Jahr um Weihnachten sucht „Sau" Bedürftige aus, und zwar nach folgenden Kriterien: Die Notleidenden müssen institutionalisiert und die Bedürftigkeit der Organisation, der sie angehören, muß eindeutig erwiesen und gesellschaftlich sowohl bekannt als auch anerkannt sein. Des weiteren ist es erforderlich, daß der Standort der zu Beschenkenden im Einzugsbereich der Firma liegt, damit, wenn die Lokalzeitung von den guten Taten berichtet, sich die Leser dafür überhaupt interessieren. Sind diese Voraussetzungen gegeben, kann die Aktion in Angriff genommen werden. So zum Beispiel wird beschlossen, für das örtliche Kinderheim zu spenden. Umgehend verfaßt „Sau" dazu ein Schreiben, in welchem sie die Mitarbeiter aufruft, nun gerade zur Weihnachtszeit den Armen zu geben, und natürlich vergißt sie nicht zu erwähnen, daß die Angestellten selbst mit dem Weihnachtsgeld ja wieder großzügig belohnt worden seien. Es geht darum, daß alle möglichst viel Geld zusammenwerfen, damit kurz vor Weihnachten der „kleine Chef" und „Sau", zum Beispiel im Kinderheim, Weihnachtsengel spielen dürfen („Sau" haßt Kinder noch mehr als Haustiere), indem sie - bezeugt von der vorher geladenen Lokalpresse, die darüber einen unternehmensgünstigen Bericht schreiben wird - einen großen Scheck überreichen, der die Firma selbst nichts gekostet hat, aber ihr Ansehen steigert. Bedauerlich ist nur, daß es Jahr für Jahr von neuem geschieht, daß es ohne verschärften Druck der Geschäftsleitung niemals zu einem ansehnlichen Scheck kommt, weil die Mitarbeiter wenig freiwillige Bereitschaft zur Mildtätigkeit zeigen. Immer ist es so, daß „Sau" durch wiederholte Rundschreiben streng zum Geben mahnen muß. Es wird, damit überhaupt ein Betrag zusammenkommt, den man überreichen kann, ohne sich zu blamieren, bereits im Oktober mit dem Sammeln begonnen. Bloß Herr Wiemann glänzt jedes Jahr dadurch, daß er einen proportional zu seinem Gehalt viel zu hohen Betrag opfert, allein deshalb, um sich bei Gelegenheit vor Publikum seine Spendenbescheinigung abzuholen. Er glaubt, besondere Großzügigkeit zugunsten des Namens der Firma könne seiner „Karriere" förderlich sein, ist sich aber, seitdem er erfahren hat, daß die Summe, die der „kleine Chef" gegeben hat, so gering war, daß es nicht einmal möglich war, diesem darüber eine steuerlich absetzbare Bescheinigung auszustellen, dessen nicht mehr ganz sicher.

Bedankt die mit dem gesammelten Geld bedachte Organisation sich nicht umgehend bei der Firma und versäumt damit gleichzeitig, den Verwendungszweck der Gabe anzugeben, kann sie dessen versichert sein, daß sie ein zweites Mal mit nichts mehr zu rechnen braucht. Häufig jedoch fällt der Firma das Versäumnis erst bei der Planung der erneuten Nächstenliebeaktion - also alljährlich ungefähr drei Monate vor Beginn der Weihnachtszeit - auf. Selbst dann ist sich „Sau" nicht zu schade, bei der betreffenden Wohltätigkeitsorganisation anzurufen, um dieser entschieden und aufgebracht ein ebenso beschämtes wie verspätetes Dankschreiben abnötigen, und zwar mit präziser Angabe des Verwendungszwecks des Geldes. In der naiven Annahme, man beabsichtige, sie auch dieses Jahr wieder mit finanzieller Hilfe zu bedenken und widme ihnen gerade deshalb soviel Aufmerksamkeit, reagieren die meisten einst Beschenkten daraufhin natürlich sofort und mit ausführlicher Dokumentation, wie zum Beispiel mit Photos der glücklichen behinderten Kinder, die mit der mit Spendengeldern erworbenen Trommel musizieren. Tatsächlich wird all dies von „Sau" sorgfältig für die Mitarbeiter dokumentiert, photokopiert und verteilt, um nichts weiter als Empörung und Unverständnis hervorzurufen ("Was, eine Trommel haben die mit unserem Geld gekauft?! So eine Verschwendung! Das schöne Geld!" - Insbesondere Frau Rademann tun ein Jahr später dann noch die unter kollektivem Druck gespendeten fünf Mark leid.), bei einigen immerhin Beschämung deswegen, daß die letztjährige Spende offenbar so gering war, daß man mehr als eine Trommel damit nicht bezahlen konnte. In jedem Fall wird für die betreffende Organisation nicht wieder gespendet, und das allein ist Sinn von „Saus" PR-Aktion, denn Strafe für die Saumseligen, die nicht wissen, was sich gehört und es einfach vergessen, sich schriftlich zu bedanken, muß schließlich sein.

Weihnachten ist für Herrn Wiemann nicht allein wegen seiner Möglichkeit zum öffentlichen Spenden ein Freudenfest. Privat gibt es in der Adventszeit Grund zum Jubeln, weil der bis dahin noch lebende Rest aus Vater Wiemanns Kaninchenzucht endlich geschlachtet wird. Das ganze Jahr ernährt Wiemann senior Kaninchen, die keine Haustiere sind - deshalb hat auch keines von ihnen einen Namen -, sondern einzig und allein zu dem Zweck gezüchtet werden, als saftiger Braten auf Familie Wiemanns reich gedeckter Tafel zu landen. Im Winter, und zwar immer in der Vorweihnachtszeit, entscheidet Vater Wiemann, daß Frischfutter, denn nur solches garantiert gutes Fleisch, wieder zu teuer geworden ist, und setzt einen Schlachttermin für seine Kaninchen fest, die bis dahin noch munter im Stall herumlaufen. Bloß für zwei Erwählte - das größte Männchen und das fortpflanzungsfreudigste Weibchen - zeigt der Schlächter Gnade, denn mit jenen beiden soll im kommenden Jahr die Frühjahrszucht begonnen werden. Die kollektive Hinrichtung der Nutztiere ist im Hause Wiemann ein Fest; was an Fleisch nicht sofort verbraucht wird, wird eingefroren, und jedes Wochenende bis zum Heiligen Abend kredenzt Mutter Wiemann Kaninchenbraten. Das ist bei Wiemanns Tradition, und Wiemann junior schätzt überlieferte Bräuche mindestens so sehr wie den vielgepriesenen „Team Spirit" in der Firma. Zur Weihnachtszeit hat Herr Wiemann Gelegenheit zu beweisen, daß „Unternehmenskultur" für ihn mehr bedeutet als eine leere Worthülse: Mittlerweile ist es Tradition, daß er sich alljährlich einen Adventskalender ausdenkt, zum einen wegen der von ihm „offen gelebten Unternehmenskultur", dem Konzept „Mitarbeitermotivation", das er dadurch, daß er es praktiziert, beweist begriffen zu haben, zum anderen, weil er hofft, sich dadurch die Mitarbeiterinnen des Berichtsdienstes gewogen zu machen. Bislang war es so, daß er immer einen Kalender bastelte, bei welchem jeden Tag die erste „Dame", die den Programmierer aus irgendwelchen Gründen aufsuchen mußte, ein Törchen öffnen durfte und dafür dann eine Süßigkeit geschenkt bekam. Zwar hielt sich trotz der guten Idee Herrn Wiemanns die Begeisterung für diese und damit für ihn in Grenzen, aber dennoch sah zumindest Frau Rademann immer zu, daß sie tatsächlich die erste war, die täglich unter irgendeinem Vorwand in Herrn Wiemanns Büro erschien, um den Anspruch auf die Praline zu erwerben. Dieses Jahr hat sich Herr Wiemann etwas Besonderes ausgedacht: Um möglichst viele in den Genuß seines Adventskalenders und sich selbst damit um so mehr ins Gespräch zu bringen, hat er die Zahlen von „1" bis „24" auf Klebefolie kopiert. Am ersten Dezember klebt er die Zahl „1" an seine Bürotür, die natürlich von nun an permanent geschlossen bleiben muß. Wer jetzt die Tür, die durch die aufgeklebte „1" zum „ersten Törchen" geworden ist, öffnet, darf sich aus der eigens zu diesem Zweck mit großen, bunt verpackten Pralinen und Gebäck gefüllten Schale ein Teil aussuchen. Herr Wiemann ist enttäuscht, daß sein Spaß nicht so gut ankommt, wie er es erwartet hat, und lediglich Frau Rademann dreimal täglich das „erste Törchen", ebenso wie das zweite, dritte, vierte und so weiter öffnet, um sich dafür eine Süßigkeit abholen zu können. Obwohl kaum jemand Herrn Wiemann besucht, ist die Konfektschale unerklärlicherweise dauernd leer. Das liegt vermutlich daran, daß die

178

„Damen", wenn sie neben seinem Büro photokopieren, stets wissen, wann Herr Wiemann wieder zu irgendwelchen Aktivitäten in den Keller geschickt oder in die Chefetage gerufen wird, und sich deshalb in seiner Abwesenheit über seine Konfektschale hermachen. Bis Weihnachten muß Herr Wiemann seine Schale immer wieder auffüllen. Das kostet zwar Geld und außerdienstlichen Aufwand, aber soviel ist ihm die „Unternehmenskultur" wert.

Kurz vor Weihnachten - es geht dabei wohl weniger um die Nähe des Weihnachtsfestes als vielmehr darum, daß die Ehe noch vor Jahreswechsel geschlossen werden muß, um pünktlich zum neuen Jahr in den Genuß steuerlicher Erleichterungen zu kommen - vermählt sich Frau Thüner. Weiter gibt es dazu nichts zu berichten, außer, daß es sich zunächst bloß um die standesamtliche Trauung handelt und erst im Mai des darauffolgenden Jahres im großen Stil mit weißem Kleid und bestellter Pferdekutsche kirchlich geheiratet werden soll, damit es garantiert schöne Hochzeitsphotos bei gutem Wetter gibt. Bemerkenswert ist überdies, daß es Frau Thüner gelingt, ihre Eheschließung bis zum Schluß vor den Kolleginnen sowie Herrn Wiemann zu verbergen. Erst als sie den ihr dafür zustehenden Tag der Arbeit fernbleibt, hält die Chefin des Berichtsdienstes, als einzige eingeweiht und eingeladen, es für notwendig, den „Damen" von der Hochzeit der Frau Thüner zu erzählen, insbesondere weil diese ihren Namen ändern und fortan „Gratze" heißen wird. Die Schreibkräfte quittieren die Vermählung lediglich mit höhnischen Bemerkungen, so zum Beispiel mit der Feststellung, daß, wären sie eingeladen worden, ohnehin niemand hingegangen wäre. Frau Siel stellt sich vor, wie lustig für alle und wie peinlich es für Frau Thüner gewesen wäre, wenn sie ihre Kolleginnen zumindest zum Beifallklatschen vor dem Standesamt gebeten hätte und niemand erschienen wäre. Frau Weber erklärt darauf, daß es selbst ohne geladene Kolleginnen für Frau Gratze, ehemals Thüner, unsagbar peinlich gewesen sein müsse: Wie habe denn bloß die Thüner der gesamten Verwandtschaft erklärt, daß von ihren zahlreichen Arbeitskolleginnen niemand gratulieren und mitfeiern wollte, zumal das doch völlig üblich sei? Frau Wartenberg fängt zur allgemeinen Freude lustig an zu dichten: „Da ist die Gratze mit der blöden Fratze!" Alle freuen sich.

Allein ehrlich enttäuscht darüber, nichts gewußt zu haben, ist Herr Wiemann, der dies als Vertrauensbruch seitens Frau Thüner betrachtet und der zudem gern Geld für ein Geschenk für die Frischvermählte gesammelt hätte. Natürlich erzählt ihm keine der „Damen" von der Hochzeit, und er erfährt es wieder als letzter, als es schon fast „zu spät" ist. Glücklicherweise besitzt Herr Wiemann eine Blumenvase, die er in der Firmenfarbe Lila selbst erworben und neben seine Konfektschale gestellt hat. Hin und wieder „schenkt" er sich selbst Blumen, die er in der lila Vase zur Schau stellt - vorzugsweise kauft er gelbe Tulpen, von denen er nicht findet, daß sie sich mit dem Lila der Vase gefährlich beißen -, dringendst darauf wartend, vom Nächstbesten darauf angesprochen zu werden, aus welchem Anlaß und von wem er die schönen Blumen geschenkt bekommen habe, so endlich wieder einmal Aufmerksamkeit auf sich zu lenken und dann entgegnen zu können, die habe er sich selbst geschenkt, weil das ja sonst niemand tue und die Vase nicht immer leerstehen solle. Ernsthaft und eitel, aber natürlich vergeblich darauf spekulierend, daß demnächst irgendwer ihm Blumen für seine Vase schenken wird. Nun, und wie der glückliche Zufall es will, hat Herr Wiemann sich selbst gerade Blumen geschenkt, die zudem noch niemand bewundern konnte, als Frau Gratze, einst Thüner, kurz vor Weihnachten tatsächlich wieder zur Arbeit erscheint. Außer dem allgemein verachteten Herrn Wiemann ist niemand dazu bereit, ihr nachträglich zur Hochzeit zu gratulieren. Auf des Programmierers Frage, warum keine ihre Glückwünsche ausspreche, erhält er von den „Damen" lediglich die patzige Antwort, sie wüßten von nichts, Frau Thüner habe sie über ihre Hochzeit weder informiert noch sie dazu eingeladen. Herr Wiemann findet das traurig, denn gern würde er die „Firmenkultur" zelebrieren und Frau Gratze im Namen der Kollegen ein schönes Geschenk übergeben. So überreicht er ihr heimlich die Blumen aus seiner lila Vase. Den Mut, dies öffentlich zu tun, hat er nicht, weil er es sich natürlich mit den anderen „Damen" nicht verderben will. Andererseits mag er die kleine Gunst Frau Gratzes ihm gegenüber nicht aufs Spiel setzen. Weil niemand mit Frau Gratze spricht, wird sie gewiß keiner nach der Herkunft der Blumen fragen. Vermutlich werden alle annehmen, die seien ein Geschenk der Geschäftsleitung. Wenngleich dies recht unwahrscheinlich ist, weil das Management gerade bei den besonders Nachgeordneten nach dem Heiraten ein baldiges Kinderkriegen fürchtet und, da man dies bei seinen „Damen" gar nicht schätzt, sich selbstverständlich überhaupt nicht veranlaßt sieht, Hochzeiten mit Geschenken zu belohnen. Herr Wiemann aber ist trotzdem fein raus, sieht sich über jeden Verdacht erhaben und freut sich über sein Meisterstück. Es ist ihm mal wieder gelungen, es allen recht zu machen. Alle mögen ihn. Frau Rademann nimmt sich vor, sich noch dümmer als sie tatsächlich ist zu stellen und von nun an vorzugeben, sich den Namen „Gratze" nicht merken zu können und ihre ungeliebte Kollegin ab heute immer mit „Frau Glatze" anzusprechen. Der Vorschlag findet großen Beifall. Frau Rademann ist ziemlich stolz darauf, daß eine Idee von ihr bei den anderen so gut ankommt.

Nachdem letztlich doch geklärt worden ist, daß Frau Seiler, die beim Dichten das größte Talent bewiesen hat und aus deren Feder die meisten Strophen geflossen sind, alles allein vortragen wird, hat selbst Herr Wiemann keinen Grund mehr, auf die Firmenfeierlichkeiten anläßlich Weihnachtens zu verzichten. Wieder einmal hat er sich besonders fein gemacht: Er trägt einen grauen Flanellanzug mit Weste, und, wie jedes Jahr zur Weihnachtsfeier, auch heute wieder außerordentlich „witzig", dazu eine Nikolausbrosche aus Gips am Kragen. Um genau zu sein, handelt es sich bei der bunten Dekoration nur um den Kopf des heiligen Mannes, der anstelle einer Nase in der Mitte des Gesichtes einen roten Knopf befestigt hat, der, sobald man auf ihn drückt, zu leuchten beginnt und durch welchen gleichzeitig die Melodie von „Jingle Bells" in piepsigen Tönen ausgelöst wird. Sowohl für seinen Anzug, der ihn aufgrund der hohen Qualität des Stoffes als der Chefklasse zugehörig ausweisen soll, als auch für den musizierenden Nikolaus, der wieder einmal das Ziel hat, Herrn Wiemanns Humor zu belegen, wird dieser von den „Damen" gesamtheitlich gehaßt. „Privat", so betont er, liebe er es „eher leger", da könne er „sich gut vorstellen", mal ein ganzes Wochenende in seiner Jogginghose, auf der putzige Nilpferdchen aufgedruckt seien, auf dem Sofa zu liegen - ob dieser Information breitet sich unter den „Damen" wiederum kollektiver Ekel aus. Den gesamten Arbeitstag, der noch vergehen muß, bis abends die Weihnachtsfeierlichkeiten beginnen, spottet man über ihn. All dies schützt Herrn Wiemann nicht davor, mit den „Damen" am Abend am selben Tisch zu sitzen, und das, obwohl es im Restaurant nicht einmal Platzkarten gibt. Schuld ist diesmal Herr Wiemann selbst. Weil er sicherstellen will, einen besonders „guten" Platz zu bekommen, findet er sich pünktlich zur verabredeten Zeit im vereinbarten Restaurant ein. Diesmal soll alles glatt laufen, und nach Möglichkeit möchte Herr Wiemann bei oder nahe der Geschäftsleitung sitzen. Schnell stellt sich aber heraus, daß er offenbar noch viel lernen muß: Selbstredend haben sich pünktlich in dem Restaurant nur die „Damen" eingefunden, die sofort als geschlossene Gruppe den größten Tisch besetzen. Jeder, der wirklich etwas auf sich hält, kommt natürlich mindestens eine halbe Stunde zu spät, und derjenige, der als letzter eintrifft, ist offenkundig jener, welcher am längsten gearbeitet hat, dementsprechend am meisten zu tun hatte und somit wieder effizient für sein positives Image gesorgt hat. Herr Wiemann muß wirklich noch viel lernen! Das unglückliche gleichzeitige Ankommen mit den „Damen" bietet ihm die Möglichkeit, sich entweder zu ebendiesen an den Tisch zu setzen und sich damit wiederholt die Blöße zu geben, zu den, wie er selber sagt, „Erbsen" zu gehören,

oder die, allein an einem großen freien Tisch Platz zu nehmen, um damit erstens seine Unabhängigkeit zu beweisen
und zweitens zu hoffen, daß die „richtigen" Leute, sind sie
erstmal da, sich schon bereitfinden werden, sich zu ihm zu
gesellen. Nachdem er seinen gesamten Mut zusammenge-
nommen hat, entschließt Herr Wiemann sich für den eigenen Tisch. Am Ende erweist sich dies als falsche Entscheidung: Bevor sich der letzte Außendienstler eingefunden
hat, gibt Herr Wiemann die Hoffnung nicht auf, daß sich
die wirklich Bedeutenden noch um ihn scharen werden,
aber schließlich muß er einsehen, daß das Restaurant groß
genug dafür ist, ihn selbst bei Vollzähligkeit aller Firmen-
angestellten ganz allein an seinem Tisch sitzen zu lassen.
Und genau so geschieht es, denn niemand der „höheren
Kasten" möchte sich die Blöße geben, neben dem allgemein geringgeschätzten Herrn Wiemann zu sitzen. Un-
glück und schlechtes Ansehen färben ab. Selbst Herr Potthoff wird, da er sich in einem Restaurant befindet, heute
von Kellnern bedient werden und bedarf deshalb der Nähe
des Herrn Wiemann nicht. So sitzt, als endlich alle einge-
troffen sind, Herr Wiemann einsam und allein an einem
großen Tisch, bis Frau Gratze, ehemals Thüner, die den
Mut, sich einen eigenen Tisch zu suchen nicht hatte und
deshalb am Tisch der „Damen" Platz genommen hat, obwohl niemand auch nur ein Wort mit ihr wechselt, ihm -
nicht ohne Selbstzweck - anbietet, sich auf den freien Stuhl
neben ihr zu setzen. Beschämt, aber dennoch dankbar und
erleichtert, nun nicht den ganzen Abend mit der Blöße, daß
niemand seine Gesellschaft schätzt, öffentlich konfrontiert
zu sein, akzeptiert Herr Wiemann das Angebot. Dennoch
bleibt ihm das unangenehme Gefühl, wieder kläglich versagt zu haben.

Als Aperitif wird Sekt serviert, und obgleich diesmal Le-
bensgefährten und Ehepartner nicht eingeladen sind, wiederholt sich in der Runde der „Damen" das Schauspiel des
Betriebsausflugs: Man bemäkelt lautstark den Sekt als sno-
bistisches Getränk, fordert und erhält statt dessen Bier. Al-

les wie gehabt. So abwechslungsreich ist das Leben. Wer hätte das gedacht.

Mit dem Sekt prostet der „große Chef", der sich eigens vor der im Restaurant aufgestellten Firmenflagge positioniert hat, den Mitarbeitern zu und setzt zu einer kurzen Weihnachtsrede an. Kurz faßt er sich gern, weil er kein Schwätzer sein will. Deshalb legt er heute besonderen Wert darauf, eine besonders komprimiert-originelle Rede zu halten und dafür von den „nachgeordneten" Mitarbeitern erst recht bewundert zu werden. Achtung, jetzt ist gefragt, daß man den bewußten Stilbruch der Rede erkennt sowie ihre Originalität erfaßt und beklatscht: Mit der ihm eigenen sonoren Stimme liest der „große Chef" eine von ihm selbst umgedichtete Passage aus der „Mao-Bibel" vor. So braucht zum Beispiel nicht „der Stein das Wasser" und „das Wasser den Stein", wie es im Originaltext steht, sondern „der Chef die Mitarbeiter" und „die Mitarbeiter den Chef". Die „Damen" lachen laut und unangemessen und werden von „Sau" mit zornigen Blicken gestraft (gleichzeitig möchte Herr Wiemann vor Scham darüber, daß er am „Damentisch" sitzt und man meinen könnte, er teile diese „Ansichten" und respektiere die Rede nicht, am liebsten im Boden versinken), wissen sie doch bereits, daß bald in ähnlicher Weise Frau Seiler dichterisch auf das „Obere-/Untere-Kasten-Verhältnis" eingehen wird, indem sie vortragend die Wahrheit des Lieblingsspruchs des „großen Chefs" bestätigen wird: Nämlich daß, wie oft gesagt, wenn von den „Damen" kostenlose Mehrarbeit gefordert ist, es doch um das große Ganze gehe, weil schließlich „alle in einem Boot" säßen. Sogar „Sau" versteigt sich immer wieder dazu, bei vermeintlich mangelndem Einsatz die „Damen" mahnend darauf hinzuweisen: „Wir sitzen doch schließlich alle in einem Boot!" Das fürwahr! Nur möchten die „Damen" heute die Gelegenheit nutzen, mal zu erwähnen, daß einige im oft beschworenen „einen Boot" auf Deck in Liegestühlen bequem ihre Cocktails schlürfen, während andere, und zwar die „Damen" selbst, stets unter Deck im Maschinenraum schwitzen. Dennoch: Alle in einem Boot!

Das alberne Gelächter verwirrt den Vortragenden, der „große Chef" gerät ins Stottern, bringt seine Rede hinter sich, ist aber sichtlich verärgert. Dafür entschädigt selbst das laute Auf-den-Tisch-Klopfen und Stampfen der Opportunisten und Karrieristen aus den höheren Ebenen und die „Standing ovation" des Herrn Wiemann nicht. Der „große Chef" fürchtet, man habe „die Moral von der Geschicht`" wieder einmal nicht verstanden: Eben daß aus einem nutzlosen 68er-„Revoluzzer", Besitzer einer „Mao-Bibel", solch ein erfolgreicher Geschäftsmann werden konnte. Einer, der schließlich den rechten Weg fand, eine „Rags to Riches"-Geschichte sozusagen. Die Geschichte eines Erfolgs, offenbar zu leise angedeutet und deshalb nicht von allen verstanden. Der „große Chef" sieht seine Mission nun als verfehlt, jetzt hat er schlechte Laune. Den „Damen" ist das egal.

Was ihnen aber durchaus nicht gleichgültig ist, ist die Vorspeise. Es wird für alle das gleiche serviert: Nämlich je ein Teller mit erlesenen Meeresfrüchten, welche mit Lachshäppchen und Salatblättern garniert sind. Das erzeugt kollektiven Ekel am Tisch der „Damen", denn „sowas" sind sie zu essen nicht gewohnt, und daß man die Garnelen mit den Fingern aus der Schale pulen soll, ist wirklich eine Zumutung, nein, Frau Wartenberg „packt das Zeug nicht an," Frau Rademann ist gar der Ansicht, „bald reihern zu müssen." Herr Wiemann schämt sich in Grund und Boden und verspeist bloß deshalb, weil es ihm unvorstellbar peinlich wäre, wenn wirklich alles stehengelassen würde und volle Teller abgeräumt werden müßten, zusätzlich zu seiner eigenen Vorspeise noch die von Frau Wartenberg, Frau Rademann und Frau Seiler. Mehr schafft selbst er nicht, wenn er die Hauptspeise noch genießen will. So braucht er für den Spott nicht zu sorgen und hat seinen Ruf als Freßsack von neuem bestätigt. Jetzt haben alle, außer Herrn Wiemann, der vor Anstrengung langsam ins Schwitzen gerät, wieder etwas zu lachen.

Frau Siebert und Frau Weber haben wenigstens die Salatblätter gegessen - „die Soße war nicht schlecht", meint

Frau Weber -, so daß ihre Teller nicht ganz unberührt aussehen. Als abgeräumt wird, ist es Herrn Wiemann leider nicht gelungen, mehr als den Belag dreier weiterer Teller neben seinem eigenen zu verschlingen. Schließlich fühlt er sich verantwortlich dafür, in diesem Restaurant das Firmenimage würdig zu vertreten und meint, als die Teller abgetragen werden und vom Kellner gefragt wird, ob denn alles geschmeckt habe, die Vorspeise sei „ausgezeichnet" gewesen. Frau Siel hingegen ist nicht schüchtern, und Herr Wiemann ist sicherlich einer der letzten, die ihr vorzuschreiben haben, was sie zu denken oder zu sagen hat! Ihr hat der „Designerfraß" nicht geschmeckt, und nachdem sie einen großen Schluck ihres Biers genommen hat, um den schlechten Geschmack der Krabbe, die sie probiert hat, herunterzuspülen, erklärt sie dem Kellner laut, daß ihr „eine deftige Erbsensuppe" lieber gewesen wäre. Der nimmt dies ohne echtes Bedauern kommentarlos zur Kenntnis, einzig Herr Wiemann wünschte, er wäre anderorts. Bei der Hauptspeise darf wieder von einem üppigen Buffet gewählt werden, das insgesamt aufgrund seiner Vielfalt sogar der Kritik der „Damen" standhält. Leider gibt es bloß eine Sorte Weißwein, welche zum Essen gereicht wird. Fest steht, da sind sich alle einig, daß „man den ja gar nicht trinken" kann, weil er „so sauer" ist. Den „Damen" wäre ein lieblicher Wein lieber. Im großen und ganzen aber geht das Weihnachtsessen recht friedlich vonstatten. Als Frau Seiler ihre Gedichte vorträgt und dazu von Frau Walter die Astrologiebücher verteilt werden, bessert sich die Laune des „großen Chefs" zwar nicht, aber wenigstens die „Damen" haben ihren Spaß. Zu dem Scherz über das „eine Boot" versucht der „große Chef" angestrengt zu grinsen.
Weil sie das ganze Jahr schwer gearbeitet haben, bekommt jede der „Damen", einschließlich Herrn Wiemanns, der gleichfalls Innendienstler ist, aber wiederum wünschte, er gehörte nicht dazu, einen aus Gips geformten Teddybären mit aufgemalter Weihnachtskleidung. Ob „Junge" oder „Mädchen" - das „Mädchen" erkennt man an dem ihm aufgemalten Kleidchen -, darf sich jeder selbst aussuchen. Er-

staunlicherweise entsteht kein Streit darüber, daß zu viele „Damen" Bärchen desselben „Geschlechts" haben wollen und einige auf ihre Wahl verzichten müssen. Nein, jede bekommt das gewünschte „Geschlecht", diesmal geht alles auf. Die „Damen" finden die Gipsbärchen „süß" und freuen sich darüber, daß „die sich mal was Nettes für uns haben einfallen lassen." Kleine Geschenke erhalten eben doch die Freundschaft und versöhnen insbesondere zum Jahresende.

Nur Herrn Wiemann sieht man wieder an, daß er nicht zufrieden ist. Er hat ein „Mädchen" aus dem Karton genommen und zeigt gar keine Begeisterung über das niedliche Geschenk. Aufmunternd bemerkt Frau Siel, daß er sich doch freuen solle, „ein Mädchen zu haben", und alle - Herr Wiemann ausgenommen - lachen dröhnend über diesen wohlgelungenen doppeldeutigen Scherz. Als „der Wiemann" sich unter den Augen der „Damen" einen Cognac bestellt und den dann noch, weil er sich wohl doch nicht „traut", ihn zu trinken, lange in der Hand hält, angeblich, um ihn zu „wärmen", hat der „Angeber mit Standesdünkel" bei Frau Siel dieses Jahr sowieso „ausgeschissen". Die anderen „Damen" schließen sich dieser Meinung an. Den Rest des Abends spricht keine mehr mit dem Wichtigtuer, und schließlich geht er auch früh nach Hause, weil er angeblich „noch was vor" hat. Das glaubt ihm natürlich niemand.

Zwischen Weihnachten und Neujahr befindet sich kaum ein Außendienstler im Haus, aber die wenigsten Innendienstler pflegen sich in dieser Zeit frei zu nehmen, weil die Tage zwischen den Jahren ruhig sind und man sich deshalb den schönen Urlaub lieber für die Zeiten aufspart, in denen mit viel Arbeit zu rechnen ist. Zum Jahresende hin sind alle darauf eingestellt, wenig zu tun, man wird wiederum damit beauftragt, die Archive zu aktualisieren, nicht mehr dringend benötigte Ordner in den Keller zu tragen, dazwischen aber gibt es immer noch sehr viel Leerlauf, und niemand rechnet damit, daß sich etwas Ernsthaftes ereignet. Um so mehr erschüttert und erstaunt es deshalb, als zwei Tage vor Beginn des neuen Jahres „allen Mitarbeiter/innen" ein häßliches Rundschreiben, per procura von „Sau" unterzeichnet, mit folgendem Wortlaut zugeht: „Frau Rita Walter steht uns ab sofort nicht mehr zur Verfügung. Wir werden für umgehenden Ersatz sorgen." Die unbestreitbare Herzlosigkeit und Kälte des Schreibens, die fehlenden „guten Wünsche für die Zukunft", die in solcherlei Rundschreiben allen freiwillig aus dem Dienst der Firma Scheidenden für die Öffentlichkeit mit auf den Weg gegeben werden, lassen die erschreckten Kollegen richtig vermuten, daß Frau Walter fristlos gekündigt worden ist. Die Tatsache, daß die allseits beliebte Frau Walter vom einen auf den anderen Tag sang- und klanglos - allem Anschein nach ohne jede Gelegenheit, sich von irgend jemandem zu verabschieden - verschwindet, hinterläßt einen bitteren Nachgeschmack. Dennoch wissen alle unbewußt, wie sie sich zu verhalten haben, wenn auf dem Schreiben zu den näheren Umständen des „Sich-von-ihr-Trennens" nichts vermerkt ist: Man stellt keine Fragen, nicht einmal den engsten Kolleginnen der ehemaligen Mitarbeiterin, die gewiß Bescheid darüber wissen, was vorgefallen ist. Niemand nämlich möchte diese am Ende vor „Sau" in die gefährliche Lage bringen, „etwas gesagt zu haben". Alle stürzen sich hinein ins „business as usual" und achten umgehend sehr sorgfältig darauf, den Namen „Walter", soweit möglich, überhaupt nicht mehr zu erwähnen. Frau Walter? Wer war das noch? Personae non gratae sind aus dem Gedächtnis zu tilgen, sie haben in der Firmengeschichte des „Winning Teams" nichts verloren, und man verhält sich - zu seinem eigenen Schutz - am vernünftigsten so, als hätten sie nie existiert. Es funktioniert alles genau so, wie der „große Chef" es sich wünscht: Sein diktatorisches Regime hält sich durch die stillschweigende Kollaboration der Mitarbeiter gesund. Läßt es sich nun wirklich nicht vermeiden, in einem Arbeitszusammenhang noch einmal Bezug auf Frau Walter zu nehmen, so wird dies nach Möglichkeit getan, ohne ihren Namen zu nennen, indem man lediglich von der „Jungsekretärin, die hier mal gearbeitet hat" spricht, um sich von ihr definitiv und über jeden Zweifel erhaben zu distanzieren. Insgesamt geht unter den Mitarbeitern wieder die Angst um, die Furcht vor der Unberechenbarkeit von „Sau" und den beiden Chefs. Es ist gerade das Mysteriöse um das Verschwinden von Frau Walter, das den Kollegen angst macht. Denn eine Erklärung dafür vermag niemand zu finden, weil Rita Walter als kompetente, zuverlässige und fleißige Mitarbeiterin galt, die nie durch Konflikte mit der „obersten Leitung" von sich reden machte. Wessen Arbeitsplatz soll dann noch sicher sein, wenn einer Mitarbeiterin - nachdem sie sich fünf Jahre lang mit Energie und Elan für die Firma eingesetzt hat - völlig aus dem Nichts und ganz unerwartet gekündigt werden kann? Warum ausgerechnet Frau Walter? Daß Mitarbeiter, die gute Arbeit geleistet haben, entlassen werden und die „Blöden" bleiben, schafft Unsicherheit und Unzufriedenheit unter den „Hinterbliebenen". Somit könnte nämlich jeder, der jetzt überhaupt nicht damit rechnet, nur allzubald selbst Opfer sein. Insbesondere kann sich niemand ausmalen, was sich Frau Walter hat zuschulden kommen lassen können, das eine fristlose Kündigung rechtfertigte. All dies führt zu wilden Vermutungen, aber weder kann man sich vorstellen, daß sie einen Millionenauftrag hat platzen lassen, denn sie verfügte nicht einmal über Zeichnungsbefugnis, noch mag irgend jemand glauben, daß sie Firmenunterlagen gestohlen hat, denn um diese gewinnbringend weiterzuverkaufen, hätte sie ja erst einmal Einflußreiche mit Bedarf daran kennen müssen, und das traut der ehemaligen „Nachwuchssekretärin" niemand zu. Nun mögen sich die zahlreichen Angestellten die Frage stellen, welchen Platz sie auf der „Abschußliste" einnehmen, und wer der nächste sein soll. Aber wie wünschenswert wäre es, wenn es wenigstens eine solche inoffizielle „Liste" gäbe und das Bleiben oder Gehen in dieser Firma nicht allein durch Willkür und Nichtnachvollziehbarkeit bestimmt würde! Wie wohl wäre es den schüchternen Kleinen ums Herz, wenn sich nur irgendeine Nachvollziehbarkeit anböte und die Beachtung bestimmter Verhaltensmaßregeln vor der gefürchteten Entlassung in die Arbeitslosigkeit bewahren könnte! Aber ein tobendes, die kleine Angestelltenwelt mit überraschender Wucht zerstörendes Unwetter wird eines Tages wieder hereinbrechen, und keiner kann mit Sicherheit vorherbestimmen, wann, und - wenn es herabsinkt -, wen es treffen wird. In dieser Firma wird nie langsam und beobachtbar an „jemandes Stuhl gesägt". Eines Tages wird wieder ein „Kopf rollen", für alle unbegreiflich, unvorhersehbar und überraschend wird es erneut eine „Säuberungsaktion", organisiert von der „obersten Leitung" geben, irgendwer, der vorher nichts davon ahnte, wird ihr zum Opfer fallen, und keiner wird mehr nach ihm fragen. Wo gehobelt wird, da fallen Späne! Besonderes Wohlverhalten an den Tag zu legen ist vergebliche Mühe, denn das Los kann doch jeden treffen.

Wenn der Herr über Erwerbstätigkeit und Existenzminimum firmenfeindliche Tendenzen bei einem seiner Subjekte vermutet, meint er sie im Keim ersticken, das Unkraut mit der Wurzel herausziehen und vernichten, die fauligen Strünke fortwerfen zu müssen, da verfügt er über blumige Bilder. Firmenschädlinge sollen sofort entfernt werden, Sabotage riecht der „große Chef" überall, und selbst wenn sich den Leuten oft nichts beweisen läßt, ist es beruhigend, hier und dort vermeintliche Missetäter ins Auge zu fassen, die Firma davon zu befreien, zu entkernen und wieder durch frisches Blut zu ersetzen. Es gilt, den inneren Feind zu erkennen und auszurotten. Ist jemand einmal auffällig geworden, ist alles zu spät, da nützt auch kein Beteuern, ja, nicht einmal ein Unschuldsbeweis hilft da mehr. Glaubt der „große Chef", daß einer seiner Abhängigen Illoyalität zur Firma hat ruchbar werden lassen, dann heißt es bloß: „Sofort weg damit!", und der „Täter" wird augenblicklich vom Dienst „freigestellt".

Herr Wiemann ist ganz besonders traurig und mag es nicht fassen, daß die schönen Zeiten der gemeinsamen Einkaufsbummel mit Frau Walter durch deren Entlassung ersatzlos gestrichen sein sollen. Weil er sich für besonders vertrauenswürdig hält, ist er der einzige, der nach den Gründen für diese unglaubliche plötzliche Kündigung fragt, von der Chefin des Berichtsdienstes jedoch mit dem barschen Rat fortgeschickt wird, er solle sich bei der Chefsekretärin erkundigen, wenn ihn die näheren Umstände gar zu sehr interessierten. Das wiederum wagt er nicht. Bemüht unauffällig schleicht er auf der sechsten Etage herum, um unter den unmittelbaren Kolleginnen von Frau Walter das Geheimnis zu lüften, aber auch hier geht er leer aus: Jenen, die etwas wissen, ist nämlich durch offizielles Redeverbot ein Maulkorb verpaßt worden, und dieses Verbot wird niemand mißachten, weil selbstverständlich keiner seinen Namen mit der Preisgabe des Geheimnisses in Verbindung gebracht haben möchte - aus Angst, als Quelle des Bruchs der Schweigepflicht ausfindig gemacht zu werden und dafür schnellstens mit dem Verlust des Arbeitsplatzes zu büßen. Die meisten derer, die von Herrn Wiemann direkt angesprochen werden, fürchten sich sogar zuzugeben, daß sie nichts sagen dürfen, und wenden sich deshalb von ihm ab, als hätten sie sein Anliegen akustisch nicht vernommen. Nur Frau Siel, die sich während Wiemanns erfolgloser Befragungsaktion zufällig in der Chefetage befindet, bemerkt mit bösem Humor, daß vermutlich Frau Walter ihre fristlose Kündigung einem eventuell unbedacht geäußerten Wunsch, einen Betriebsrat zu gründen, zu verdanken habe. Endlich gibt selbst der ehrgeizige Programmierer das Fragen auf. Sonst wäre am Ende noch Schluß mit seinem satten warmen Leben, und es ginge ab in die Arbeitslosigkeit! Das kann sich Herr Wiemann nicht leisten, denn sein Job ist ihm doch sehr viel wert.

Die Wahrheit zum „Fall Walter" ist so banal, daß kaum jemand sie würde glauben wollen: Nachdem er meinte, Frau Walter habe „den Bogen überspannt", beschloß der „große Chef", im alten Jahr noch einmal „aufzuräumen", indem er ihr fristlos kündigte. Ihre besorgniserregenden Verbrechen waren da wie folgt: Zum ersten war sie kurz vor Weihnachten an einem Nachmittag vor offiziellem Dienstschluß fortgegangen, angeblich, um einen Arzttermin wahrzunehmen. Da sie am folgenden Tag aber keine vom Arzt unterschriebene Bescheinigung für den bei der Arbeit versäumten Zeitraum unaufgefordert einreichte - eine solche Bescheinigung hatte „Sau" bis dahin weder sehen wollen noch je archiviert, weil sie „den Papierkram haßt" - und dem Herrn höchstselbst dies zufällig bekannt wurde, nahm er an, man habe ihn betrügen wollen. Ja, normalerweise interessiert er sich für solche Kleinigkeiten wirklich nicht, aber wenn er einmal Verdacht auf Sabotage geschöpft hat, ruht er nicht, bis er den „Fall" aufgeklärt hat. Ihm war also aufgefallen, daß Frau Walter die Bescheinigung nicht eingereicht hatte. Daß „Sau" nie danach verlangte, fiel ihm nicht auf, und diese hätte eine solche Nachlässigkeit ihrerseits mit Sicherheit - hätte man sie gefragt, aber nicht einmal das tat man - vehement abgestritten. Also mußte der „große Chef" annehmen, Frau Walter sei aufgrund der fehlenden Bescheinigung gar nicht beim Arzt gewesen und habe sich lediglich einen frühen Feierabend auf Kosten der Firma gegönnt. Fortan hatte der Herr ein Auge auf sie, und das verheißt niemals Gutes. Zwischen Weihnachten und Neujahr war „das Maß dann voll": Der liebe Gott persönlich nahm wahr, daß Frau Walter an einem Tage um 8.30 Uhr morgens kam, bereits um 16.30 Uhr jedoch wieder die Firma vorzeitig verließ, und das, ohne auch nur einen Arzttermin vorzutäuschen, später eben mit der lahmen und zugleich doch völlig empörenden Begründung, *es sei nichts mehr zu tun gewesen!* „Nichts mehr zu tun" gibt es nie! Es ist immer etwas zu tun, und bei der schlechten Arbeit, die diese Leute leisten, dann auch noch zu glauben, eigenmächtig ungestraft *vertragsbrüchig* werden zu dürfen, indem man die Arbeitsstunden, die man sich vertraglich zu leisten selbst verpflichtet hat, nicht einmal in der Firma anwesend ist! Unternehmensfeindlich zu behaupten, es gebe nichts zu tun, so, als stünde die Firma vor dem Bankrott! Der „große Chef", vollkommen außer sich, schnappte nur noch nach Luft, rot anlaufend, befahl er „Sau" schreiend, eine sofortige Kündigung mit nur zwei Sätzen zu verfassen, verlangte er, einem Kollaps nahe, zornesbebend die

Firmenschlüssel von Frau Walter, der unter „Saus" Augen gerade noch gestattet wurde, ihre privaten Kleinigkeiten aus dem Firmenschreibtisch zu entfernen, um sich dann - überrascht, verschreckt und völlig verstört - auf Anweisung von „Sau" stillschweigend und nach Möglichkeit ungesehen aus dem Staub zu machen. Das gesamte Schauspiel - peinlich und unwürdig für die Geschäftsleitung, in seiner Willkürlichkeit lächerlich obendrein - wird also aus gutem Grund verschwiegen. Aus einer Laune des „großen Chefs" heraus, die jeden hätte treffen können, der ihm einmal verdächtig geworden wäre. Diese Art von Kündigung legt nahe, daß man sich vor dem Arbeitsgericht wiedersehen wird.

Das neue Jahr hat kaum begonnen, es gibt wieder viel zu tun, über die Jahreswende ist Frau Walter vergessen - man lebt eben in einer schnellebigen Zeit -, und die Firma leidet unter dem, was inzwischen selbst offizielle Stellen bereit sind, offen eine „Wirtschaftskrise" zu nennen, überhaupt nicht. Der Bereich, in dem das Unternehmen sich profiliert, ist eine Wachstumsbranche, und über einen Mangel an Aufträgen braucht sich die „oberste Leitung" nicht zu beklagen. Der gute Start im Januar läßt auf ein erfolgreiches Geschäftsjahr hoffen.

Es ist ein kühler, frostiger, aber sonniger Wintermorgen, an dem der „große Chef" über die Lautsprecheranlage alle Mitarbeiter auffordert, sich „unverzüglich" im Besprechungszimmer auf der Chefetage einzufinden. Allein Herr Wiemann läßt auf sich warten und muß erst von „Sau" persönlich, die beim Abzählen der Angestellten festgestellt hat, daß einer der Nicht-Krankgemeldeten und Nicht-Außendienstler, der vorhanden zu sein hat, aber nicht ist, erneut - diesmal telefonisch - zum Kommen aufgefordert werden. Ja, Herr Wiemann hat tatsächlich die Lautsprecherdurchsage verpaßt, weil er zum Zeitpunkt der Ansage gerade ein privates Telefongespräch führte und aufgrunddessen, daß er stets laut in den Fernsprecher schreit, die wichtige Aufforderung überhörte. Mit hochrotem Kopf ob dieser Peinlichkeit eilt der Verspätete ins Besprechungszimmer, wo bereits die gesamte Belegschaft einschließlich der „Damen" versammelt ist. Mit der von allen angespannt ersehnten großen Ankündigung hat der „große Chef" allein auf Herrn Wiemann noch gewartet. Die Anwesenden stehen ungeduldig da, einige werfen dem Programmierer zornige Blicke zu, so daß dieser sich am liebsten in Luft auflösen würde. Als es endlich zur Ansprache kommt, ist die Information des „großen Chefs" kurz und präzise: Soeben habe man von einem tragischen Schicksalsschlag Kunde erhalten: Der „kleine Chef" habe die Firma verlassen. Mit anderen Worten: Er sei bei einem Verkehrsunfall ums Leben gekommen. Weil unmittelbar an die Hiobsbotschaft anschließend einige der engsten und langjährigsten Mitarbeiter des „kleinen Chefs", die sogenannten „Weggefährten", in Tränen ausbrechen, hebt der „große Chef", der kein Freund von Sentimentalitäten ist, die Runde auf. Während Herr Wiemann nach erster Bestürzung - denn der „kleine Chef" war nicht einmal vierzig Jahre alt und hinterläßt eine Familie - zunächst versucht, einem zufällig neben ihm stehenden Außendienstler ein vermeintlich philosophisches Gespräch über den Tod im allgemeinen aufzuzwingen und, nachdem er gemerkt hat, daß der andere kein Interesse dafür zeigt, überlegt, was er zur Beerdigung anziehen wird, um die Firma „würdig" zu vertreten, stellt man bei den „Damen" den Sekt kalt, denn Frau Siel wird heute ihren Geburtstag feiern. Schließlich konnte keiner im voraus ahnen, daß ausgerechnet an diesem Tage die Nachricht vom Tod des „kleinen Chefs" eintreffen würde, und selbst wenn man es gewußt hätte, hätte es daran, daß Frau Siel trotzdem Geburtstag hat, nichts geändert. Durch sowas lassen die „Damen" sich die Laune nicht verderben! Und das Feiern nicht verbieten! Mittags leeren sieben der „Damen" unbeaufsichtigt, verbotenerweise und lustig sechs Flaschen Sekt: Frau Gratze wird - wie immer - nicht eingeladen, Frau Wartenberg entsagt schweren Herzens dem erfrischenden Getränk, weil Sekt zu viele Kalorien habe und ihren Diätplan durcheinanderbringen würde, Frau

Seiler muß heute noch Auto fahren und „will nicht enden wie der Chef", der - so wird spekuliert - wahrscheinlich wegen Trunkenheit am Steuer seinen tödlichen Unfall selbst verursachte - großes Gelächter -, der Rest der „Damen" ist mal wieder krank. Die Trinkenden geraten in eine derart gelöste Stimmung, daß sich zum Schluß keine mehr scheut, darauf anzustoßen, daß der „kleine Chef" nun nie wieder „seine Runde" machen und dabei „Läuft alles?" fragen wird. Noch kann schließlich niemand wissen, daß der „große Chef" makabrer- und vermutlich unbewußterweise von nun an ebendiese Angewohnheit pflegen und konservieren und damit - zu seinem eigenen Unverständnis - stets Lachen und gute Laune hervorrufen wird.

Herr Wiemann, der auch seinen finanziellen Beitrag zum Geburtstagsgeschenk für Frau Siel geleistet hat und welchem deshalb gleichfalls ein Glas Sekt angeboten wird, findet die Ausgelassenheit der „Damen" geschmacklos und fährt gedanklich wollüstig fort, sich sich selbst als würdigen Vertreter der Firma beim Begräbnis vorzustellen. Dafür wird er sich erst einmal einen neuen schwarzen Anzug kaufen. Er ist überzeugt davon, daß man auf das Erscheinen der „Erbsen" bei der Beerdigung keinen Wert legen wird, aber wenn er nur häufig genug die Chefin des Berichtsdienstes nach den näheren Umständen des Todes und dem geplanten Vorgehen der Firma fragen und damit sein Interesse an der Angelegenheit bekunden wird, wird sie gewiß nicht vergessen, Herrn Wiemann zur Beerdigung einzuladen. Allzugern nähme er an den Feierlichkeiten teil, während die dummen Tippsen arbeiten müßten! Sogar einen Tag Urlaub für diese Ehre zu opfern wäre er bereit. Das würde ihn wieder von diesen blöden Schreibweibern, für alle offenkundig, unterscheiden, ihn hervorheben und jedem beweisen, daß er nicht dazugehört!

Vorsichtig beginnt Herr Wiemann, das Gespräch damit einzuleiten, daß er sich bei der Chefin des Berichtsdienstes damit anbiedert, sich nach deren Chorgesang sowie kommenden Auftrittsterminen, um eventuell wieder einmal einer Darbietung beizuwohnen, interessiert zu erkundigen. Dabei vergißt er nicht, immer wieder auf die Gemeinsamkeiten, welche ihn und seine Vorgesetzte vermeintlich verbinden, hinzuweisen: Daß nämlich auch er katholisch sei, und dies nicht allein dadurch, daß er Kirchensteuer zahle. Nein, Herr Wiemann setzt sich bei seiner Chefin als bekennender Katholik ins rechte Licht und berichtet stolz und ohne falsche Bescheidenheit von seiner ruhmreichen Vergangenheit als Meßdiener. Er ist überzeugt, daß er auf der „emotionalen Ebene" bei Frauen viel erreichen kann, schließlich sind seine Mutti und die Freundin lebendige Beweise dafür, wie gut er mit seinem Einfühlungsvermögen in das simpel strukturierte weibliche Gemüt zum Ziel kommt. Als Herr Wiemann dadurch, daß er die Traurigkeit dessen erwähnt, wenn man von jemandem, den man so gut wie den „kleinen Chef" gekannt habe, nicht richtig „Abschied nehmen" könne, mit seinen katholischen und emotionalen Bekenntnissen dazu überleiten will, daß die Chefin nun die dargebotene Brücke erkennt, die er ihr baut, damit sie endlich die Gelegenheit wahrnimmt, ihn persönlich zur Beerdigung einzuladen, erfährt er keinerlei Reaktion. Zu Herrn Wiemanns Verzweiflung zeigt sie sich trotz offen zur Schau gestellter und täglich deutlicher gemachter Anteilnahme verschlossen und verweigert jede aufschlußreichere Information, sowohl zu den näheren Umständen des Todes als auch zum Termin der Beisetzung des jüngst Verstorbenen.

Vielmals bereits hat sie ihre Begabung bewiesen, Konfliktsituationen auszuweichen, indem sie sich hinter ihrem Computer verschanzt und reglos auf den Bildschirm starrt, vorgebend, sie habe gar nicht gehört, daß sie angesprochen worden ist. Herr Wiemann ist sehr beleidigt.

In einer überregionalen Zeitung erscheint wenige Tage nach Bekanntwerden des Verlustes des „kleinen Chefs" eine von der Firma geschaltete „Traueranzeige", die den Namen nicht verdient und welche sein durch Tod bedingtes verfrühtes Ausscheiden bekanntgibt: Lediglich sein Name, das Geburts- und Todesdatum des „kleinen Chefs" sowie seine Amts- und Ehrentitel sind genannt - kein Wort des Bedauerns um den Verlust des geschätzten Kollegen, der Bestürzung über den plötzlichen Tod, statt dessen jedoch ist die komplette Adresse der Firma einschließlich Postleitzahl und Hausnummer unüberlesbar aufgeführt, was den Verdacht nahelegt, man habe darauf geachtet, daß das Geld für die teure Anzeige in der Wochenendausgabe des renommierten Wirtschaftsblatts nicht „zum Fenster hinausgeworfen" würde und die Kunden, die vom Dahinscheiden des „kleinen Chefs" erfahren, auch die Geschäfte mit dessen einstigem Brotgeber darüber nicht vergessen. Es wird ein von „Sau" verfaßtes, neutral gehaltenes Rundschreiben an alle Mitarbeiter verteilt, in welchem die Geschäftsleitung erneut offiziell über den Tod des „kleinen Chefs" informiert und stets von einem „schweren Schicksalsschlag", weil dieser das Unternehmen „verlassen" habe, spricht. Es wird um Verständnis darum gebeten, daß die Witwe des „kleinen Chefs" eine Teilnahme von Vertretern der Firma am Begräbnis nicht wünsche. Daß diese unternehmensfeindlich eingestellt ist, war schließlich schon immer allen bekannt. Aber peinlich ist es trotzdem. Der „große Chef" erwirkt am Ende offensichtlich doch die Erlaubnis, mit einer Delegation „der engsten Weggefährten" an der Beerdigung teilnehmen zu dürfen. Davon, daß die Firma aufgrunddessen für einen Tag geschlossen werden muß, kann natürlich keine Rede sein. Und Herr Wiemann wird selbstverständlich an diesem Tage arbeiten, so wie alle „Erbsen" auch. Darüber ist er sehr enttäuscht. Das Büro des Verstorbenen wird ausgeräumt - man spekuliert bereits darüber, wer dort einziehen und damit die Position des „kleinen Chefs" übernehmen wird -, und Herr Wiemann weiß immer noch nichts Näheres über die Todesumstände. Gerüchte über das unbegreifliche Schweigen der Firma machen sich hinter vorgehaltener Hand breit. Die Tatsache, daß über das Zu-Tode-Kommen beharrlich nichts mitgeteilt wird, liefert Nährboden für Spekulationen, insbesondere deshalb, weil die Geschäftsleitung manchmal ein großes Interesse daran zeigt, die Mitarbeiter mit Informationen zu versorgen, allein um unangenehmer Gerüchteverbreitung vorzubeugen.

Nur eine Woche nach Bekanntwerden des Umstandes, daß der „kleine Chef" die Firma „verlassen" hat, steht dessen Firmenwagen, den er privat nutzte und mit welchem er angeblich tödlich verunglückt ist, unbeschädigt, für alle sichtbar, auf dem Parkplatz des Unternehmens. Seine Witwe ist offensichtlich inzwischen dazu aufgefordert worden, das Auto zurückzugeben, und es scheint, als habe man vergessen, daß man den Mitarbeitern vor wenigen Tagen erst erzählt hat, der Fahrer sei bei einem Unfall damit ums Leben gekommen. Von einigen, wenn nicht von allen, wird der Widerspruch bemerkt und schweigend und wissend zur Kenntnis genommen. Unter den Außendienstlern hat sich längst herumgesprochen, daß unmittelbar nach dem Todestag des „kleinen Chefs" eine Kurznotiz aus dem Polizeibericht in der Zeitung an dessen Wohnort erschien, mit dem Inhalt, daß ein Neununddreißigjähriger sich in selbstmörderischer Absicht vor einen Zug geworfen habe. Der einstige Vorgesetzte war genau neununddreißig Jahre alt, und die Tatsache, daß das Auto noch unversehrt steht, gibt gleichfalls Anlaß zu Verdacht und Zweifel. „Enge Weggefährten" wollen von Scheidungsabsichten der Ehefrau und schwerwiegenden Meinungsverschiedenheiten zwischen „großem" und „kleinem Chef", die bis zu Plänen, sich vom „kleinen Chef" zu trennen gegangen sein sollen, gewußt haben. Das Schweigen der „obersten Leitung" tut sein übriges. Das Firmenimage darf jedoch keinesfalls negativ beeinträchtigt werden.

Für die Wiederauflage des letzten Buches, das der „große Chef" herausgegeben und der „kleine Chef" mit einem Außendienstler gemeinsam verfaßt hat, und die man gerade in Druck geben wollte, wird in Windeseile das bereits geschriebene Vorwort (in welchem nie vergessen wird, auch dem unermüdlichen Fleiß der „Schreibdamen" zu danken) umgearbeitet, weil man sich nun zu erwähnen veranlaßt sieht, daß einer der Autoren inzwischen leider verstorben ist. Dazu beschließt der „große Chef" den Wortlaut, daß der „kleine Chef" bedauerlicherweise den Folgen eines „privaten" Autounfalls erlegen sei. Nach langen Überlegungen und Beratungen bezüglich einer unverfänglichen, aber unmißverständlichen Formulierung - nachdem Vorschläge wie „Unfall im privaten Bereich" aufgrund der zynischen Bemerkung eines Außendienstlers, dies gebe Anlaß zu vermuten, der Kollege sei in der Badewanne oder im Bett dahingeschieden, oder gar der Wortlaut, er habe sein Leben „infolge eines tragischen Unfalls" lassen müssen, der allzu sehr die Möglichkeit der Interpretation auf einen Suizid erlaubte, verworfen wurden -, scheint ihm die letzte Version die feinste und pietätwahrendste. An den Folgen eines Autounfalls sei der „kleine Chef" verstorben, nicht zuletzt eines „privaten" noch dazu, um schließlich über jeden Verdacht erhaben zu sein, daß er zu Ehren der Firma und im Dienste dieser sein Leben gelassen habe. Denn Märtyrer sind nicht erwünscht, ebensowenig, wie defätistische Einstellungen gefragt sind. Das Geflüster, die Tuschelei unter den Kollegen indes nimmt nicht ab, nunmehr aber ist das, was man an Vermutungen und vermeintlichen Informationen verbreitet, vermischt mit Angst und Ekel: Ekel deshalb, weil es den meisten, die doch zu wissen glauben, widerstrebt, mit der Lüge leben zu müssen, und Angst eben darum, weil zwar jeder unter der Hand das Gehörte weiterträgt, aber keiner möchte, daß die Wahrheit, mit seinem Namen behaftet, ans Licht kommen möge. Denn festgelegt worden ist von der Unternehmensführung, daß es sich um einen Autounfall handelte, und zwar um einen privaten obendrein. Das ist die beschlossene Firmenversion, und wer mehr weiß oder zu wissen glaubt, darf darüber nicht sprechen. Wie in einer Diktatur ist allen Mitarbeitern klar, daß von der offiziellen Parteilinie nicht abgewichen wird, und ohne daß in diesem Falle ein Verbot mit Androhung drakonischer Strafen beim Übertreten ausgesprochen worden wäre, hält sich wiederum jeder instinktiv daran, lieber zu schweigen.

Fest gerechnet, und dieses Kalkül geht meistens auf, wird von seiten der Geschäftsleitung mit dem Phänomen der Abstumpfung der weniger nachdenklichen Mitarbeiter, einer wachsenden Teilnahmslosigkeit eben durch ein seelisches Nicht-mithalten-Können, wenn erst eine Ungeheuerlichkeit die andere jagt. Bei den Angestellten den Zustand einer emotionalen Ausdörrung zu erreichen ist erklärtes, wenngleich unausgesprochenes Ziel der „obersten Leitung". Denn wie Hasen, geblendet vom Scheinwerferlicht eines eilig herannahenden Autos, sollen die Leute verharren vor Angst, damit sie stumm bleiben und keinen Ärger machen.

Der Tod des „kleinen Chefs" soll noch oft zugunsten der Firma verwertet und mißbraucht werden: Einiges ist jetzt schon klar: Dafür, daß man eine Presseerklärung im Juni des Jahres aufgrund mangelnder Vorbereitung nicht wird pünktlich abgeben können, wird man als Ausrede anbieten, der geschätzte Kollege Geschäftsführer sei leider erst soeben im Mai - statt im Januar - verschieden. Durch den Schock befinde sich das Unternehmen noch in einer schweren Krise und versuche gerade, seine tiefe Trauer zu bewältigen. Nicht zuletzt aus Respekt vor dem Verstorbenen wolle man unmittelbar nach dessen Tod vermeiden, so schnell wieder öffentlich zum allgemeinen Tagesgeschäft überzugehen. Daran, daß er im Januar selbst, bloß wenige Tage nach dem tragischen Geschehen, seinen Geburtstag in der Firma gefeiert hat, wird der „große Chef" sich im Zusammenhang mit der dann an die Öffentlichkeit getragenen Trauer nicht mehr erinnern mögen. Des „kleinen Chefs" Tod kommt aber gelegentlich ganz passend, es soll ihn in Zukunft in den einfallsreichsten Varianten geben, und wann immer er sich in seiner Ursprungsversion nicht sofort als „passend" anbietet, wird er eben „passend" gemacht.
In einem solchen Unternehmen geschieht so viel, daß keiner sich langfristig alles merken kann. Auch lange nach dem Verlust des „kleinen Chefs" kann der „große Chef"

sich nicht daran gewöhnen, bei seinen Firmenkontroll- und Mitarbeiterbegrüßungsgängen das längst ausgeräumte und weiterhin leerstehende Büro des Verstorbenen dabei auszusparen: In alter Gewohnheit klopft er an, öffnet die Tür, grüßt, um sie dann wieder - wie eh und je - zu schließen. Manche Gewohnheiten wird man so schnell nicht wieder los.

Wenige Tage nachdem der „kleine Chef" begraben worden ist, lädt der „große Chef" bereits wieder dazu ein, bei Brot und Wein seinen Geburtstag mit ihm zu feiern. Schließlich kann keiner verlangen, daß die „Trauerarbeit" derart übertrieben wird. Die Bedeutung des „kleinen Chefs" ist nachträglich nicht zu überschätzen. Selbst dieser ist ersetzbar, wenngleich man sich intern noch heftig um die Nachfolge wird streiten müssen.

Eines aber ist gewiß: „The show must go on."